CRISTINA CHIPERI

MY DILEMMA IS YOU 1

romanzo

leggereditore

Prima edizione: gennaio 2016

Il marchio Leggereditore è di proprietà
della Sergio Fanucci Communications S.r.l.
via delle Fornaci, 66 – 00165 Roma
tel. 06.39366384 – email: info@leggereditore.it
Indirizzo internet: www.leggereditore.it

Stampato in Italia – Printed in Italy

Progetto grafico: Grafica Effe

CRISTINA CHIPERI

MY DILEMMA IS YOU 1

Prologo

Non sono mai salita su un aereo prima d'ora e ammetto di essere un po' emozionata.

Mi siedo e allaccio la cintura di sicurezza. Mia madre si mette accanto a me e mi rivolge un piccolo sorriso compassionevole: «Stai tranquilla, tesoro. In pochissimo tempo saremo a Miami.»

5 ore e 23 minuti per sorvolare il Paese da un oceano all'altro. 3757 chilometri in tutto, per l'esattezza.

5 ore e 23 minuti per mandare in frantumi 16 anni di vita.

E tutto questo per uno stupido lavoro.

Solo quindici giorni fa la mia vita era perfetta: due migliori amici, tanti conoscenti, inviti alle feste tutti i sabati sera, e una famiglia... be', come tante altre. Insomma, cosa desiderare di più?

Finché un venerdì pomeriggio torno a casa dopo la scuola e capisco subito che sta per succedere qualcosa di terribilmente orribile. Quando i miei genitori devono darmi una brutta notizia, preparano sempre una torta al cioccolato con cui potermi consolare dopo, ed è proprio quello il profumo che mi accoglie: torta al cioccolato.

Appoggio la borsa all'entrata e vado dritta in cucina, dove mia madre è ai fornelli.

«Ciao mamma» dico.

«Ciao tesoro, non ti ho sentita rientrare.» Nel suo sguardo si legge benissimo che c'è qualcosa che non va.

«Tutto bene?» chiedo.

«Sì, perché?»

«Sembri un po'... non so... strana.»

«No. Tutto bene, cara. Tra un'oretta ceniamo.»

«Okay, allora nel frattempo vado a sistemare la stanza» dico uscendo dalla cucina e salendo rapidamente le scale per andare in camera.

Mi avvicino al computer e metto un po' di musica. *Misery Business* dei Paramore parte a tutto volume, e inizio a fare ordine anche per distrarmi dal pensiero di quello stronzo di Set. Siamo stati insieme otto mesi... È terribile scoprire che il ragazzo che ami ti tradisce. Idiota!

La voce di mia madre mi distoglie dai miei pensieri: «A tavola!»

In cucina mamma, papà e Kate sono già seduti ai soliti posti. Mi accomodo anch'io e non vedo l'ora di mettere qualcosa sotto i denti perché sto morendo di fame.

Il silenzio in cucina è davvero imbarazzante, ed è strano perché generalmente parliamo molto.

«Sapete, la nuova scuola mi piace tanto» dice mia sorella per rompere il silenzio. Kate ha quattordici anni, e da poco è passata al primo anno della high school.

Osservo i volti di mamma e papà. Si scambiano strane occhiate e sembrano preoccupati. Poi vedo papà annuire e la mamma capisce al volo.

Che cosa sta succedendo?

«Ragazze, io e papà dobbiamo parlarvi di una cosa importante.»

Oh no! Lo sapevo!

«Dobbiamo trasferirci a Miami perché lì a vostro padre è stato offerto un lavoro migliore. Partiremo tra due settimane» dice.

Non ci posso credere! Non può essere vero! Non ha senso... Stiamo così bene a Los Angeles! Abbiamo una bella casa, tanti amici, la scuola farà anche schifo ma i compagni sono fantastici, e papà e mamma guadagnano parecchio.

«Ma stiamo così bene qui!» dico.

Papà mi guarda sforzandosi di mantenere il sorriso sul volto. «Sì, Cris, lo so, ma non posso rifiutare. John Dallas si fida di me e vuole avermi accanto per gestire degli affari importanti. Ma pensa a cosa ci guadagnerete tu e Kate: una casa due volte più grande di questa, un'ottima scuola che potrà darvi un'istruzione adeguata, nuovi amici e tante altre cose! E poi Miami è una città bellissima, vedrete.»

«Chi è John Dallas?» chiede Kate.

«Un nostro caro amico dei tempi dell'università, e il capo di vostro padre» risponde mamma. «Ragazze, sono sicura che Miami vi piacerà.»

«Non è questo il punto, mamma!» intervengo. «Anche se fosse la città più bella del mondo, i miei amici sono tutti qui!»

«Sì, abbiamo tutti gli amici qui!» ribatte Kate.

«È vero, ma gli amici vanno e vengono, e sono sicura che ve ne farete di nuovi.»

Non posso credere alle mie orecchie! Non riesco a trattenere la rabbia. Come si può essere tanto insensibili? «Non ne voglio di nuovi!» sbotto infine con le lacrime agli occhi. «E non voglio lasciare Cass e Trevor! Lo sai benissimo che siamo troppo uniti. Non posso vivere senza di loro!»

«Ora basta, Cris, stai esagerando. Esiste internet. Continuerete a tenervi in contatto in qualche modo.»

Mia madre chiude sempre le discussioni così: trovando la soluzione più semplice per qualsiasi problema, ma io so benissimo che è difficile mantenere i rapporti a distanza. Come sarà vivere senza Cass e Trevor? Non vederli ogni giorno, non condividere con loro ogni esperienza?

E poi Set... Speravo di avere il tempo di risolvere ogni cosa, di fare in modo che tornasse con me...

Invece è tutto finito.

E ora eccomi qua, su questo maledetto volo che sta per portarmi via dalle cose che danno senso alla mia vita. Perché dev'essere tutto così difficile?

Sono seduta accanto al finestrino e sento l'aereo rullare e

accelerare. Ci muoviamo sempre più velocemente, scagliati in avanti come un proiettile. Trattengo il fiato mentre ci stacchiamo da terra. Non ci posso credere, sta succedendo davvero... Una forza mi tiene incollata al sedile e avverto una sensazione di vuoto allo stomaco. Ho paura e allo stesso tempo, lo ammetto, sono scossa da uno strano brivido di piacere.

Non so come, ma trovo il coraggio per guardare fuori dal finestrino. Sotto di noi c'è Los Angeles come non l'ho mai vista: un reticolo di linee e forme geometriche sempre più lontane. Non riconosco niente della mia città.

Qualcosa mi dice che saranno le cinque ore più lunghe della mia vita... Mi guardo intorno e mi concentro su due bambini che viaggiano con i genitori: avranno quattro e cinque anni, e sembrano così allegri e tranquilli, come se per loro volare fosse la cosa più naturale del mondo.

Un po' li invidio. Abbozzo un sorriso e chiudo gli occhi nella speranza di rilassarmi e prendere sonno nonostante il baccano che stanno facendo.

Alla fine mi addormento, e inizio a sognare. E il sogno che faccio è uno dei più strani che mi siano mai capitati: sono in lacrime e sto abbracciando un ragazzo. Non distinguo i suoi lineamenti, ma noto un particolare: porta un orecchino al lobo destro, una specie di mezzaluna.

Non so chi sia, eppure ho la strana sensazione, anzi la certezza, di conoscerlo da sempre. Sembra che anche lui stia soffrendo parecchio, ma perché?

Muove le labbra per parlare, ed è davvero strano perché l'unica cosa che si limita a dire è: «Tesoro, svegliati!»

Lo guardo perplessa, e subito dopo apro gli occhi.

Era solo mia madre.

«Siamo a Miami» mi avverte.

1

Mi raddrizzo sul sedile, sgranchisco gambe e braccia e slaccio la cintura di sicurezza per potermi alzare. Non vedo l'ora di mettere piede sulla terraferma.

A quanto pare tutti i passeggeri condividono il mio stesso desiderio e si accalcano all'uscita. Chissà se anche loro si sentono mancare l'aria... Kate non sembra avere problemi: mi sfreccia accanto, si fa spazio tra la folla per scendere, e quando non la vedo più capisco che dev'esserci riuscita. Vorrei tanto avere un briciolo della sua spavalderia e della sua capacità di adattarsi alle novità. Ha preso molto meglio di me la notizia del trasferimento, e adesso direi che ne è felice.

Dopo circa un'ora abbiamo recuperato i bagagli, siamo finalmente fuori dall'aeroporto e stiamo caricando le valigie su un taxi. Io, mamma e Kate ci stringiamo sui sedili posteriori, mentre papà si siede davanti.

Attraverso il finestrino osservo la città che scorre davanti ai miei occhi e che presto diventerà casa mia: grattacieli, mare, palme, spiagge, ville e ancora mare.

Vivremo a Miami Beach, e questa è l'unica cosa che non mi dispiace neanche un po'. Amo il mare e spero di poter passare tutti i pomeriggi in spiaggia.

Le strade che percorriamo sono piene di ragazzi della mia età che sfrecciano sugli skate, pattinano o vanno in spiaggia in bermuda e con la tavola da surf sottobraccio. Devo ammettere che non sembra niente male come posto, soprattutto in questo periodo dell'anno.

Spero con tutta me stessa di riuscire a farmi degli amici fin dal primo giorno di scuola. Da piccola ho sofferto tanto per colpa della timidezza. Mi sentivo invisibile agli occhi di tutti e non capivo che ero io a isolarmi. Per fortuna, però, c'erano Cass e Trevor. Poi, dal primo anno della high school, ho deciso che dovevo cambiare atteggiamento: ho preso coraggio e ho imparato a legare con le persone. E infatti adesso ho tanti amici. Ah, giusto, *avevo* tanti amici.

Il tassista frena bruscamente facendomi schiantare contro il sedile avanti.

«Ma che problemi ha?» sbotto.

Lui allunga la testa fuori dal finestrino. «Ragazzi, la prossima volta guardate prima di attraversare le strisce col rosso! Avrei potuto mettervi sotto!» grida contro qualcuno.

Mi sporgo anch'io per vedere con chi sta parlando e noto un gruppetto di ragazzi; uno sta ridendo come un cretino proprio in faccia al tassista.

Direi che hanno la mia stessa età. Tre ragazzi e una ragazza, vestiti alla moda e anche molto belli. Chissà se frequentano la mia futura scuola. Spero di no... Non vorrei trovarmi certa gente in classe.

Il tassista si scusa per la frenata e riparte. Costeggiamo un parco, e ci addentriamo in un quartiere pieno di case gigantesche. È qui che il taxi si ferma e mio padre comincia a scaricare le valigie.

Mi guardo attorno. Ci sono solo ville enormi con piscine e giardini da urlo, e hanno tutte almeno due piani. Sento l'odore del mare, quindi la spiaggia non dev'essere tanto lontana.

«Questa è nostra?!» chiedo indicando la megavilla davanti a noi.

Papà annuisce e io resto a bocca aperta. Le avevo già dato un'occhiata su Street View, ma non mi era sembrata così grande, anzi... Ha due piani, e già da qui scorgo la nostra piscina... che non vedo l'ora di usare!

«Wow» esclamo.

Kate prende al volo le sue borse e corre entusiasta verso l'entrata. «Papà, muoviti!»

Mi avvio anch'io con mamma, e quando apriamo la porta rimango letteralmente senza parole. Subito davanti a noi appare un luminosissimo ingresso con una porta-finestra che dà sul giardino affacciato sul mare. Alla nostra destra una rampa di scale sale al piano superiore. A sinistra, invece, un arco si apre su un salone con due grandi porte-finestre da cui si accede direttamente al giardino.

Tutto è arredato con molto gusto, in stile ultramoderno, ed è curato nei minimi dettagli. In un angolo della sala intravedo dei pacchi arrivati da Los Angeles che contengono quel poco che è sopravvissuto della nostra vecchia vita.

Lascio le valigie all'ingresso e salgo le scale per andare a vedere il piano di sopra. Wow, ci sono tantissime stanze! Entro in ognuna: una sala con una parete in vetro con vista sull'oceano, un bagno enorme e quattro camere da letto. Ogni camera ha il suo servizio privato, ma nessuna è di mio gusto. O sono troppo grandi o troppo piccole, inoltre odio fare le scale di prima mattina, perciò scendo di nuovo per vedere se c'è una stanza al piano di sotto.

La trovo, per mia fortuna, e sembra perfetta per me. È delle dimensioni giuste, e dalla finestra si vede la piscina, la *nostra* piscina.

«Come ti senti, tesoro?» domanda mia madre entrando in camera.

«Bene... credo» rispondo.

«Dormirai qui?» Si guarda in giro.

«Sì, posso?»

«Certo.» Sorride.

Annuisco e mi guardo di nuovo attorno per capire come sistemare le mie cose.

«Ricordati che lunedì comincerai la scuola. Approfitta di stasera e di domani per sistemare tutto, tesoro» dice rovinandomi la giornata già rovinata.

«Ah sì... la scuola...» Poi vado a recuperare le valigie e le trascino nella mia nuova camera.

Non ho i libri di testo, non so a che punto siano con il programma, non so nulla. Non sarà facile integrarsi a ottobre, con i corsi già iniziati e soprattutto le classi già formate.

A fine serata ho già sistemato la stanza, che adesso sembra un po' più mia rispetto a qualche ora fa. Non è male, anche se la vecchia camera di Los Angeles era un'altra cosa.

Da una cartellina tiro fuori alcune foto che ho stampato prima di partire. Prendo lo scotch e comincio ad attaccarle alle ante dell'armadio.

Questa è stata scattata il giorno del compleanno di quell'arrogante di Giuly: io e Cass siamo sorridenti e sporche di panna. Quella sera abbiamo combinato un casino gigantesco, ma ci siamo divertite tantissimo. La madre della festeggiata ci stava passando accanto con la torta quando Cass mi ha spinta, facendomi franare addosso a lei. La torta ha fatto un volo ed è atterrata sulla testa degli invitati. Da lì è cominciata una guerra in cui panna e pan di Spagna volavano ovunque, e io e Cass ci siamo scattate una foto ricordo.

In quest'altra ci siamo io e Trevor abbracciati. Sorrido. Cosa darei adesso per un abbraccio del mio amico.

Questa, invece, l'abbiamo scattata soltanto ieri pomeriggio, dopo la scuola. È un selfie di noi tre sulla nostra panchina. Sembra passata un'eternità, eppure sono trascorse appena ventiquattro ore. Gli occhi mi si riempiono di lacrime.

Cass era tristissima, è quella di noi tre che ha preso peggio la notizia del mio trasferimento. Non immaginavo che potesse reagire tanto male. È difficile per tutti, ma per lei forse lo è un po' di più. Mi ha regalato il ciondolo che indosso, la metà di un cuore, l'altra metà la tiene lei 'per ricordarci che ci saremo sempre l'una per l'altra'.

Trevor ha fatto un'espressione troppo buffa quando ha capito di essere stato escluso dal regalo. Ma Cass ha sorpreso tutti con un altro dono: tre braccialetti con le nostre iniziali, CCT. «Giusto per ricordarci che siamo e saremo per sempre i tre moschettieri» ha detto ridacchiando.

Poi, al momento dei saluti, la mia amica mi ha stretta forte, come se non volesse più lasciarmi andare, e tra le lacrime mi ha implorato: «Cris, non mi abbandonare, ti prego.» È stato il momento più triste della mia vita.

Trevor, invece, non ha pianto, ma aveva gli occhi lucidi, e so che stava soffrendo.

Mi siedo sul letto, prendo il cellulare e scorro altre fotografie. Poi invio un messaggio diretto a entrambi: 'Mi mancate.'

2

L'intenso profumo dei pancake appena fatti mi strappa dolcemente al sonno. Cerco di ritardare il risveglio, tenendo le palpebre serrate e respirando a piene narici questo odore delizioso e familiare.

Quando alla fine mi decido ad aprire gli occhi, ho bisogno di alcuni istanti per realizzare dove mi trovo.

Attratta dal profumo dei pancake, ho un solo obiettivo: raggiungere la cucina.

Arrivata sulla porta, trovo mamma, papà e Kate già a tavola, seduti agli stessi posti che occupavano nella vecchia cucina di Los Angeles. Non si direbbe che ci troviamo a migliaia di chilometri da lì. Mi siedo anch'io, in attesa della mia porzione di felicità.

«Buongiorno tesoro, dormito bene? Cosa vuoi con i pancake?» chiede mia madre.

«Buongiorno mamma, sì, grazie. Del tè» rispondo sorridendo.

Me lo passa e io ci soffio sopra per farlo raffreddare.

«Assaggia un po'» dice papà porgendomi un piatto con i suoi favolosi pancake allo sciroppo d'acero. Solo lui sa farli così buoni, ne sono più che sicura.

Dopo colazione mi preparo per andare in spiaggia. Gironzolo un po' per il quartiere in cerca di un cartello che ne indichi la direzione, ma niente. Alla fine chiedo informazioni a una signora che, per fortuna, mi mostra la strada.

In pochi minuti le palme diventano sempre più frequenti, i marciapiedi brulicano di ragazzi di tutte le età in skate o rollerblade, e finalmente vedo il mare.

Una volta arrivata, sistemo l'asciugamano sulla sabbia, mi tolgo le scarpe e mi stendo al sole. Si sta davvero bene, e inizio a pensare che forse la vita qui non fa così schifo, quando, all'improvviso, qualcosa mi colpisce a un braccio. Mi alzo di scatto togliendomi gli occhiali da sole pieni di sabbia.

Un ragazzo si avvicina correndo. Ha gli occhi più azzurri del cielo e i capelli castani spettinati dal vento. «Scusa, colpa di Cam» dice recuperando la palla.

«Oh no, tranquillo. Non importa» rispondo mentre mi scrollo di dosso la sabbia.

Il ragazzo sorride e resta a squadrarmi per qualche secondo. «Ci si vede in giro.»

Annuisco e ricambio il sorriso mentre lui sta già correndo via.

Certo che questo 'Cam' poteva stare più attento! Ho la sabbia ovunque. E poi... che imbarazzo! Odio parlare con i ragazzi che non conosco, non so mai come comportarmi.

Seguo con lo sguardo il tipo dagli occhi azzurri, e lo vedo tornare dal suo gruppetto di amici.

Giuro che sembrano gli stessi che ieri hanno attraversato le strisce col rosso!

Mi stendo di nuovo e provo a rilassarmi lasciandomi cullare dal rumore delle onde, ma non riesco a ritrovare la magia di qualche minuto prima. Forse mi farebbe bene un po' di shopping... Cosa c'è di meglio per tirarsi su di morale? E poi non mi dispiace l'idea di comprare qualche vestito nuovo per la scuola.

Raccolgo le mie cose e mi dirigo verso quello che, a giudicare dal numero di negozi e dal viavai della gente indaffarata, mi sembra il centro città.

Entro da Forever 21, mi guardo in giro e trovo subito dei vestiti da urlo. Quando esco dal negozio sono soddisfatta: nel mio sacchetto ho tre t-shirt, un abitino e due paia di leggings. Devo solo scegliere cosa indossare domani per il mio primo giorno di scuola! Provo a immaginare gli abbinamenti possibili per non ridurmi all'ultimo minuto, come sempre. Sono assorta nei miei pensieri quando un tipo in skate mi piomba addosso e mi scaraventa a terra.

Ma cos'è oggi? La giornata dell''Andiamo tutti addosso a Cris'?

«Scusa» fa immediatamente lo skater.

Alzo lo sguardo per vedere chi sia. Deve avere su per giù la mia età, ha i capelli biondi spettinati e gli occhi di un castano semplicemente bellissimo.

Raccoglie il mio sacchetto, si alza e me lo passa. «Scusami. Ti sei fatta male? Io stavo...» si blocca non appena incrocia il mio sguardo.

«Ehm... tranquillo, sto bene.» Prendo la busta e gli sorrido.

«Sì... ehm... allora...» fa lui toccandosi i capelli.

Ma che gli prende? Sbaglio o è leggermente in imbarazzo?

«Matt! Tutto bene?» grida un ragazzo avvicinandosi a noi. È lo stesso che è venuto a recuperare la palla in spiaggia. «Ehi, ancora tu?» chiede in tono divertito riconoscendomi.

«Sì, tutto okay. Voi due vi conoscete?» domanda il biondino.

«No, ma prima Cam le ha buttato addosso la palla» spiega il ragazzo dagli occhi azzurri. Ridono entrambi.

Questa situazione non mi piace neanche un po'. Inizio a sentirmi a disagio e non ci trovo nulla di divertente.

«Piacere, Nash» aggiunge poi rivolto a me.

«Cris.» Forzo un sorriso.

«Non ti avevo mai vista da queste parti. Sei nuova?» chiede il ragazzo che credo si chiami Matt.

«Sì, mi sono trasferita qui ieri.» Cerco di mantenere la calma e non andare nel panico.

«Allora spero di rivederti presto, sono certo che a qualcuno non dispiacerebbe averti attorno» riprende Nash dando un colpetto sulla spalla dell'amico. «Andiamo, Matt! Cam, Taylor e la principessina ci stanno aspettando.»

«Allora ciao, Cris» mi saluta il biondino.

«Ciao...» Sorrido un po' imbarazzata e li guardo andare via.

Ma perché capita tutto a me? Che cos'ho che non va?

Da quando sono arrivata in questa città non me ne va una dritta! E come se non bastasse, nel tentativo di tornare a casa, mi perdo. Riesco a ritrovare la via solo grazie all'aiuto di un poliziotto.

La mattinata è stata movimentata, così decido di passare il pomeriggio, l'ultimo libero prima dell'inizio della scuola, sul bordo della *mia* piscina. Ed è la cosa più piacevole di questa terra!

Attorno a me ci sono solo verde e silenzio; è davvero rilassante. Eppure non riesco a non chiedermi cosa succederà quest'anno nella mia nuova scuola... Chiudo gli occhi e mi concentro sul silenzio, per zittire i pensieri.

«Dài, smettila!» grida a un tratto una ragazza. Mi volto per vedere cosa sta succedendo, ma non è nulla: sono solo due innamorati che si inseguono ridacchiando lungo la strada che fiancheggia il giardino.

Lui sembra molto carino, con un fisico niente male. Lei ha i capelli biondi, lunghi e ondulati, ed è vestita di fucsia da capo a piedi. Solo a guardarla fa venire il mal di testa.

La loro felicità mi provoca una stretta al cuore e mi fa venire in mente come eravamo all'inizio io e Set. Uscivamo spesso insieme, passavamo le serate a vedere film e ci divertivamo un mondo.

Poi Sindy ci ha invitati alla sua festa di compleanno. Io avevo deciso di non andare, mentre Set ha preferito farci un salto per trascorrere la serata con i compagni del rugby. Alla fine ci sono andata anch'io, ma solo perché Cass stava male e mi aveva chiesto di raggiungerla. E mentre la cercavo, ho trovato Set nel bagno delle ragazze, che si stava dando da fare con una tizia.

Sembravano così presi l'uno dall'altra... E la domanda che ancora adesso continuo a farmi è: da quanto tempo andava avanti quella storia?

Da quel momento è finito tutto. Siamo finiti *noi*.

Torno sulla terra. Il sole sta tramontando e so che domani sarà una giornata molto pesante. Meglio rientrare in casa. Il mio unico desiderio è rifugiarmi sotto le coperte e staccare la spina per qualche ora.

3

Come al solito la mattina arriva troppo in fretta e il trillo della sveglia riecheggia nella stanza.

Non ho voglia di alzarmi, e la posticipo di dieci minuti per riposare ancora un po'.

Quando suona di nuovo nascondo la testa sotto il cuscino per tapparmi le orecchie, ma la luce che entra dalla porta mi sveglia definitivamente.

Con gli occhi socchiusi vedo la sagoma di mia madre sull'uscio. All'inizio non distinguo cosa sta dicendo, poi le parole risuonano fin troppo chiare.

«Sei ancora in pigiama?!» chiede ad alta voce.

Non capisco tutta quest'ansia... Ma che problemi ha?

Mi metto seduta, prendo il cellulare e guardo l'ora.

Oh no! Stupido aggeggio che anziché rimandare la sveglia di dieci minuti la rimanda di trenta! Arriverò in ritardo proprio il primo giorno di scuola!

Balzo giù dal letto e prendo i primi vestiti che trovo nell'armadio. «Quanto tempo abbiamo?» chiedo infilandomi una maglietta.

«Dieci minuti. Muoviti!»

Afferro lo zaino, corro in bagno per mettere un po' di trucco, e mi precipito fuori dove mia madre è già in macchina che mi aspetta.

«Quanto è distante da casa?» le chiedo allacciando la cintura.

«Circa quindici minuti in auto.»

«E forse venticinque con il traffico» aggiunge Kate, che frequenterà il mio stesso istituto.

«Non sei d'aiuto» le dico lanciandole un'occhiataccia.

Dopo un quarto d'ora esatto, siamo arrivate, scendiamo di fretta dall'auto e mamma ci augura buona giornata.

«Ci vediamo a casa!» mi grida Kate correndo in direzione dei ragazzi del primo anno.

La osservo mentre si allontana, poi mi volto a guardare la scuola: è spaventosamente enorme! Prendo un respiro profondo e oltrepasso il cancello.

Nel cortile mi faccio largo fra gli studenti che attendono di entrare. Alcuni fumano, molti se ne stanno per conto loro, altri chiacchierano animatamente. Devo avere un aspetto orribile o sembrare un'aliena: ho la sensazione di avere tutti gli sguardi puntati addosso, e la cosa mi dà parecchio sui nervi. Il mio obiettivo era farmi notare il meno possibile, ma temo sia fallito miseramente...

La campanella suona e gli studenti si muovono per raggiungere le aule. Io salterò almeno venti minuti della prima lezione per incontrare la preside.

Mi avvicino a una tipa dai capelli rossi che se ne sta per conto suo, e le chiedo gentilmente dove posso trovare l'ufficio di presidenza. Sperando che non si sia presa gioco di me, vado nella direzione che mi ha suggerito, e, proprio come mi aveva detto, mi ritrovo davanti a una porta di un bianco accecante.

Busso ed entro. «Buongiorno.»

«Buongiorno, immagino che lei sia la nuova studentessa» dice la preside sorridendo.

Annuisco un po' intimorita.

«Cristina Evans, giusto?» chiede guardando un foglietto.

Annuisco di nuovo.

«Sua sorella è passata esattamente cinque minuti fa.» Ridacchia. «Si accomodi pure.»

Mi siedo sulla poltrona che mi ha indicato e resto in silenzio.

«Le do il benvenuto nella nostra scuola, signorina Evans. Abbiamo controllato i corsi che frequentava a Los Angeles e, se non ha intenzione di apportare modifiche al piano di studi, continuerà a seguirli qui. Come sa, le lezioni sono iniziate da più di un mese, e immagino che non sarà facile per lei mettersi al passo con i programmi. Ma stia tranquilla, sono certa che si ambienterà rapidamente e che si troverà bene.»

Vorrei avere il suo ottimismo, mi auguro davvero che abbia ragione lei.

Qualcuno bussa alla porta, e, appena entra, riconosco immediatamente i suoi incredibili occhi azzurri.

«Signorina Evans, lui è Nash Grier» dice la preside sorridendo. «Le mostrerà la scuola e la presenterà alla sua nuova classe d'inglese.»

Sono letteralmente senza parole! Ancora lui!

Dopo pochi minuti io e Nash lasciamo l'ufficio della preside.

«Guarda chi si rivede! E così studierai qui!» esclama divertito. «Be', allora benvenuta nella scuola che distruggerà la tua vita!» Ridacchia, e iniziamo il nostro breve tour: le aule dove seguirò le lezioni, la biblioteca, la mensa, la caffetteria, l'infermeria.

«Fine del giro turistico!» annuncia Nash a un certo punto. «Abbiamo visitato soltanto una piccola parte dell'istituto, ma è ora di andare in classe. Non vorrai mica perderti la lezione d'inglese!» Fa l'occhiolino.

«In quanti siamo?»

«Quattrocento» scherza.

Fingo una risata. «Davvero spiritoso.»

«Siamo in ventisette» dice mentre percorriamo un corridoio pieno di armadietti rossi. «Ah, prima di andare in classe ti mostro il tuo armadietto. È il numero 672. Puoi inserire la password che vuoi.»

Nash si volta e io inserisco la mia data di nascita. La cambierò più avanti, cercando un'idea migliore.

Percorso qualche metro, bussiamo a una porta ed entriamo in un'aula decisamente troppo grande per ventisette studenti. I banchi sono singoli, e questa cosa non mi piace neanche un po'.

«Buongiorno signor Grier. È lei la nuova studentessa?» chiede il professore.

Nash annuisce e va a sedersi al suo posto. Resto da sola, accanto alla cattedra, mentre una classe di sconosciuti mi squadra da capo a piedi, e l'unica cosa che desidero è sprofondare sottoterra. Osservo i miei compagni. Tra loro riconosco lo skater di ieri mattina, Matt, e questo mi fa sentire subito un po' meglio.

«Bene ragazzi, vi presento la vostra nuova compagna. Si chiama Cristina Evin» fa il professore.

«Evans» lo correggo. Mi chiedo come si possa sbagliare un cognome così comune.

«Ah sì, Evans.» Prende una penna e appunta qualcosa sul registro.

Delle ragazze mi osservano e ridono, non capisco perché. Credo che una sia la biondina che ieri sera scherzava con il suo ragazzo vicino a casa mia.

«Bene Cristina, prenda posto nel banco davanti a Cameron» dice il prof.

Peccato che non so chi sia questo Cameron.

«Proprio lì.» Mi indica la terza fila, e io mi vado a sedere.

Sono poco distante da Nash, mentre Matt è dall'altra parte della classe, all'ultimo banco. Mi volto per guardarlo e lo sorprendo a fissarmi. Mi sorride e lo saluto con la mano. Lui fa lo stesso.

Sono felice di avere in classe delle persone che conosco almeno di vista.

Il professore riprende la lezione da dove l'aveva interrotta al nostro arrivo.

«Psss! Ehi!» bisbiglia il ragazzo alle mie spalle.

Mi giro, sperando che il prof non se ne accorga, e mi trovo davanti un paio d'occhi di un castano intenso, luminosi e profondi, e un volto che mi sembra di aver già visto da qualche parte... Sono quasi sicura che si tratti dello stesso tipo che ieri stava con la biondina. Ha uno sguardo magnetico e le sue labbra sono tese in un ghigno malizioso.

«Hai qualcosa sulla testa» mi dice.

Spalanco gli occhi spaventata. «Che cosa?!» replico agitandomi.

«Signorina Evans, non sapevo fosse così avanti con il programma. Forza, ci dia la sua risposta» mi dice il professore.

Solo adesso mi rendo conto di avere una mano alzata. Sto per rimediare una grandissima figuraccia, me lo sento. Ovviamente quell'idiota mi stava solo prendendo in giro, e già lo odio.

«Ehm...» Sento ridere il ragazzo seduto dietro di me. «Ho dimenticato cosa volevo dire, mi dispiace» mi scuso.

Il professore torna a concentrarsi sulla classe e ripropone la domanda.

Sono davvero arrabbiata, ma, per fortuna, sono brava a mantenere la calma e riesco a trattenermi dal voltarmi e dal mandare al diavolo quel cretino che continua a ridere alle mie spalle.

Mi accorgo che Nash, invece, lo sta fissando dal suo banco, e scuote la testa con aria di rimprovero.

Io preferisco concentrarmi sulla lezione e prendere appunti, anche perché, a quanto pare, sono molto più indietro con il programma di quanto pensassi.

4

Nelle ultime ore non ho mai smesso di prendere appunti, e il suono della campanella che annuncia la pausa pranzo è un sollievo per me e soprattutto per la mia mano.

Durante la prossima ora preferisco starmene seduta qui per non rischiare di perdermi e di non riuscire più a trovare l'aula.

Tutti chiacchierano e ridono, e in questo preciso istante vorrei avere accanto i miei migliori amici.

«Ciao» dice una ragazza avvicinandosi al mio banco. Ha lunghi capelli ondulati, un volto dolce e un sorriso davvero disarmante.

«Ciao» rispondo.

«Piacere, Sam.»

«Cris.» Ricambio il sorriso e le stringo la mano.

«Mi dispiace per prima. Ho visto cosa ti ha fatto mio fratello Cameron. Devi perdonarlo, è un cretino» scherza.

«Tranquilla, non importa.»

«Oh sì invece.» Si siede sul banco davanti al mio. «Da quando sta col gruppetto delle vipere, Cameron è diventato insopportabile, perciò un piccolo avvertimento: stai alla larga da Susan e dalle sue amiche.»

«Tu e tuo fratello vi assomigliate molto» dico. In effetti sono molto simili, ma qualcosa di diverso c'è: lei è simpatica, lui no.

«Ce lo dicono tutti. Ma in realtà intendono soltanto per l'aspetto. Per il resto hanno una considerazione molto diversa per ciascuno di noi.»

«In che senso?»

«Nel senso che lui a scuola è tra i più popolari... io no. Cam è il capitano della squadra di calcio, ed è il sogno di tantissime ragazze. Frequenta solo la biondina e le sue amichette perché sono altrettanto fighe.»

«E la biondina ovviamente è la capo cheerleader, giusto?» chiedo.

«Esatto, e sta con mio fratello, purtroppo. Il diavolo li fa...»

Ridiamo entrambe. Sam è davvero carina e simpatica.

«Che sai dirmi delle altre persone?» domando incuriosita guardandomi attorno.

«Be', Cameron non è l'unico ragazzo popolare qui a scuola. C'è un vero e proprio gruppetto di ragazzi bellissimi che tutte amano. Per esempio, lo vedi quello?» replica indicandomi il ragazzo dagli occhi azzurri.

«Nash? Sembra simpatico.»

«Lo conosci?» chiede sorpresa.

«Sì, più o meno. Mi ha fatto fare il giro della scuola.»

«Oh mamma mia, sei davvero fortunata! È il miglior amico di mio fratello, ma non mi ha mai rivolto la parola.»

Sono solo dei ragazzi qualsiasi.

«E di Matt che mi sai dire?» chiedo guardandolo mentre sorride a Nash.

«Come fai a conoscere Matthew Espinosa?» domanda Sam alzando il tono di voce.

«Ieri mattina stavo facendo un giro per i negozi e per sbaglio mi è venuto addosso.»

Resta a bocca aperta. «Tu non immagini quanto sei fortunata! Nella nostra scuola le ragazze sognano anche solo di sfiorarli quei tre, e tu li conosci...»

«Non li conosco, ci siamo parlati solo una volta. E poi, tu vivi con uno di loro! Come la mettiamo?»

«Sì, e vorrei proprio che non fosse così» risponde abbassando lo sguardo.

Apro bocca per chiederle il motivo, ma Nash ci interrompe. «Cris,» dice sorridendo «vedo che hai già trovato un'amica.»

Sam arrossisce.

«Sì.» Ricambio il sorriso.

«Vi va di pranzare con me e Matt?»

Io e Sam ci scambiamo un'occhiata. Lei mi supplica con lo sguardo, e capisco di non avere scelta.

«Certo» dico.

Mi alzo e usciamo tutti e quattro dall'aula. Sento gli occhi della classe puntati su di noi.

Ci avviamo verso la caffetteria per prendere dei sandwich.

«Guardatelo! Tutto solo, senza la sua principessa!» fa Matt ridacchiando.

Guardo nella sua stessa direzione per capire di chi sta parlando. Si riferisce al fratello di Sam, anche lui in fila come noi.

«Sai se lui e Susan sono riusciti a combinare qualcosa?» chiede Nash a Sam.

«Non lo so, ma credo solo baci e basta» risponde lei, intimidita dalla domanda di Nash.

«Wow, allora la cosa è seria!» ironizza Matt.

Non li capisco.

«Come mai siete così stupiti?» chiedo.

«Cameron si porta a letto tutte le ragazze più carine, ecco perché. È strano che con Susan non abbia fatto ancora nulla. L'ultima volta che l'ho visto comportarsi in questo modo frequentava Carly» risponde Matt.

Ma saranno affari suoi, no?

Ci sediamo su una panchina in giardino e mangiamo i nostri sandwich.

«Venerdì sera c'è la festa di compleanno di Susan. Venite?» chiede a un tratto Nash.

Io non so nemmeno che faccia abbia questa Susan.

«Non mi ha invitata, e Cris è nuova» risponde Sam per entrambe.

«Venite con noi. Sono sicuro che non le dispiacerà» dice Nash.

«Oh, fidati, si incazzerà» ribatte Sam.

«Perché?» chiedo.

«Non le sto simpatica.»

«E lei non sta simpatica a noi. Dài, venite. Non vogliamo mica passare la serata a sentirla parlare di quanto è bella o di quanto sta bene con Cameron» dice Matt guardandomi.

«Va bene» rispondo. In fondo non è così male come idea. Sarà un'occasione per conoscere persone nuove.

«Allora vengo anch'io» fa Sam.

«Bene. Ci divertiremo, statene certe!» esclama Nash facendoci l'occhiolino.

«Ah-ah, guardate chi arriva» dice Matt voltandosi a sinistra.

Mi giro e vedo un gruppetto di ragazze che camminano verso di noi.

«Matt» fa la biondina in testa al gruppo. «Nash» dice poi ignorando completamente Sam e me. Ha una voce molto fastidiosa. «Scommetto che venerdì sera ci sarete alla mia festa.»

Matt mi guarda, poi si rivolge a lei: «Sì, e porteremo anche delle amiche.»

Da quando è arrivata non ci ha degnate neanche di uno sguardo, e ammetto che la cosa mi infastidisce un po'.

«E chi sarebbero le fortunate? Sia chiaro, non voglio casini nei bagni del locale.»

«Porteremo loro due» risponde Nash indicandoci.

Susan si volta verso di noi e assume un'espressione schifata. Lei e le sue amichette ci squadrano da capo a piedi.

«No, dài, dico sul serio. Chi porterete alla festa?»

«Loro» ribadisce Nash sorridendo.

«Cosa? Queste due sfigate?» Spalanca gli occhi. «Ma le avete viste? Dài, Nash, non puoi dirmi che porterete sul serio Sam Dallas e la nuova arrivata. Non potete cadere tanto in basso!»

Non ce la faccio. La conosco da meno di due minuti e già

la odio. «Come ci hai chiamate?» le chiedo alzandomi in piedi e guardandola dritto in faccia.

«Sei sorda? Ho detto che siete due sfigate» replica ridacchiando.

«E perché saremmo delle sfigate? Nemmeno ci conosci» ribatto.

Il sorriso sul suo volto svanisce e lascia spazio a un'espressione tesa. Odio quando le persone giudicano senza conoscere.

«Siete messe male. Insomma... guardati, tesoro, come sei vestita, il trucco...» Le si legge negli occhi che sono le prime cazzate che le sono saltate in mente.

Lei indossa una maglietta rosa e una gonna rossa, ha i capelli di un biondo finto – si capisce dalla ricrescita – e la sua faccia è messa anche peggio: eye-liner, rossetto rosso, fard, per non parlare dello spesso strato di fondotinta di una tonalità diversa dal suo colore di pelle.

«Preferisco essere me stessa anziché sembrare una Barbie malriuscita» dico, e le amichette alle sue spalle trattengono a stento una risata.

Susan mi guarda con la bocca spalancata, poi si volta e fulmina con lo sguardo le sue compagne.

«E voi cosa ridete?» domando alle altre dietro di lei. «Siete solo un suo clone. Io non ne sarei così contenta.»

Smettono subito di ridere e tornano serie.

«Me la pagherai» fa Susan, voltandosi e andandosene via verde di rabbia.

Mi rimetto a sedere nel tentativo di calmarmi. Certe persone mi danno davvero sui nervi.

«Wow!» esclama Nash stupito. «L'hai zittita.»

«Stai sempre con me!» fa Sam.

«Non ho fatto niente di che» rispondo io, mentre sbollisco il nervoso.

«Niente di che? Lo sai chi hai messo a tacere? Susan è la ragazza più temuta della scuola. Non è affatto 'niente di che'» osserva Matt.

«È insopportabile» dico.

«Magari la pensassero tutti come te» replica Nash abbassando lo sguardo. Sicuramente si riferisce a Cameron, il suo migliore amico.

La campanella suona, segnando la fine della pausa e l'inizio delle ultime ore di lezione.

Ci allontaniamo dal giardino e ci incamminiamo verso le aule. Prima di entrare in classe, però, vedo Susan che piange in fondo al corridoio consolata dal suo ragazzo. Sicuramente si starà lamentando di quanto è successo qualche minuto fa, ma non mi importa. Non riesco proprio a capire come quel Cameron possa essere innamorato di una ragazza tanto superficiale e antipatica.

Vado a sedermi al mio posto, mentre il prof entra in classe e sistema le sue cose sulla cattedra. Anche i due fidanzatini entrano, e Susan mi lancia un'occhiataccia.

Le lezioni successive passano rapidamente, ma a fine giornata la mia mano può considerarsi definitivamente fuori uso per i troppi appunti. Di una cosa, però, sono contenta: frequento quasi tutti i corsi insieme a Sam, Nash e Matt. Per una volta sono stata fortunata.

Sam si avvicina al mio banco con un gigantesco sorriso in volto. «Allora, sopravvissuta alla prima giornata di scuola?»

«Sì, sono ancora viva!» rispondo sistemando i quaderni nello zaino.

Usciamo insieme dall'aula chiacchierando del più e del meno. Nel corridoio Cameron ci passa accanto e urta Sam con la spalla. Non le chiede scusa e ci sorpassa senza degnarci neanche di uno sguardo. Il volto di Sam cambia subito espressione, e nei suoi occhi vedo una profonda tristezza.

Dopo aver salutato la mia nuova amica con un abbraccio, mi incammino verso casa imboccando una strada che spero sia una scorciatoia. Aggiro la scuola e sul retro noto tre giganteschi campi da calcio.

«Ehi tu» dice qualcuno dietro di me.

Mi volto immediatamente e vedo Cameron che si avvicina a passo svelto.

«Io e te dobbiamo parlare» dice afferrandomi le spalle e schiacciandomi contro un muro.

In questo istante siamo così vicini che i nostri respiri si fondono l'uno nell'altro.

«Ma che problemi hai? Lasciami!» dico muovendomi per liberarmi dalla sua presa.

Mi immobilizza aumentando la pressione delle mani sulle mie spalle. Mi guarda intensamente con i suoi occhi profondi, lasciandomi quasi senza parole.

Come osa comportarsi in questo modo con me? Prima lo scherzo e adesso questo...!

«Ascolta bene...» dice mentre io abbasso lo sguardo sulle sue labbra. «Se la tratterai ancora male, te la vedrai con me.»

Sollevo di nuovo lo sguardo verso i suoi occhi. Non capisco se sta scherzando o se fa sul serio.

«Di chi parli? Della snob?» ironizzo.

«Non chiamarla così! Stai lontana da lei o te ne pentirai, hai capito?»

«Va bene, come vuoi.»

Mi fissa per qualche secondo per capire se sto mentendo. Comincia a darmi fastidio.

«Adesso mi lasci?» chiedo.

Annuisce e allenta la presa.

Quindi si volta e se ne va senza aggiungere una parola, lasciandomi lì, contro il muro, a massaggiarmi le spalle indolenzite.

5

Come scorre veloce il tempo... La mia prima settimana a Miami Beach è quasi terminata. È giovedì mattina, e per la prima volta da quando sono qui ho aperto gli occhi anticipando il suono della sveglia. Magari oggi riuscirò ad arrivare a scuola puntale. Sarebbe una vera conquista.

Sono le 6:30 e la casa dorme ancora. Vado in cucina e metto a scaldare l'acqua per il tè, poi torno in camera e passo in rassegna i vestiti nell'armadio, concedendomi tutta la calma del mondo per scegliere cosa indossare.

Decido di inaugurare un paio dei leggings comprati da Forever 21 e di abbinarci una delle magliette che preferisco: una maxi t-shirt azzurra con lo scollo a barca, il regalo di Cass per il mio sedicesimo compleanno. Lei dice che è della stessa tonalità dei miei occhi e fa risaltare il biondo cenere dei miei capelli.

Porto istintivamente la mano al collo e tocco il ciondolo a forma di mezzo cuore.

Cass...

Non la sento da martedì sera. Solo pochi minuti in chat per ascoltare le nostre voci e scambiarci qualche foto. Gliene ho inviate alcune della nuova casa, della mia camera e della nostra fantastica piscina. Lei mi ha mandato dei selfie in cui è in pose buffe con i nostri compagni di classe. Che nostalgia! Le ho promesso di farle avere delle foto della scuola, devo ricordarmi di scattarne qualcuna...

Ora che sono a migliaia di chilometri da Los Angeles, mi rendo conto di quanto sia difficile rimanere aggiornata sulla vita dei miei amici. Forse se avessi un profilo Facebook sarebbe più semplice, ma non lo so... continuo a non volerne uno.

Con Trevor, per esempio, ci siamo scambiati solo dei brevi sms. Ai messaggi risponde perlopiù con monosillabi o frasi telegrafiche: 'Sì', 'No', 'Tutto okay', 'Mi manki anke tu'. Niente che mi faccia capire come se la passa, cosa sta facendo... Ma lui è così: sfuggente, di poche parole. La comunicazione verbale non è proprio il suo forte. Oh, cosa non darei adesso per un suo abbraccio!

Il bollitore che fischia mi strappa a questi pensieri malinconici. Mi precipito in cucina e mi concedo una lenta e ricca colazione.

Alle 7:30 in punto io e Kate siamo sedute in macchina, dirette a scuola, e solo quindici minuti dopo sono già alla disperata ricerca del mio armadietto.

So che suona incredibile, ma ancora non riesco a orientarmi bene. I corridoi mi sembrano tutti uguali, lunghe pareti rosse che si intersecano, una identica all'altra. Anche la numerazione degli armadietti segue una logica oscura e, alla fine, il tempo che impiego per trovare il mio è sempre e solo una questione di fortuna.

E questo, temo, non sarà il mio giorno fortunato! In fondo al corridoio, Susan e le sue amiche hanno appena svoltato l'angolo e avanzano verso di me.

Oh no, ho paura che la mia giornata stia per trasformarsi in un vero e proprio schifo.

Dopo lunedì non ho più parlato né con lei né con quel cretino del suo fidanzato. Ho fatto esattamente come mi ha detto lui: ho tenuto le distanze. E con enorme piacere.

Susan, però, ha continuato a fulminarmi con occhiate piene di odio, e io ho fatto del mio meglio per ignorarla.

Inoltre, tutte le volte che io e lei eravamo a qualche metro di distanza l'una dall'altra, ho sentito lo sguardo di Cameron su di me, pronto a cogliermi in fallo.

«Cris» mi chiama Susan.

«Non è aria, lasciami stare.» Le passo accanto senza fermarmi.

«Volevo solo dirti che oggi sei messa peggio del solito.» Ridacchia con le amiche.

Mi fermo, mi volto, e la squadro lentamente, da capo a piedi. «Non stiamo andando a un ballo scolastico» dico nel tono più neutro che mi riesce di assumere. Oggi indossa un vestitino rosa molto corto con un grande fiocco in vita, ai piedi ha delle scarpe bianche col tacco alto.

Il suo sorriso svanisce.

Poi, dietro di lei, vedo avvicinarsi Cameron. Non voglio avere problemi, perciò mi giro e riprendo la mia ricerca.

Svoltato l'angolo, mi imbatto nel mio armadietto una decina di metri più avanti, sulla destra. Lo apro e tiro fuori libri e quaderni per infilarli nello zaino. Sono lì concentrata a scegliere cosa prendere e cosa lasciare, quando qualcuno mi dà un colpetto sulla spalla.

Mi giro di soprassalto, spaventata.

È Matt. «Ehi, tutto okay?» mi chiede.

«Sì, scusa, ero sovrappensiero.» Chiudo l'armadietto e guardo lui, che mi sta sorridendo.

«Pronta per le lezioni di oggi?»

«Certo, tu?»

«Diciamo di sì...» Controlla l'ora sul telefonino. «Mancano ancora cinque minuti. Ti va di accompagnarmi da Nash?»

Come faccio a dirgli di no se mi sorride in quel modo?

«Certo, dov'è?»

«In camera sua.»

Eh? «Ehm... camera sua?» chiedo un po' confusa.

«Sì, in quest'ala della scuola ci sono i dormitori, e Nash vive qui» spiega.

Wow! Dev'essere fantastico vivere in un dormitorio! Starsene per i fatti propri, senza genitori a cui rendere conto, potersi svegliare tardi tutte le mattine e scendere solo pochi gradini per andare in classe!

Saliamo le scale che portano al primo piano e ci ritroviamo in un corridoio identico a quello del pianterreno, con il pavimento di piccole mattonelle nere, pareti color rosso scuro e tante porte in legno.

Sembra accogliente, mi piace molto. Ed è strano pensare che sotto di noi ci sono le aule.

Ci avviciniamo a una porta e Matt bussa due volte.

Quando Nash apre, io arrossisco all'istante: è a torso nudo e indossa solo un paio di boxer. Sì, sono stata con più di un ragazzo ma non ho mai visto nessuno di loro praticamente nudo. Il rapporto più intimo che ho avuto con Set è stato baciarci sul divano di casa sua, mentre mi sfiorava la pelle sotto la maglietta.

«Ti stai ancora vestendo?» chiede Matt.

«Sì. Non ho sentito la sveglia» risponde Nash infilandosi la t-shirt.

Io e Matt entriamo e restiamo in piedi accanto al letto, mentre lui finisce di prepararsi.

«Allora Cris, ho saputo da Cameron che Susan si è lamentata di te» ridacchia Nash sistemando i libri nello zaino.

Cameron è il suo migliore amico, quindi è ovvio che gli abbia raccontato tutto nei minimi particolari.

«Sì, ed è anche venuto a minacciarmi.»

«Minacciarti?» chiede Matt.

«Sì, mi ha consigliato di stare alla larga da Susan, altrimenti me la vedrò con lui.»

«Che coglione!» commenta Matt.

«Stai tranquilla. Cam tende a esagerare con le parole. Ma non sarebbe capace di torcerti neanche un capello» mi rassicura Nash.

Qualcuno bussa alla porta e Nash va ad aprire.

Sull'uscio c'è un ragazzo molto carino, che gli assomiglia tantissimo. Entra come un fulmine nella stanza e va dritto in quello che credo sia il bagno. Dopo neanche cinque secondi ne esce tenendo in mano uno strano contenitore.

«Se me lo freghi un'altra volta, sei morto!» dice puntando l'indice contro Nash, ed esce dalla stanza incazzato.

Wow!

«Hayes, sono più grande di te! Non puoi dirmi cosa fare!» grida Nash nel corridoio per farsi sentire.

Mi scappa un sorriso. «Tuo fratello?» chiedo.

«Sì, purtroppo.»

La campanella suona e Matt guarda l'ora sul cellulare. «Merda!»

Usciamo dalla stanza e ci precipitiamo giù per le scale.

Attraversiamo i corridoi di corsa, guadagnandoci strane occhiatacce da parte dei ragazzi che stanno entrando nelle loro classi.

Matt e Nash sono decisamente più avanti di me e, anche se cerco di allungare il passo per ridurre la distanza, li raggiungo solo davanti all'aula. La porta è già chiusa.

«Fanculo» dice Nash riprendendo fiato.

«Siamo in ritardo?» chiedo boccheggiando.

Matt annuisce, trasmettendomi ansia.

Bussiamo.

E pensare che per la prima volta ero arrivata a scuola in anticipo...

Nash apre la porta ed entriamo.

6

«Siete in ritardo» si lamenta il professore.

Entro a testa bassa, ma di sottecchi noto che l'intera classe è rimasta a bocca aperta. Evidentemente sono meravigliati di vedermi con Nash e Matt.

Ci dividiamo, e ognuno di noi va al proprio banco. Prima di sedermi incrocio lo sguardo di Cameron che mi osserva con un sorrisetto beffardo.

Che figuraccia! Maledizione! Tutta colpa di Nash che non ha sentito la sveglia!

Durante la lezione cerco di stare attenta e di prendere appunti. Mi guardo attorno per qualche secondo e incrocio lo sguardo di Sam. Mi sta facendo dei gesti strani, e ci metto un po' per capire che sta indicando il sottopiano del mio banco, dove tengo il cellulare.

Le mimo il mio numero, in modo che possa scrivermi ciò che vuole dirmi, e la vedo concentrarsi sul suo telefonino.

Un minuto dopo vibra il mio, e sblocco lo schermo per leggere cos'ha scritto.

'Che cosa ci facevi con quei due?'

Torno a guardare il prof e, non appena si distrae, infilo il cellulare nell'astuccio delle penne per poterle rispondere.

'Io e Matt siamo andati a prendere Nash nella sua stanza. Ma ci siamo trattenuti un po' troppo... e siamo arrivati tardi.'

La guardo mentre legge il messaggio e resta di stucco.

'Cosa??? Sei stata nella stanza di Nash?!'

Il prof si gira nuovamente verso la classe e io faccio finta di prendere appunti. Poi, quando abbassa lo sguardo per leggere dal libro, ne approfitto per rispondere al messaggio di Sam: 'Sì.'

'Che fortuna! E avete fatto qualcosa?' scrive immediatamente.

Stavolta resto io di stucco. Cosa avrei dovuto fare con quei due?

'No! Ma cosa ti salta in mente?!' rispondo.

'Non lo so! A scuola girano strane voci su di loro.'

'Mmm... strane voci. Ma a te non importa, dato che Nash ti piace lo stesso... ;-)'

La guardo arrossire mentre legge l'sms. Poi scuote la testa sorridendo.

'È così evidente?'

'Solo un po'...'

«Non si usa il cellulare in classe» sussurra Cameron dietro di me.

Non mi volto a guardarlo perché ho paura di ritrovarmi in una situazione imbarazzante come è successo lunedì, ma voglio comunque rispondergli. «Dovresti imparare a farti gli affari tuoi!» gli sussurro con tono fermo.

Per fortuna il prof è troppo concentrato a leggere ad alta voce e non mi sente.

Dopo quattro interminabili ore di lezione la campanella annuncia la pausa pranzo. Mi alzo e Sam mi raggiunge subito.

«Fame?» chiede.

Annuisco.

«Seguimi» dice, e usciamo dall'aula.

Mi porta in una stanza molto affollata e rumorosa dove non sono mai stata prima. È piena di studenti in fila davanti a dei distributori automatici di cibo e bevande. Mi metto in fila anch'io, e quando arriva il mio turno seleziono un sandwich.

Appena mi volto, una ragazza si avvicina con fare schivo.

È bassina, ha i capelli neri legati in due trecce, gli occhi castano chiaro e porta dei grandi occhiali da vista.

«Potrei farti qualche domanda?» mi dice con un filo di voce.

Resto un po' sorpresa dalla sua richiesta ma annuisco.

«Come hai conosciuto Nash e Matt?»

Anche se non capisco il motivo della sua curiosità, decido comunque di soddisfarla. «Be', diciamo che li ho conosciuti in spiaggia. È stato un incontro un po'...» mi interrompo quando da non so dove la vedo tirare fuori un taccuino e annotare tutto ciò che sto dicendo.

«Mmm... cosa stai facendo?» chiedo.

«Lexy, è inutile che perdi tempo con questa sfigata. Piuttosto, ho una news pronta per te. Mettila in prima pagina, chiaro?» dice Susan materializzandosi all'improvviso alle mie spalle.

«Prima pagina?» Sono confusa.

«Sì. Mi occupo del giornalino e del sito ufficiale dei gossip della scuola» spiega la ragazza che dovrebbe chiamarsi Lexy.

Non ci posso credere. Mi stava intervistando!

«Allora, scrivi tutto ciò che ti dico» la istruisce Susan, frapponendosi tra me e lei e cominciando a parlare più velocemente.

Mi allontano per cercare Sam e anche perché non ho alcuna voglia di ascoltare Susan mentre sparla di persone che nemmeno conosco.

Mi guardo attorno e non vedo più la mia amica. Vago nei corridoi ma non la trovo da nessuna parte.

«Ti sei persa?» chiede un ragazzo alle mie spalle.

«Credo di sì...»

«Piacere, io sono Carter» si presenta sorridendomi. «Ci siamo già visti in spiaggia, domenica mattina.»

Infatti mi sembrava di averlo già visto, ma non riuscivo a ricordare dove.

«Cris.» Sorrido. «Sei un amico di Nash, quindi.»

«Sì, lo stai cercando?»

Annuisco.

«Allora, vieni» dice facendomi strada. «Stavo andando da lui.»

Percorriamo un dedalo di corridoi e usciamo in giardino, dove Nash, Matt e Cameron si trovano con un ragazzo biondo che non ho mai visto prima. Nessuna traccia di Samma, per fortuna, nemmeno di Susan.

«Ehi» fa Carter appena siamo abbastanza vicini al gruppo.

Saluto tutti, e il ragazzo biondo si presenta. «Piacere, Jack.»

«Cris.»

Alcuni sono seduti per terra, altri su una panchina. Mi avvicino a Matt, mi metto a sedere accanto a lui e addento il mio sandwich.

«Allora Cam, con Susan...?» chiede Nash.

Ma è possibile che debbano parlare sempre di lei e del suo fidanzato idiota? Non potrebbero trovare argomenti più interessanti?

Cam sorride. «Tutto a posto. Domani, al suo compleanno, lo faremo.»

I suoi amici sorridono e si complimentano con lui come se stesse per compiere un'azione degna d'onore.

Mi sento leggermente fuori posto in mezzo a questi stupidi discorsi da maschi. E, a essere sincera, mi fanno anche un po' schifo... Insomma, che senso ha raccontare a tutti che stai per fare l'amore con la tua fidanzata?

«Allora, cos'hai deciso? Verrai alla festa?» mi chiede Matt.

Merda! Mi sono dimenticata di parlarne con i miei genitori.

«Ehm... certo.»

Spero non capisca che sto mentendo.

«Grande! Così potremo conoscerci meglio...» Carter mi fa l'occhiolino.

«Carter, placati» interviene Matt guardandolo di sbieco.

«Oh-oh, qualcuno è geloso?» scherza Jack.

Matt gli rivolge un'occhiataccia, e non posso fare a meno di sorridere per la sua reazione.

«Matthew Espinosa, non mi dire che provi qualcosa per quella là!» ridacchia Cameron.

«*Quella là* ha un nome, idiota!» replico. Ce l'ho ancora con lui per come mi ha trattato lunedì.

«Ah davvero?» ironizza.

Cala il silenzio, e io mi sento a disagio. L'unica cosa che desidero è andare via, ma quando sto per alzarmi, Nash mi trattiene. «Dove vai?»

«Il più lontano possibile da lui» rispondo indicando Cameron.

«Oh, faresti un favore sia a me che a Susan!»

Resterei solo per infastidirlo, ma non voglio dargli tutta quest'importanza.

«Cris, lascialo stare» dice Nash scuotendo il capo.

«Sì, Cris, lasciaci stare tutti, che è meglio!»

Mi sposto da Nash per guardare Cameron dritto negli occhi. «Mi spieghi cosa ho fatto per starti così antipatica?» gli chiedo.

«Il nome *Susan* ti suggerisce qualcosa?» risponde sostenendo il mio sguardo e mandandomi brividi lungo la schiena.

«Cris, dico sul serio, lascialo stare. La sua mente è posseduta da quella vipera. Discuterci è una battaglia persa.»

«Grazie amico, è bello sapere che sei dalla mia parte!» ironizza Cameron.

Nash si gira e gli lancia un'occhiata in tralice per zittirlo, poi torna a concentrarsi su di me.

«Stai lontana da lui se ci tieni alla tua salute mentale.» Ridacchia e io faccio lo stesso.

«Ma che carini!» commenta Cameron.

Non lo sopporto più. Anzi, lo odio!

La pausa pranzo è finita, e giuro che sono felice di tornare in classe.

«Allora per la festa siamo d'accordo?» mi chiede Matt.

«No, io... Non lo so... Non ho voglia di passare la serata a subire insulti da Cameron e dalla sua ragazza.»

Lo penso sul serio. Perché dovrei andarci?

«Cosa? No no, tu vieni!» insiste. Entriamo in classe. «Ne parliamo dopo» dice andandosi a sedere al suo posto.

Entra anche Cameron e faccio di tutto per non incontrare il suo sguardo. Continuo a pensare che la sua ostilità nei miei confronti sia del tutto ingiustificata. So di essermi comportata male con Susan, ma l'ho fatto soltanto per difendermi. Non potevo certo starmene lì, zitta e tranquilla, mentre lei faceva la stronza con me e Sam!

E comunque ho deciso: non andrò alla festa. Non ha senso che vada, è evidente che non sarei la benvenuta.

Se solo Cass e Trevor fossero qui... sarebbe tutto più semplice. Insieme siamo imbattibili!

Al suono della campanella mi precipito fuori con un unico desiderio: tornare al più presto a casa e fare una bella nuotata per rilassarmi.

Nel corridoio vedo Sam e Nash che stanno chiacchierando. Sono davvero contenta per lei.

Forse mi sbaglio, ma secondo me tra quei due potrebbe nascere qualcosa... magari solo una bella amicizia o, chissà, qualcos'altro. Sarebbero molto carini insieme. Sam ha una luce diversa ogni volta che c'è Nash. E lui ora è così attento e gentile con lei...

Sto ancora fantasticando su loro quando vengo interrotta da Lexy, che mi si para davanti armata di taccuino e penna. Inizio a pensare che mi segua.

«Cosa c'è?» chiedo esasperata. Sono esausta, non ho voglia di chiacchierare né con lei né con nessun altro.

«Ma tu e Matt state insieme o vi siete già lasciati?» chiede tutto d'un fiato.

«Cosa?!» Sono semplicemente sconvolta dalla sua domanda. Da dove ha tirato fuori questa storia? E anche se fosse vera, perché non si fa gli affari suoi?

Scuoto la testa e, senza rispondere, schivo Lexy ed esco in cortile.

7

Per fortuna la campanella mette fine all'ultima lezione del venerdì e alla mia prima settimana in questa scuola, e io sono di un umore nerissimo.

Ieri pomeriggio, tornando a casa, ho preso il cellulare per inserire le cuffiette e ascoltare un po' di musica e, non appena ho sbloccato il display, ho trovato dieci chiamate perse.

Dieci chiamate di Trevor!

Ho provato subito a richiamarlo, ma ovviamente non ha risposto. Tipico di Trevor! Che fastidio!

Gli ho inviato un sms: 'Chiamami immediatamente', ma non ho avuto nessuna risposta. Quindi ho telefonato a Cass, più e più volte, e anche lei niente. E così ho trascorso il resto della serata in attesa di un segnale, che non è mai arrivato, da uno dei miei due più cari amici.

Sono preoccupata e ho un terribile presentimento. Temo sia successo qualcosa di grave... non riesco a pensare ad altro da ieri pomeriggio.

Sto sistemando i libri nell'armadietto, quando qualcuno mi afferra il polso. Mi volto e vedo Matt.

«Hai due minuti? Dobbiamo parlare.»

«Possiamo farlo in un altro posto?» replico guardandomi intorno. Poco fa ho notato Lexy che si aggirava nei corridoi con una macchina fotografica in mano e, dopo le bizzarre domande di ieri, non vorrei che vedendomi con Matt si facesse strane idee...

«Non devo dirti molto. Credo che ormai tu abbia capito che Cameron è un coglione e che quando si tratta di Susan esagera sempre. È come se perdesse la testa.»

Annuisco cercando di evitare il suo sguardo.

«Ti prego, vieni alla festa. Non puoi lasciare che uno come lui ti rovini la serata.»

Scuoto il capo. «No, Matt. Non sono dell'umore giusto e non credo che mi farebbe bene starmene in un angolino, triste e sola, mentre tutti si divertono.»

«Non te ne starai da sola, ci saremo io, Nash e gli altri ragazzi.»

Non so davvero come convincerlo a non insistere.

«E poi...» mi guarda e atteggia le labbra in un sorriso furbo «non venendo alla festa farai un favore a Susan. Quello che vuole è proprio che tu non venga.»

Rido. Matt è dolcissimo e molto premuroso, e inoltre quest'ultimo argomento mi fa vedere la cosa da una prospettiva nuova.

«Va bene» dico pensando alla faccia di Susan quando mi vedrà.

Matt sorride e mi abbraccia.

«La festa è in un locale in centro, il Drink» sussurra, e mi stampa un bacio sulla guancia prima di andare via.

Io arrossisco e rimango imbambolata in mezzo al corridoio. Poi torno in me, esco in cortile e m'incammino verso casa.

«Criiis!» sento gridare alle mie spalle.

Mi volto e vedo Sam che affretta il passo verso di me. Dietro di lei, purtroppo, c'è Cameron.

Come fanno a essere fratelli? Lei è gentile e adorabile, lui l'esatto opposto: antipatico e maleducato.

«Ehi Sam!»

«Cris, dimmi che alla fine verrai! Matt dice che forse hai cambiato idea.»

«Sì, ho deciso che non mi farò rovinare la serata da certe persone...» rispondo alzando il volume della voce in modo che Cameron mi senta.

«Evviva! Che bello! Se ti va, stasera passiamo a prenderti in macchina» propone.

«Okay, grazie!»

«Se stai tornando a casa a piedi, possiamo fare la strada insieme» dice sorridendo.

«Certo. Ma, ovviamente, solo se a tuo fratello non dà fastidio.» Lo guardo.

Lui ricambia l'occhiata e sorride scuotendo la testa.

«Fai finta che non esista» mi incoraggia Sam.

Io e Sam chiacchieriamo di tantissime cose, e parlare con lei non fa che confermarmi che è una ragazza fantastica. Cameron, invece, non dice una parola e ci segue a diversi passi di distanza. Ho il sospetto che lo faccia apposta a rallentare l'andatura, per non farsi vedere con me o con sua sorella.

«Allora, sai già come ti vestirai?» chiede Sam.

«Ehm...» Rifletto su cosa rispondere. In realtà non solo non ho pensato a cosa indosserò, ma soprattutto non ho ancora parlato della festa ai miei genitori. «Sì, certo. Tu?» mento, abbastanza sicura che i miei mi daranno il permesso: tutto quello che vogliono è sapere che mi sto ambientando.

«Anch'io! Non vedo l'ora!» Sorride.

Arriviamo davanti casa mia e oltre la siepe intravedo Kate che sta nuotando in piscina.

«Allora a stasera» dico a Sam sorridendo.

«A stasera» fa lei, e se ne va.

Cameron è rimasto parecchi metri indietro e mi affretto verso la porta per evitare di doverlo salutare. Non ho intenzione di parlargli.

«Ehi, aspetta!» fa lui.

Troppo tardi... Mi volto. «Cosa vuoi?»

«Ti devo parlare» dice in tono serio a pochi passi da me.

«No, ora basta, *io* devo parlarti! Lasciami stare, okay?» Mi avvicino come una furia senza dargli il tempo di aggiungere una parola. «Va bene, non ti è piaciuto come ho trattato la tua ragazza, lo so benissimo. Ma cerca di capire che cercavo solo di difendermi! Non potevo starmene...»

«Sssh!» Cameron mi zittisce posandomi l'indice sulle labbra.

Mi allontano di scatto e lo guardo. «Ma che diavolo fai?»

«Difenderti?! Ma se hai cominciato tu ad attaccarla!» replica stizzito.

Non posso crederci!

«Io?! Mi ha attaccato lei! Ha detto che sono una sfigata e tante altre cose che mi hanno dato terribilmente fastidio. Capisco che per te e Susan dev'essere normale dare dello sfigato a qualcuno, ma fidati che fa male! Quindi, per favore, di' alla tua ragazza di ignorarmi e di lasciarmi in pace, e se ci riesci fai lo stesso anche tu!» dico tutto d'un fiato.

Lui resta a guardarmi per qualche istante. Poi scuote la testa, si passa la mano fra i capelli e se ne va via incazzato.

Alzo lo sguardo al cielo. Quell'idiota crede a tutte le cretinate che gli dice la sua fidanzatina.

Mi volto verso il giardino e vedo Kate che mi sta fissando. Non appena incrocia il mio sguardo, distoglie immediatamente il suo. So benissimo che ha visto e sentito tutto, e sono altrettanto sicura che prima o poi mi chiederà spiegazioni.

Entro in casa e vado direttamente in camera. Accendo il computer, metto un po' di musica e mi butto sul letto. Controllo il cellulare: nessun messaggio e nessuna chiamata persa di Cass o Trevor. Chiudo gli occhi cercando di pensare a qualcosa di bello per rilassarmi e placare la rabbia che ancora sento.

Nel pomeriggio ottengo il permesso di andare alla festa, ovviamente in cambio di qualche piccolo lavoretto domestico.

Alle otto in punto sono a tavola con la mia famiglia.

So bene che cenare prima di andare a una festa è una cosa assolutamente insensata, ma come potevo resistere alla pizza fatta in casa da mia madre?

«In questa prima settimana ho conosciuto tantissime persone» racconta Kate.

Per lei sembra sempre tutto facile. Il trasferimento non le ha complicato la vita neanche di una virgola, anzi. È riuscita a farsi molti amici ed è anche stata ammessa nella squadra delle cheerleader. Lei è sempre stata la figlia perfetta.

«E tu, Cris?» chiede mio padre.

Che cosa dovrei rispondere? 'Oltre a Nash, Matthew e Sam, va tutto uno schifo. Alcune persone già mi detestano, sebbene non abbia avuto il tempo di fare assolutamente niente per generare tanto odio, e sono sicura che anche la festa di stasera sarà un disastro.' «Ehm... tutto okay» rispondo invece. «A scuola mi trovo bene, e i miei compagni sono molto gentili e disponibili. Non potrebbe andare meglio di così!» aggiungo infilando in bocca un trancio di pizza.

Kate mi fissa con uno sguardo perplesso. Credo abbia capito che ciò che ho appena detto è una grandissima cazzata. I miei genitori, invece, sorridono e sembrano contenti per me.

«Ma è una notizia meravigliosa, tesoro! Che bello! Vedi che abbiamo fatto bene a trasferirci qui!» dice la mamma stringendo la mano di mio padre e facendogli l'occhiolino.

Sorrido per mascherare l'enorme tristezza che provo. Quanto vorrei che le cose che ho detto fossero vere...

Mi alzo, poso il piatto nel lavello e vado in camera a prepararmi.

Rovisto nell'armadio per scegliere cosa indossare, e un abitino attira la mia attenzione. È nero, corto al ginocchio, con una scollatura sul seno coperta da un velo. Credo possa andar bene. Poi chiedo alla mamma di prestarmi un paio di décolleté nere. Odio le scarpe alte, ma devo metterle se non voglio sembrare uno gnomo.

«Criiis! Conviene che ti muovi, sono le nove e quaranta!» grida mia madre dal salone. «I tuoi amici ti staranno aspettando!»

Oh no! È tardissimo!

Finisco di truccarmi, mi precipito in camera a prendere la borsetta e la giacca, e quando esco di casa una macchina nera è già parcheggiata nel vialetto d'accesso. Non appena mi avvicino, il finestrino posteriore si abbassa e compare il volto sorridente di Sam.

«Salta dentro!» dice.

Mi sistemo accanto a lei. Alla sua sinistra c'è Matt, mentre davanti ci sono Nash, al posto del passeggero, e Cameron, alla guida.

Partiamo a tutta velocità. Cameron guida come un pazzo

e io sono molto spaventata. Se continua così ci schianteremo da qualche parte, ne sono sicura.

«Potresti rallentare un po'?» chiedo.

Lui fa finta di non avermi sentita e, anziché rallentare, accelera. È veramente odioso.

«Ehi, amico, rallenta! Se ci ferma la polizia, sei fottuto» dice Nash.

«Non ti ci mettere anche tu, adesso!» fa Cameron incazzato.

Nash si volta a guardarci e alza le spalle. Matt ridacchia scuotendo la testa.

È una situazione assurda, Cameron sembra fuori di sé e l'atmosfera è stranamente tesa.

«Cam, ti prego, smettila! Se hai litigato con Susan, questo non vuol dire che devi rovinare la serata a tutti» interviene Sam con voce tremante ma in tono risoluto.

A queste parole finalmente Cameron rallenta, e attraverso lo specchietto lancia un'occhiataccia a Sam.

Ha veramente litigato con Susan?

Sam abbassa lo sguardo e nasconde le mani nelle maniche lunghe del vestito. Sembra a disagio. Le poso una mano sulla gamba, lei mi guarda e le sorrido.

Quindici minuti dopo parcheggiamo davanti all'ingresso del Drink.

8

Ora che ci penso, non ho nemmeno un regalo per Susan, ma non m'importa. Una che si comporta così male non lo merita.

Scendiamo dall'auto.

Fuori dal locale ci sono tantissimi ragazzi della nostra età. Alcuni fumano e molti sembrano già ubriachi, nonostante la festa sia cominciata da nemmeno dieci minuti.

Cameron va avanti ed entra per primo.

«Andiamo» dice Nash.

L'interno del Drink è decorato con palloncini rosa e bianchi. Sembra di essere a un party di Hello Kitty. E con tutto questo rosa comincia a girarmi la testa.

«Siamo sicuri di essere nel posto giusto? Mi ricorda il compleanno di mia cugina Tracy... che ha dieci anni» osserva Sam guardandosi attorno.

«In effetti non hai torto» fa Nash ridendo.

Il locale è pieno di persone, e fra tutte ne riconosco subito una: Lexy. Sembra parecchio concentrata a scattare foto agli invitati.

Sul fondo della sala c'è il bancone del bar, al centro la pista da ballo dove già in molti si stanno scatenando, e tutt'intorno i tavolini affollati di ragazzi che chiacchierano e bevono.

«Ti va di ballare?» mi chiede Matt.

Stasera non ho nessuna intenzione di fare la bella statuina, perciò accetto il suo invito e ci buttiamo nella mischia, lasciando Nash e Sam da soli.

Cominciamo a muoverci al ritmo della bellissima *Habits (Stay High)* di Tove Lo, una delle mie canzoni preferite.

Quando la musica finisce, Matt si china in modo buffo. «Mi concede l'onore di un altro ballo?» mi chiede porgendomi la mano.

Rido per la sua strana richiesta. «Con enorme piacere» rispondo simulando a mia volta un piccolo inchino.

Balliamo un lento. Matt tiene la destra sulla mia vita e con la sinistra mi stringe la mano. I nostri corpi sono molto vicini. È un momento bellissimo, che però viene guastato da una visione orribile: in lontananza scorgo Cameron, appoggiato a un tavolino, che sta bevendo chissà cosa e ci sta fissando.

Ma che cosa vuole? Perché non è con la sua bellissima Barbie?

Mi concentro su Matt, per dimenticare lo sguardo duro di Cameron, e osservo le sue morbide labbra che stanno sussurrando qualcosa di incomprensibile a causa della musica alta. Quando le avvicina di più al mio orecchio finalmente riesco a capire: «Sei davvero bella stasera.»

Rispondo con un timido 'grazie' e continuiamo a ballare. Fra tutti i ragazzi che ho conosciuto finora, lui è sicuramente il più carino e il più galante.

«Andiamo a mangiare qualcosa?» mi propone poi quando la musica finisce, sorridendo e stringendomi ancora la mano.

«Certo» replico anche se non ho per niente fame.

Ci avviciniamo al tavolino dove ci sono Nash, Sam, Carter, Cameron e la sua fidanzatina.

«Cris, Matt, eccovi» dice Nash facendo in modo che l'attenzione si appunti tutta su di noi.

Sorrido e mi sposto accanto a Sam.

Susan mi squadra tutta e non cerca neanche di nasconderlo. Indossa un abito fucsia talmente gonfio da farla sembrare un'enorme meringa.

Cameron le si avvicina, le cinge la vita per tirarla più vicino a sé e le sussurra qualcosa all'orecchio. A quanto pare sono riusciti a sistemare le cose prima del previsto. Lei annuisce e insieme si allontanano, lasciandoci finalmente in pace.

«Sam, posso chiederti una cosa?»

«Certo, Cris» risponde portandosi un bicchiere alle labbra.

«Perché Cameron era arrabbiato?»

Sono davvero curiosa di sapere cosa lo angustiasse così tanto da renderlo anche più scontroso del solito.

Lei mi lancia un'occhiatina furba. «Come mai me lo chiedi?»

Sollevo lo sguardo al cielo e sbuffo.

«Non pensare male! È semplice curiosità» dico, e lei sorride.

«Lo so, stavo scherzando. Gli ha dato fastidio il comportamento di Susan nei tuoi confronti. Diciamo che non ama le ragazze che si comportano da snob.»

Chi l'avrebbe mai detto! Non credo che sulla faccia della terra esista una persona più snob di Susan, e Cameron ha scelto proprio lei come fidanzata.

«Ne avete parlato?» chiedo prendendo un bicchiere dal tavolo. Il liquido che contiene è rosa, spero non sia alcolico.

«Cosa?» chiede lei cercando di sovrastare la musica.

«Te l'ha detto lui?» grido praticamente nel suo orecchio.

«No, l'ho sentito mentre parlava al telefono con Nash.»

Ah ecco, mi sembrava troppo strano che Cameron si fosse confidato con sua sorella.

Prendo la borsetta e controllo le chiamate sul telefonino. Quando sblocco lo schermo il mio cuore comincia a battere più forte.

TREVOR: 'Ti chiamo tra dieci minuti.'

Il messaggio è di cinque minuti fa, mi conviene uscire dal locale per rispondere quando telefonerà. Afferro la borsetta e mi avvio all'uscita.

«Tutto bene?» chiede Matt.

«Sì, devo ricevere una chiamata e qui non posso parlare.»

«Ti accompagno. Là fuori è pieno di gente strana» dice.

Questo ragazzo non fa che sorprendermi.

«Grazie.» Sorrido e usciamo dal locale.

Come immaginavo, all'esterno del Drink le persone si sono quadruplicate. Mi faccio largo tra la folla e Matt mi afferra dolcemente la mano.

Non appena siamo abbastanza appartati, il cellulare comincia a vibrare e rispondo immediatamente.

«Trevor!»

«Cris, per fortuna hai risposto» dice.

«Non immagini quanto sia felice di sentirti! Come stai? Perché non rispondevi alle telefonate e ai messaggi?»

«Va tutto bene» si limita a dire.

Mi aspetto che si metta a raccontare per filo e per segno come stanno lui e Cass, se ci sono novità, e invece se ne sta semplicemente zitto.

«Solo questo? 'Va tutto bene?' Sono due giorni che non faccio altro che pensare a voi! Ero così preoccupata...»

«Non ho molto da dire. Io sto bene, e Cass anche... più o meno» dice.

«Cosa vuol dire *più o meno*?» chiedo apprensiva. «Trevor, se sta succedendo qualcosa devi parlarmene, intesi?» Continuo ad avere uno strano presentimento.

«Cris, è tutto a posto, non essere paranoica.»

«Okay, però cerchiamo di organizzare una videochiamata tutti e tre insieme nel week-end. Che ne dici?» chiedo.

«È una buona idea. Domani ne parlo con Cass e ci mettiamo d'accordo.»

«Va bene. Sì, è meglio sentirci domani, adesso sono a una festa e non posso parlare» rispondo ricordandomi che Matt è ancora accanto a me e probabilmente sta ascoltando tutto.

«Mmm... Questo vuol dire che ti stai ambientando. Ne sono felice. Divertiti, allora. Ci sentiamo domani» conclude, e attacca.

Infilo il cellulare nella borsetta e guardo Matt. «Grazie per aver aspettato.»

«Figurati. Eri al telefono con il tuo fidanzato?» chiede con imbarazzo.

«No, solo il mio migliore amico. Entriamo?» propongo.

«Certo» dice sorridendo, e insieme raggiungiamo gli altri nel locale.

Dopo qualche ora lasciamo la festa e siamo di nuovo tutti in macchina.

Devo dire che la serata è stata piacevole, tranne per un piccolo incidente che temo abbia rovinato la festa a Susan e a Cameron.

A un certo punto, non volendo, ho rovesciato il mio drink sul vestito di Susan. Ma giuro che non l'ho fatto apposta!

Avevo il bicchiere in mano e stavo parlando con Nash, che era accanto a lei. Una ragazza ubriaca mi è venuta addosso e io sono scivolata in avanti, rovesciando il mio cocktail proprio sul vestito della festeggiata.

Susan ovviamente ha approfittato della situazione. È scoppiata a piangere e ha iniziato a fare l'isterica, e non ha più smesso per tutta la serata.

Mi dispiace un po', ma solo un po', per Cameron che deve essersi subìto tutti i suoi discorsi insensati su quanto io sia odiosa.

È strano che lui non mi abbia detto ancora nulla, ma sicuramente lo farà appena ci ritroveremo soli.

«Ciao Matt» dicono tutti.

Ero così immersa nei miei pensieri da non accorgermi che siamo già arrivati davanti casa sua.

Prima di uscire dall'auto, Matt mi dà un piccolo bacio sulla guancia e mi augura la buonanotte.

Sorrido un po' imbarazzata. «'Notte» rispondo.

Nash ridacchia appena Cameron riparte, ma non per ciò che è successo con Matt. Ride perché è tremendamente ubriaco. È divertente vederlo in questo stato, perché oltre a ridere senza motivo fa anche discorsi insensati.

Per esempio, prima di uscire dal locale stava parlando con una ragazza di quanto sia ingiusto che gli elefanti non sappiano volare. Inutile dire che, quando l'ho portato via, la ragazza mi ha ringraziata.

Arrivati davanti alla scuola, Sam si offre di accompagnare Nash fino alla sua stanza per evitare che faccia strane deviazioni durante il percorso.

Escono entrambi dall'auto, e mi accorgo che Cameron

mi sta fissando dallo specchietto retrovisore. Lo guardo anch'io, e lui distoglie subito lo sguardo.

«Cosa c'è?»

So che vuole dirmi qualcosa riguardo all'incidente con Susan, ma non è stata colpa mia.

Si volta. «Niente» si limita a dire.

«Lo so che ce l'hai con me per quello che è successo alla festa, ma è stato solo un incidente. Giuro che non è stata colpa mia.»

«Ah no? E di chi?» ribatte.

Ovviamente non sa come sono andate le cose, perché in quel momento non era presente.

«Okay, non so cosa ti abbia raccontato quell'acida della tua fidanzatina ma...»

«Ha un nome» mi ferma subito.

«Susan» mi correggo. «Non so cosa ti abbia detto, ma ti posso assicurare che non l'ho fatto apposta, okay? Stavamo parlando e una ragazza mi è venuta addosso.»

Lui mi guarda come se stesse cercando di capire se sto mentendo oppure no.

«Non ti credo.» Si gira di nuovo in avanti.

«Che cosa ti ha detto la tua fida... volevo dire Susan?» chiedo.

«Che ti sei avvicinata a lei e che dopo averle versato addosso il drink le hai rivolto una serie di insulti.»

Scoppio a ridere. «E tu le hai creduto?»

Cameron annuisce.

«Allora vuol dire che sei proprio un cretino» dico.

Appena termino la frase, lo sportello si apre, Sam entra in macchina e si siede accanto a me. La guardo, e noto subito qualcosa di diverso: ha uno strano sorriso, gli occhi più luminosi del solito.

«Cos'è successo?» chiede lei come se sapesse del nostro battibecco di qualche secondo fa.

«Niente» risponde Cameron rimettendo in moto.

Lei fa spallucce e si volta verso di me. «Hai visto com'era arrabbiata Susan?» dice.

Annuisco.

«Se la sarebbe dovuta prendere con quella cretina ubriaca che ti è venuta addosso, non con te!» commenta.

Mi volto per guardare nello specchietto retrovisore, e incontro lo sguardo di Cameron.

«Già» ribatto continuando a fissarlo.

Distolgo lo sguardo e lui accelera.

Dopo neanche dieci minuti, siamo davanti casa mia e scendo dall'auto.

«Grazie per il passaggio» dico prima di chiudere lo sportello. «'Notte, *Sam*» aggiungo sottolineando il nome della mia amica, perché sia ben chiaro che la buonanotte la sto augurando a lei, non certo a suo fratello.

9

Ieri sera sono tornata a casa molto tardi, e adesso ho un terribile mal di testa. Per fortuna è sabato e non c'è scuola.

Mi siedo sul letto per controllare l'ora sul cellulare: le 13:30. Ho dormito tantissimo. Mi alzo, e con gli occhi ancora socchiusi barcollo fino al bagno.

Apro il rubinetto dell'acqua fredda, la lascio scorrere un po', quindi sollevo lo sguardo verso lo specchio. Ho un aspetto orribile: sono pallida, ho i capelli arruffati, gli occhi ancora gonfi di sonno.

Metto le mani a coppa, raccolgo un po' d'acqua e mi bagno il viso. Rabbrividisco.

Poi mi trascino su per le scale. Nella stanza dei miei, in un cassetto dell'armadio, ci sono tantissimi medicinali dai nomi impronunciabili e con chissà quali proprietà.

«Mamma, cosa posso prendere per il mal di testa?» grido in modo che possa sentirmi da quassù.

Silenzio assoluto.

«Mamma!» grido di nuovo, ma non ricevo risposta.

Esco dalla stanza e resto in ascolto. In effetti in casa c'è un silenzio stranissimo. Saranno andati a fare un giro in centro con Kate.

Torno nella camera dei miei genitori e passo in rassegna tutti i farmaci, uno alla volta, finché non trovo quello che mi serve, poi scendo in cucina a fare colazione.

Il mio cellulare vibra sul tavolo, e io faccio scorrere il dito sullo schermo per leggere il messaggio che ho appena ricevuto.

MATT: 'Ehi Cris, tutto okay?'

Ieri sera ho scambiato il mio numero di telefono con quasi tutti i ragazzi, eccetto Cameron e Susan ovviamente.

'Sì, mi sono appena svegliata. ;-) Tu?' rispondo.

Poso la tazza nel lavello e vado in camera per aprire la finestra e far entrare un po' d'aria fresca.

La risposta di Matt arriva dopo qualche secondo: 'Tutto bene. Ti va di raggiungerci alla pista per gli skate?'

Pista per gli skate? Ci andrei volentieri, se solo sapessi dove si trova.

'Mmm... Sarebbe bello. Chi c'è?'

Spero tanto che non ci sia Susan, altrimenti mi toccherà fingere di avere la febbre o inventare qualche altra scusa per non andare.

'Io, Nash, Carter, Cameron e Jack.'

Tiro un sospiro di sollievo, ma comincio ad agitarmi perché sarei l'unica ragazza nel gruppo e Cameron non perderebbe occasione di trattarmi male. Devo assolutamente convincere Sam a venire con me.

'Posso portare Sam?' chiedo.

'Certo!' risponde subito.

'Arrivo! ;-)' Corro a prepararmi. Indosso degli shorts a vita alta, una maglietta rossa a maniche corte, le Vans rosse, e avviso Sam.

Mi risponde subito: 'Vieni a casa mia, partiamo da qui. Abito in fondo alla tua via.'

Per la prima volta vedo la casa di Sam e Cameron: oltre un cancello, alla fine di un vialetto alberato, si erge un'enorme villa che ricorda tanto un castello. È impressionante, al confronto casa nostra impallidisce.

'Sono qui fuori.' Premo il tasto *Invio* e un minuto dopo Sam sta percorrendo il vialetto. «Ciao Cris!»

La pista per gli skate è all'interno di un parco a South Beach, dall'altra parte della città, e decidiamo di andare in autobus.

Durante il tragitto parliamo di tantissime cose. Le racconto di Los Angeles, della mia vecchia vita, dei miei migliori amici, di Set.

«Wow, allora questo posto deve proprio sembrarti uno schifo» commenta lei.

Senza accorgermene mi ritrovo ad annuire.

«Tu, invece?» chiedo.

«Io non ho molto da raccontare. Ho sempre avuto pochi amici.»

«Davvero? Ma tuo fratello è uno dei ragazzi più popolari della scuola! Ti avrà sicuramente presentato i suoi amici» dico.

Sam fa un sorriso triste. «Ecco, diciamo che io e Cameron non siamo molto uniti. Sì, siamo fratello e sorella, viviamo nella stessa casa, ma non parliamo granché, anzi... Per me è già tanto se la mattina mi saluta. Siamo quasi due estranei» dice abbassando lo sguardo. «Sono sempre stata molto sola.» Ha gli occhi gonfi di lacrime.

In effetti, prima di conoscere me, Sam non aveva mai frequentato Nash e gli altri ragazzi. Non capisco il suo rapporto con Cameron, ma è evidente che lei ne soffre molto.

Appoggio la mano sulla sua spalla e le sorrido. «Non sei più sola. Adesso ci sono io.»

Le scende una lacrima e mi abbraccia. «Grazie» mi sussurra all'orecchio. Poi si allontana e si asciuga il volto con la felpa. Mi chiedo perché si sia vestita così pesante, oggi fa parecchio caldo.

Attraversando la città, ci addentriamo nell'Art Deco District e percorriamo Ocean Drive. Conosco ancora poco Miami Beach, e questa parte della città anche meno, se non attraverso la tv e le riviste.

«Siamo arrivate» dice a un tratto Sam.

Scendiamo dall'autobus ed entriamo in un grande parco pieno di persone che fanno jogging e di ragazzi che sfrecciano sui rollerblade. Dopo qualche minuto vediamo la gigantesca pista per gli skateboard. È a due passi dalla spiaggia. Inspiro a pieni polmoni l'aria carica di salsedine. Il sole è alto nel cielo e il mio mal di testa è passato. Credo proprio che sarà una gran bella giornata.

Ci guardiamo attorno alla ricerca dei ragazzi, e la mia attenzione viene subito catturata da uno skater dai capelli scuri che fa delle acrobazie fantastiche. Quando si ferma capisco che si tratta di Cameron. E se c'è lui, vuol dire che nei paraggi ci devono essere anche Matt e gli altri.

«Eccoli!» esclama Sam, indicando un gruppetto di ragazzi seduti in cerchio all'ombra di un albero. Ci avviciniamo.

«...Sì, cazzo, mi sentivo una vera merda» sta raccontando Nash.

Matt si gira e mi guarda. «Ehi, sedetevi pure qui.»

Salutiamo tutti e andiamo a sistemarci accanto a lui.

«Continua» dice Jack a Nash.

«Sì, giusto... E così, appena sono entrato in camera, sono corso in bagno e ho vomitato tutto l'alcol che avevo in corpo. Durante la notte non ho chiuso occhio, e della festa non ricordo niente, zero assoluto!»

Si vede che ha dormito poco, ha delle occhiaie spaventose. Ora che ci penso, non ho più chiesto a Sam perché ieri sera era così contenta quando è tornata in macchina dopo averlo accompagnato.

«Voi invece?» chiede Nash.

«Io sono stata bene» rispondo.

«Anch'io» dice Matt.

«Loro due che ci fanno qui?» Cameron si avvicina con aria corrucciata e indica me e Sam. È evidentemente sorpreso e infastidito per la nostra presenza.

«Le ho invitate io, e gli altri erano tutti d'accordo» dice Matt.

«Allora posso chiamare Susan» ribatte tirando fuori il cellulare dalla tasca dei pantaloni.

Nash si alza subito e gli blocca la mano. «Hai sentito cosa ha detto Matt? Eravamo tutti d'accordo. Perciò, prima di chiamarla, devi avere il consenso della maggioranza. Cosa impossibile, dato che nessuno di noi vuole vedere Susan.»

«E volete vedere loro?» chiede Cameron stizzito.

Lo odio come non ho mai odiato nessuno, lo giuro.

«Sì. Loro sono nostre amiche e sono molto più simpatiche della tua fidanzata» replica Nash.

«Ma non vi dà fastidio andare in giro con queste due?» domanda Cameron guardando i suoi amici.

«Perché? Cos'hanno che non va?» fa Carter.

Cameron scuote la testa e si siede per terra. «Sono irritanti e fastidiose.»

Sam tiene lo sguardo basso, è a disagio e non dice una parola. Anch'io mi sento di troppo, e decido che è arrivato il momento di andare via, anche perché se rimango qui un altro po' rischio di perdere la calma. Mi alzo. «Io me ne torno a casa.»

«Vengo con te» fa Sam con un filo di voce, alzandosi anche lei.

Matt scatta in piedi e mi afferra il braccio. «Perché?» chiede.

«Che senso ha restare? Non siamo venute per essere insultate da lui.»

Cameron non ci guarda neanche. «È un cretino. Lasciatelo stare! Vogliamo che restiate» dice Matt sorridendo.

«Concordo» fa Nash.

Jack e Carter annuiscono.

«Grazie, ragazzi! No, dico sul serio, siete dei veri amici! Basta che arrivi una tipa qualsiasi e vi lasciate convincere in meno di cinque secondi» sbotta Cameron.

Posso mandarlo affanculo?

«Cameron, falla finita. Loro ci piacciono perché non sono snob come Susan, e finora Cris è l'unica che sia riuscita a tenerle testa» replica Nash.

«Certo, come no... Cambierete tutti idea su Susan, prima o poi» ribatte Cameron.

«Ne sei convinto? Cioè, pensi davvero che riuscirai a convincerci che Susan è migliore di come sembra?» chiede Jack ridendo.

Cameron annuisce.

«In bocca al lupo, amico!» commenta Carter.

«Cris, resta» fa Matt guardandomi.

Lancio una rapida occhiata a Sam e capisco che aspetta che sia io a decidere. Guardo Matt, annuisco e torno a sedermi accanto a lui. Sam fa lo stesso.

Mi sbagliavo: la giornata non poteva andare peggio.

10

Avevo sempre pensato che lo skateboarding fosse uno sport noioso e non adatto a una ragazza. Niente di più sbagliato! È divertentissimo e accessibile a tutti. O almeno, così credo in questo preciso istante... non so se per il fatto che finalmente, dopo due ore, sono riuscita a stare in equilibrio sulla tavola o perché il mio insegnante è Matt.

Ha tantissima pazienza. Se fossi in lui, mi sarei già detta di lasciar perdere più di un'ora fa. Sono talmente imbranata che dovrò ritenermi fortunata se a fine giornata avrò percorso un metro tenendo entrambi i piedi sulla tavola. E forse è proprio quello che sta pensando anche Matt, ma è troppo gentile per dirmelo.

Dopo la scenata iniziale, Cameron ha smesso di fare il coglione e si è dato una calmata. Ora va tranquillo sul suo skate ed esegue complesse acrobazie, che io mai e poi mai sarei in grado di fare. Alla fine si è anche arreso alla volontà dei suoi amici e non ha più chiamato Susan.

«Cris?» chiede Matt agitando una mano davanti al mio viso.

«Eh?» Ero troppo concentrata su Cameron e le sue evoluzioni.

«Adesso prova a darti una piccola spinta, io intanto ti tengo, così non cadi.» Si mette di lato e mi posa le mani sui fianchi per sostenermi.

È così carino. Torno col pensiero a Matt e a ciò che devo fare in questo momento.

Salgo sulla tavola con il piede sinistro, con il destro mi do una lieve spinta e lo skate si muove. Mantengo l'equilibrio per un mezzo metro scarso, poi mi sbilancio, poggio il piede a terra e mi fermo.

«Grande!» esulta Matt dandomi il cinque. «Adesso da sola, senza il mio aiuto.»

Prevedo già una spettacolare caduta.

«Stammi comunque accanto, così se cado mi prendi» rispondo quasi supplicandolo.

Salgo di nuovo sulla tavola. Prendo un profondo respiro, prego di non fare una figuraccia, e spingo leggermente con il destro... o almeno credo di darmi una leggera spinta. Lo skate acquista velocità, io faccio del mio meglio per tenere l'equilibrio ma alla fine frano addosso a Matt, che per fortuna mi stava accanto.

Mi ritrovo sopra di lui. Mi stringe la vita, le punte dei nostri nasi si toccano, e i nostri sguardi sono persi l'uno in quello dell'altra.

Questa situazione ha qualcosa di familiare... In effetti, in un certo senso, è stata proprio una caduta dallo skate a farci incontrare la prima volta, quasi una settimana fa.

«Merda!» grida un ragazzo alle mie spalle, rovinando questo bellissimo momento.

Mi scosto da Matt e guardo verso la pista per le acrobazie.

Quando sono caduta lo skate ha proseguito la sua corsa fino a fermarsi nel mezzo di una half-pipe, dove proprio adesso un ragazzo è steso a terra e si tiene un ginocchio.

Oh no!

Corro verso di lui e lo aiuto ad alzarsi. Per fortuna sembra non essersi rotto niente.

«Mi dispiace.»

«Non è nulla, tranquilla. Sopravvivrò.» Prende il suo skate e se ne va via zoppicando.

Qualcuno ride alle mie spalle.

«Sei proprio una frana con lo skate! Stavi per uccidere quel povero ragazzo!»

Ho appena fatto una grandissima figura di merda, e Cameron come al solito non perde occasione per mettermi a disagio. Non c'è nulla da ridere.

«Gli ho già chiesto scusa... e comunque, non sono affari tuoi» sbotto e me ne vado. Non lo sopporto.

Torno da Matt. «Credo che lo skateboard non faccia per me» gli dico.

«Mmm... forse hai ragione.» Ride, e la sua risata contagiosa mi fa tornare di buonumore. «Raggiungiamo gli altri.»

Ci sediamo a terra. Sam sta chiacchierando con Nash. Lei, a differenza di me, non ha neanche provato a salire sulla tavola, e visto quello che mi è successo credo abbia fatto bene.

«Quindi tu vieni da Los Angeles?» mi chiede Jack.

Annuisco.

«E com'è lì? Intendo le persone, la scuola...»

«Diciamo che non ci sono ragazze come Susan.»

Ridono tutti.

«Wow! Vi immaginate un mondo in cui Susan e le persone come lei non esistono?» dice Carter.

«Sarebbe meraviglioso!» commenta Nash.

Dev'essere difficile per lui avere a che fare con la ragazza del suo migliore amico.

«E come mai Susan è così popolare?» chiedo.

«Padre ricco, tanti soldi, vestiti costosi, esce con Cameron...» spiega Jack.

«Non sono ancora riuscita a capire il motivo per cui mio fratello voglia stare con lei» osserva Sam.

«Sssh» fa Matt.

Sta arrivando Cameron, e scommetto che non sarebbe felice di sentir parlare in questo modo della sua fidanzata.

«Di cosa state chiacchierando?» chiede.

Nessuno sa cosa dire. È piombato un silenzio imbarazzante.

«Del fatto che sono quasi le sei e io devo andare a casa. Ho un appuntamento in chat con i miei amici di Los Angeles» dico alzandomi.

«Ma che peccato!» ribatte ironicamente Cameron.

Faccio finta di non aver sentito. Le persone come lui non meritano alcuna attenzione.

«Cris, vengo con te. Anche per me è ora di tornare» fa Sam sorridendo.

Dopo aver salutato tutti i ragazzi, tranne Cameron ovviamente, ci avviamo alla fermata dell'autobus.

Una volta scese sulla via di casa, accompagno Sam fino al suo cancello.

«Allora a lunedì!» mi saluta lei aprendolo. «Grazie ancora per avermi salvata da un pomeriggio di solitudine.»

«Niente.» Ricambio il suo sorriso.

Si volta per entrare, ma la fermo per chiederle una cosa. «Ehi, Sam, come mai l'altra sera eri così contenta dopo aver accompagnato Nash?»

Abbassa lo sguardo.

«Allora?» chiedo, e noto il rossore sulle sue guance.

«Nash mi ha... mi ha...»

«Ti ha baciata?» chiedo con emozione.

«No no.» Scuote il capo.

Oh.

«E allora cosa?»

«Mi ha detto che sono bellissima, e prima di entrare nella sua stanza mi ha dato un bacio sulla guancia.»

Wow! Questo è anche meglio di quanto immaginassi! Nash e Sam sarebbero una coppia bellissima...

«Però...» continua. Odio i 'però', rovinano sempre tutto. «Lui era ubriaco e ha detto di non ricordare nulla, perciò non importa» fa con tono triste.

«Se ti ha detto quelle cose, vuol dire che le pensa veramente, tantopiù se era ubriaco» la incoraggio.

«Sì, ma non ricorda più niente... Ora, è meglio che vada a casa. Si sta facendo tardi.»

«A lunedì» le dico mentre chiude il cancello.

11

La sveglia che suona sta diventando sempre più fastidiosa e orribile, proprio come la mia vita in questo posto.

Prima di trasferirmi qui frequentavo la scuola abbastanza volentieri. Adesso, invece, certe mattine è come se andassi al patibolo. E questa è decisamente una di quelle.

Ho trascorso la domenica rintanata in casa, pensando a Cass e Trevor. La sera prima, rientrata dal parco, fremevo dalla voglia di vedere i miei amici. L'appuntamento era fissato per le diciannove ma, quando sono entrata in WeChat, Cass e Trevor erano ancora offline. Ho atteso per più di un'ora, ma niente: dei miei amici nessuna traccia. Quindi ho provato inutilmente a chiamarli al telefono, e ancora adesso non saprei dire se sono più arrabbiata o preoccupata. Non so davvero cosa pensare...

Meglio scendere dal letto e prepararmi senza fare troppe storie, se non voglio fare tardi.

Esco in giardino per aspettare Sam. Ieri sera mi ha scritto chiedendomi se avessi bisogno di un passaggio e ho accettato. Non mi andava di disturbare ancora mia madre, è già molto presa dal lavoro.

Controllo l'ora sul cellulare. Se Sam non arriva entro cinque minuti, la chiamo. Non posso permettermi di arrivare tardi anche oggi.

Intanto, una gigantesca macchina nera passa davanti casa catturando la mia attenzione. Ci metto poco a capire che il ragazzo alla guida è Cameron.

Va pianissimo perché è concentrato sul suo stupido cellulare. Per fortuna mi supera senza neanche notarmi.

Pochi secondi dopo sento il rumore di un motorino che si avvicina. Esco sulla strada e Sam frena a soli cinque centimetri da me, giusto in tempo per non travolgermi.

«Cris, scusa per il ritardo! Dài, sali. Scommetto che arriveremo a scuola prima di Cameron.»

Per un momento penso stia scherzando, poi mi rendo conto dalla sua espressione che è serissima.

«Prima di Cameron?» chiedo allacciandomi il casco.

«Sì! Tieniti forte» dice appena mi siedo dietro di lei.

Sam parte a una velocità pazzesca e faccio davvero fatica a reggermi! Sfreccia rapidamente fra le auto e a un semaforo giallo sorpassiamo Cameron.

Non so come, arriviamo a scuola sane e salve. Il mio cuore va a mille, e credo che non salirò mai più su un motorino con Sam. O meglio, non salirò mai più su un motorino e basta.

«Wow» dico scendendo e togliendomi il casco.

«Bello, eh?» chiede lei sorridendo.

«Sì, ma non farlo mai più!»

Quando entriamo a scuola la campanella non è ancora suonata, e vado con Sam a sistemare le mie cose nell'armadietto.

«Cris!»

Oh no, riconoscerei questa voce stridula tra mille. Io e Sam ci giriamo.

«Susan, cosa vuoi? Non puoi lasciarmi in pace?» chiedo.

«Volevo solo complimentarmi con te.» Batte le mani e mi guarda con un sorrisetto beffardo. «E così, grazie a Matt, hai avuto i tuoi cinque minuti di popolarità...»

Io e Sam ci scambiamo un'occhiata. Ma di cosa sta parlando?

«Complimentarti?» chiedo.

«Non fingere di non capire... E comunque non farci l'abitudine.» Mi fissa con aria di sfida, poi gira i tacchi e se ne va lasciandomi basita.

«Di cosa stava blaterando?» mi chiede Sam.

Alzo le spalle. «Non ne ho idea, ma devo parlare con Matt.»

Al suono della campanella corriamo in classe; mi toccherà aspettare prima di poter parlare con lui. Lungo il corridoio mi accorgo che le persone mi indicano e mi rivolgono strane occhiate. Devo assolutamente capire cos'è successo.

Quando suona la seconda ora è come se sentissi gli angeli cantare. Mi sposto con Sam nell'aula di storia, dove il professore ha già iniziato l'appello. Ci scusiamo per il ritardo e ci sediamo ai nostri posti, il mio purtroppo accanto al Dallas sbagliato.

Inizio a prendere appunti ma vengo subito interrotta da una pallina di carta che atterra sul mio banco.

La apro. È un bigliettino. 'Be', vedo che non hai perso tempo! Cam.' Ma che diavolo...?

Gli rispondo dopo qualche minuto: 'Di cosa stai parlando?' Accartoccio bene il bigliettino e glielo lancio, sperando di centrare il suo banco. Non sono mai stata brava in questo genere di cose.

Dopo cinque minuti, arriva la sua risposta: 'Matt... Insomma, hai capito! Non pensavo si dichiarasse così presto e soprattutto che tu accettassi. Siete un po' strani come coppia.'

Da quando io e Matt siamo diventati una coppia?

'Chi te l'ha detto?' gli scrivo immediatamente.

Non posso credere che a scuola girino queste voci!

'L'ho letto sul giornalino. Quindi è vero?' risponde.

Vorrei strappare il foglietto in mille pezzetti e farli ingoiare alla ragazza che si occupa del giornalino. Ma chi si crede di essere? Come può scrivere certe cose?

'Anche se fosse vero, non sono affari tuoi' gli scrivo.

La risposta di Cameron mi fa arrabbiare ancora di più: 'Infatti non sono affari miei, ma di tutta la scuola!'

Strappo il foglietto mettendo fine a questa inutile conversazione. Devo assolutamente chiedere spiegazioni a Matt.

Nonostante gli intervalli tra le lezioni, a mezzogiorno non sono ancora riuscita a parlare con lui, e quando finalmente la campanella annuncia la pausa pranzo mi precipito da Matt.

«Cos'è questa storia che io e te stiamo insieme?» gli chiedo impaziente.

«Vorrei saperlo anch'io!» Scuote la testa. «Tutto per una stupida foto in cui ci stiamo abbracciando.» Prende un giornalino dallo zaino e me lo mostra: io e lui siamo in copertina. Comincio a provare un profondo odio verso Lexy.

«Non ci credo!»

«Che facciamo?» chiede Matt.

«Parliamo con Lexy e la convinciamo a smentire tutto nel prossimo numero.»

Andiamo in giardino per cercarla: di solito è lì che passa l'intervallo. Sam, Nash, Carter, Jack e un ragazzo con una bandana blu sono seduti sul prato. Ma di Lexy nessuna traccia: sarà chissà dove a cercare nuovi incredibili scoop. Ci avviciniamo ai ragazzi e io mi siedo accanto a Sam.

Noto che le persone continuano a fissarmi, e la cosa mi dà parecchio fastidio.

«Ma cos'hanno tutti?» chiedo arrabbiata.

«Non è così comune finire sulla copertina del giornalino con Matt» risponde Sam.

Non capisco come le persone possano interessarsi a certe sciocchezze. E poi è una foto banalissima, in cui io e Matt non facciamo niente di particolare.

Il ragazzo con la bandana si presenta. «Ciao, io sono Taylor.»

«Piacere, Cris.» Ricambio il suo sorriso.

«Comunque è stato bello, per una volta, non vedere Susan in copertina!»

Il suo commento mi fa sorridere. A quanto pare, quella ragazza non è simpatica a nessuno.

Riesco a distrarmi dalla storia del giornalino e trascorriamo la pausa pranzo parlando dei professori e dei prossimi test, poi la campanella suona e ciascuno di noi si avvia alla propria aula.

Prima di entrare in classe prendo un libro dall'armadietto, inserisco la combinazione, e quando mi volto finisco addosso a un ragazzo. Sento le sue braccia che mi avvolgono, non ho il coraggio di vedere chi sia. Muoio dalla vergogna.

Sollevo lo sguardo e mi imbatto negli occhi profondi di Cameron. Restiamo a fissarci per alcuni istanti che mi sembrano infiniti.
«Scusa.» Mi allontano da lui.
«Non ti preoccupare. Tutto okay?»
Da quando Cameron si preoccupa di come sto?
«Questo è davvero troppo!» sento dire dietro di me.
Mi giro e vedo Susan rossa per la rabbia.
«Evans, sei patetica! Prima ti inventi la storia con Matt per finire sulla prima pagina del giornalino e adesso cerchi di rubarmi il fidanzato!» esclama furiosa.
«Cosa? No, sono solo...» cerco di spiegarle, ma Susan mi interrompe.
«Chiudi il becco! Presto capirai come funzionano le cose in questa scuola!»
Ma perché non me ne va mai una giusta?
«Mi dispiace davvero» dico a Cameron e vado via.
A fine giornata affretto il passo per uscire il prima possibile da scuola. Continuo però a sentirmi osservata, ed è una sensazione che non mi piace per nulla. A un tratto vedo Susan che cammina verso di me con uno stranissimo sorriso.
«Devo parlarti» dice.
Oh no.
«Ehm... okay» rispondo sorpresa.
Chiacchierando ci incamminiamo verso l'uscita.
«Volevo chiederti scusa» fa lei.
Sono sconvolta, non riesco a credere alle mie orecchie. «Davvero?»
«Sì. Cam mi ha spiegato cos'è successo prima. Mi ha detto che è stato solo un incidente. Mi dispiace» dice sorridendo.
Non so perché, ma quel sorrisetto non mi piace neanche un po'.
«Okay, sono felice che sia tutto chiarito. Non sono quel genere di ragazza.»
«Ah certo» ribatte come se avesse completamente ignorato le mie parole.
Ci fermiamo sulle scale, e alle sue spalle vedo Matt e gli altri ragazzi che dal cortile mi osservano sorpresi.

«Però...» riprende «mettiamo le cose in chiaro» dice guardandomi dritto negli occhi, con uno sguardo strano. «La storia della copertina non mi va proprio giù. Lo so che sei stata tu a raccontare quelle sciocchezze a Lexy per finire sul giornalino.» Questa ragazza mi fa paura. «E non provare a negarlo. Ho capito dove vuoi arrivare.»

Vorrei spiegarle che ha frainteso tutto, ma all'improvviso Susan si avvicina con atteggiamento minaccioso, posa le mani sulle mie spalle e mi dà un'energica spinta. Barcollo all'indietro, e il peso dello zaino mi fa cadere a terra. Mi ritrovo distesa sulle scale, con i quaderni e i libri sparpagliati sui gradini.

«E questo è solo l'inizio, Cris! Ti farò capire qual è il tuo posto, non dubitarne» mi sussurra Susan. Poi si volta e va via.

Matt e Nash corrono verso di noi. «Ma che cos'hai in quella testa?» grida Nash in direzione di Susan.

«Tutto bene?» mi chiede Matt aiutandomi ad alzarmi.

Annuisco e guardo Susan che si allontana seguita dalle sue amiche.

«È una stronza! Giuro che se Cameron non la lascia...» borbotta Nash arrabbiato.

Come se avesse sentito pronunciare il proprio nome, Cameron esce dal portone.

«Che diavolo è successo?» chiede guardando me e Nash.

«Domandalo alla tua fidanzatina. Vediamo se questa volta ha il coraggio di raccontarti la verità!» gli grido contro.

Cameron resta in silenzio, osserva Nash e se ne va senza aggiungere una parola.

Sorrido a Matt che ha raccolto le mie cose e mi sta porgendo lo zaino, e vedo arrivare anche gli altri ragazzi che hanno assistito alla scena.

«Ma cos'è successo?» chiede Carter.

«Le hai fatto qualcosa?» fa Taylor.

«A quanto pare le ho rubato la copertina della rivista scolastica» rispondo arrabbiata.

«Dài, ti accompagno a casa» dice Matt.

Annuisco. Non vedo l'ora di andarmene via da questo schifo di posto.

Per qualche minuto camminiamo in silenzio, poi mi chiede: «Sei sicura di star bene?»

«Ho solo un po' male al polso.»

Matt si ferma, mi prende dolcemente la mano ed esamina il polso. «Non è niente. Tra qualche giorno sarà guarito» sentenzia con tono professionale.

«E tu come fai a saperlo?» chiedo divertita.

Riprende a camminare. «Mio padre è medico, mi ha insegnato molte cose.» Fa l'occhiolino.

Arrivati davanti casa, Matt mi scruta in silenzio, poi sorride. «Non sono stati bei giorni per te, vero?»

«Diciamo che non mi sono sentita la benvenuta.»

Smette di sorridere e diventa improvvisamente serio. «Io... ecco... lo so che non ci conosciamo da tanto, ma vorrei darti comunque il benvenuto» dichiara avvicinandosi lentamente.

Sono immobile, il cuore mi batte forte. Matt appoggia una mano sulla mia vita, con l'altra mi accarezza il viso. Poi si avvicina e posa le sue labbra sulle mie.

È solo un tenero bacio a stampo, per qualcuno varrà poco, ma per me significa tantissimo.

Si scosta e si ferma poco distante dalle mie labbra. «Benvenuta...» sussurra.

Non posso fare a meno di sorridere. Matt è dolcissimo, ed è una delle poche persone che riesce a farmi sentire bene in questa maledetta città.

«A domani» mi dice.

«A domani.»

Ho le farfalle nello stomaco e la testa leggera, e resto immobile a guardare Matt che si allontana.

Quando alla fine torno in me ed entro in casa, ho un enorme sorriso stampato in faccia.

Vado in camera mia e mi butto sul letto per ripensare a quel meraviglioso momento.

12

«Criiis! Criiis! Ehi, Cris!»

Mi sveglio di soprassalto. Kate ripete il mio nome e mi scuote il braccio. Non ho voglia di iniziare questa giornata, e ho la strana sensazione di non aver dormito affatto... Quando finalmente sollevo la testa e apro gli occhi, impiego qualche minuto per capire dove mi trovo.

Non ci credo... Sono seduta alla mia scrivania!

«Criiis! Hai dieci minuti esatti per prepararti!»

Prendo il cellulare e guardo l'ora: le 7:30!

Mi alzo e mi precipito in bagno.

Accidenti! Ma come mi sono potuta addormentare sui libri?

Ieri pomeriggio non riuscivo a studiare, il cielo era di un arancione bellissimo e io non facevo altro che sospirare e ripensare al bacio di Matt. Ma *dovevo* studiare per mettermi in pari con i programmi, e dopo cena mi sono seduta di nuovo alla scrivania. È stato inutile: ho continuato a pensare a Matt, al bacio, a cosa sarebbe successo... e così, senza accorgermene, devo essermi addormentata sui libri. Maledizione!

Dopo venti minuti io e Kate siamo in macchina, e mamma corre a tutto gas verso la scuola.

Sono tesa, non so come sarà rivedere Matt. E se avesse cambiato idea? E se avesse capito che non vuole stare con me? Magari ho frainteso tutto...

Per fortuna lungo il tragitto non incontriamo traffico e arriviamo a scuola solo dieci minuti dopo l'inizio delle lezioni.

Corro verso l'aula d'inglese e busso alla porta. Devo assolutamente smetterla di arrivare in ritardo! Di questo passo non farò mai una buona impressione sui professori.

«Avanti. Ah, signorina Evans. Come mai è in ritardo?» chiede il professore.

«Motivi familiari» rispondo, e vado a sedermi al mio banco. Mi guardo intorno in cerca di Matt. Mi rivolge un piccolo sorriso. Sono nervosa.

Le ore passano in fretta, ma negli intervalli tra una lezione e l'altra io e lui riusciamo a scambiarci solo degli sguardi fugaci. E se avessi sognato tutto? Oh mio dio, ho paura.

Quando suona la campanella della pausa pranzo, Sam si avvicina e mi stringe in un abbraccio. «Ciao, Cris.»

«Ehi, Sam.»

«È successo qualcosa di grave? Intendo stamattina...» chiede scrutandomi con attenzione. Deve aver percepito qualcosa di strano.

«Non è suonata la sveglia.» Sollevo le spalle e ridacchio.

Vediamo Nash, Cameron e Matt venire verso di noi.

Matt si avvicina senza dire niente, posa una mano sulla mia vita e mi fa voltare in modo che possa guardarlo. «Buongiorno» sussurra a pochi centimetri dalle mie labbra.

Sorrido. «Buongiorno a te.»

«Tutto bene? Il polso come va?»

«Molto meglio.»

Poi si avvicina ancora e mi bacia, migliorando la mia giornata.

«Ma... tu... voi... quando...» balbetta e gesticola Sam.

«Ti racconto dopo» le dico ancora emozionata.

Sono felicissima. Ero così spaventata, temevo fosse solo un bellissimo sogno, e invece è tutto vero!

Attorno a noi i ragazzi sono rimasti a bocca aperta.

«Ehm... Io devo andare» fa Cameron allontanandosi immediatamente.

«Complimenti, amico!» esulta Nash dando il cinque a Matt.

«Cosa diavolo era quello?» chiede Susan.

Oh no. Cosa vuole adesso?

Sembra fuori di sé, avanza nella nostra direzione e proprio non comprendo il motivo della sua rabbia. Lei sta con Cameron. Perché dovrebbe darle fastidio vedermi con Matt?

«Meno male che voi due non stavate insieme!» dice.

Matt sembra confuso quanto me.

«Qual è il problema?» le chiedo.

«Ora basta! Questo è troppo!» Fa per avvicinarsi con aria minacciosa, ma per fortuna Matt si mette in mezzo e mi fa da scudo.

«Susan, che diavolo ti prende?» le chiede.

Lei lo fissa per qualche istante, con gli occhi lucidi. Poi torna a guardare me e spinge Matt di lato per venirmi addosso.

Nash l'afferra per le braccia e la blocca. «Matt, portala via» dice indicandomi.

Matt annuisce e mi accompagna fuori dalla classe.

«Perché ha reagito in quel modo?» chiedo allibita.

Matt resta in silenzio e mi accompagna in giardino, dove ci sono Taylor e Cameron che stanno parlando. «Resta qui con loro, io torno subito» si limita a dire.

«Dimmi cosa sta succedendo» insisto.

«Ti spiego tutto dopo.»

Resto da sola con Cameron e Taylor.

«Che succede?» chiede Taylor.

«Non lo so... Susan è di nuovo arrabbiata con me.»

Sorridono entrambi.

Un attimo... Cameron sta sorridendo?

«Dovresti andare a tranquillizzare la tua fidanzatina» gli dico.

«Non ho intenzione di farmi rovinare la giornata da un'altra delle sue sfuriate! E poi, sarebbe ora che sistemasse le cose con Matt.»

Adesso sono ancora più confusa.

«Cosa dovrebbe sistemare con Matt?» chiedo.

«Loro due stavano insieme, ma hanno rotto diverso tempo fa. Credo che a Susan dia fastidio che la nuova ragazza di Matt sia proprio tu.»

«E tu non sei geloso?» chiedo.

«Lei ama me, e di questo sono sicuro» dice Cameron guardandomi dritto negli occhi.

Matt sta camminando verso di noi. «Porca miseria, dille di calmarsi» dice guardando Cameron.

Cameron sbuffa e raggiunge Susan, che è a pochi passi dietro Matt.

«Sei solo una stronza! Ti odio! Arrivi dal nulla e provi a portarmi via tutto. Il rispetto delle persone, il fidanzato e adesso anche il migliore amico!» dice singhiozzando.

Non mi sarei mai aspettata di vedere Susan piangere.

«Susan, calmati. Stai esagerando» interviene Cameron.

«Cameron, restane fuori! È una faccenda tra me e lei!»

Vedo Lexy correre rapidamente nella nostra direzione per scattare delle foto. Giuro che se potessi le prenderei quella stupida macchinetta fotografica e gliela farei ingoiare. Qui sta succedendo un casino e lei scatta foto! Ma è normale?

Susan continua a piangere, e l'unica cosa che riesco a dirle è che mi dispiace. Non so aggiungere altro perché in fondo non ho fatto niente!

«Adesso basta. Cris, andiamo via» fa Matt.

«No, Matt! Aspetta...» dice lei piangendo. Continua a muoversi nel disperato tentativo di liberarsi dalla presa di Cameron, ma non ci riesce.

Io e Matt ce ne torniamo in classe, e io resto in silenzio. Non so cosa dire. La situazione che si è creata con Susan è davvero strana. Non ero mai stata così antipatica a qualcuno. Mi dispiace se le ho rovinato la vita, ma io non avevo nessuna intenzione di farlo.

«Ehi... cosa c'è?» chiede Matt sollevandomi il mento.

Lo guardo dritto negli occhi. «Forse ha ragione Susan. Da quando sono arrivata qui ho combinato solo casini.» Scuoto la testa.

«No no. Non è vero. L'unico casino è quello che c'è dentro di me ogni volta che ti vedo. A me hai migliorato la vita. Con la tua simpatia, il tuo sorriso, i tuoi dolcissimi occhi. Sei una ragazza speciale, per questo mi piaci.» Mi bacia. «Ehi, per tirarti su di morale, ti andrebbe di venire alla festa di Nash stasera?»

«La festa di Nash? Non mi ha invitata.» Mi sembra strano che non l'abbia fatto, pensavo fossimo amici.

«Certo che sì, ha chiesto a me di farlo al posto suo. E poi non si tratta di una vera e propria festa. Nash ha semplicemente invitato alcuni amici nella sua stanza per passare insieme la serata facendo qualche gioco stupido. Ovviamente la proposta è rivolta solo a persone speciali, come te.»

Non posso fare a meno di ridere.

Matt mi bacia di nuovo.

«Allora vieni?» mi chiede. «Sarà divertente.»

Annuisco.

«Brava!»

La campanella suona e tutti tornano in classe. Entra anche Susan, accompagnata da Cameron. È ancora furiosa, guarda Matt che però la ignora, poi passa a me, e nei suoi occhi leggo odio e tanti altri sentimenti orribili.

Si siede al suo posto e si asciuga le lacrime con un fazzolettino che le ha passato Cameron. Lui fa per abbracciarla, ma lei gli ripete di starle lontano.

Che casino.

Il prof entra e comincia la lezione.

13

Appena tornata a casa, al telefono prendo accordi con Sam per andare alla festa di Nash.

L'unica cosa che rimane da fare è convincere mia madre.

Faccio un respiro profondo prima di entrare in cucina: se voglio andare alla festa, dovrò utilizzare qualsiasi mezzo a mia disposizione.

Mi siedo al mio posto e comincio a mangiare.

In sedici anni di convivenza con i miei genitori ho imparato che il metodo migliore per ottenere ciò che voglio è complimentarmi con loro per qualcosa che hanno fatto.

«Che buono! Ti sei davvero superata, mamma» dico sorridendo.

Mia madre mi scruta sospettosa. «Vuoi chiedermi qualcosa, tesoro?»

A quanto pare, non sono l'unica ad aver capito come funzionano le cose in questa famiglia.

«No, cosa te lo fa pensare?» chiedo con aria indifferente.

«Cris, stiamo mangiando del pollo. E sai benissimo che l'unico in grado di cucinarlo è tuo padre.»

«Va bene.» Poso la forchetta sul piatto. «Un'amica mi ha invitata a trascorrere la serata a casa sua. Posso andare?»

Se chiedessi il permesso per un'altra festa, di martedì e per giunta nella stanza di un ragazzo, non mi lascerebbero mai andare.

«Quando? E dove abita?» chiede.

«Stasera. Abita in fondo alla nostra via.»

«Come si chiama?»

«Samantha Dallas.»

Gli occhi di mio padre si illuminano. «Courtney, è la figlia di John!»

Mia madre gli sorride. «Ma certo, è la figlia del nostro amico del college, il capo di vostro padre. È stato lui a farci trasferire qui.»

Un motivo valido per odiarlo.

«Sai, stavo pensando di invitarlo a cena domani sera» le dice papà.

«Sì, mi sembra un'ottima idea» risponde mia madre.

La conversazione si sta spostando altrove, devo fare qualcosa.

«Ehm, scusate, stavamo parlando della mia serata a casa di Sam...»

«Ah, certo, tesoro. Vai pure e divertiti» fa mia madre sorridendo.

Ricambio il sorriso e vado a prepararmi.

Mi sento un po' in colpa per aver mentito, ma in fondo è una piccolissima bugia e, se tutto procede secondo i piani, non se ne accorgeranno mai.

«Puoi ingannare mamma e papà ma non me» dice Kate entrando in camera. Lei, purtroppo, capisce subito quando mento. «Allora, dove vai?»

«Alla festa di un compagno di scuola, dove ci sarà anche Sam» spiego prendendo delle magliette dall'armadio.

Finalmente ne trovo una adatta e l'appoggio sul letto.

«Tu, invece, come stai? Come va con i tuoi amici?» le chiedo mentre mi vesto. Nell'ultimo periodo io e lei abbiamo parlato poco ma sono sicura che la sua vita stia procedendo molto meglio della mia.

Kate si siede sul letto. «Bene. Ho conosciuto un ragazzo molto carino, che ha un fratello della tua stessa età.» Mi fa l'occhiolino.

Dopo la rottura con Set, la mia tenera sorellina mi è stata

accanto e ha cercato dei nuovi 'fidanzatini' per me. A quanto pare, non si è ancora stancata di farlo.

«Kate, quante volte ti devo ripetere che non devi cercarmi un fidanzato?»

«Ma suo fratello è bellissimo! È muscoloso, ha gli occhi azzurri ed è molto simpatico» dice.

«Qual è il suo cognome?» le chiedo mentre mi trucco.

«Grier.»

Mi blocco. «Cosa? Grier?! Conosci il fratello di Nash?»

«Conosci Nash?!» fa lei stupita.

«Sì, è in classe con me.» Decido di non dirle che la festa è proprio nella sua stanza, altrimenti fantasticherebbe più del dovuto. E inoltre, se voglio che il mio piano funzioni, è meglio condividere meno informazioni possibile.

«Mmm... interessante» dice alzandosi dal letto e avvicinandosi alla porta con uno stranissimo sorriso.

«Kate...» So benissimo cosa sta pensando in questo momento.

«Non ho detto niente» replica lei uscendo dalla stanza.

Finisco di prepararmi e dopo dieci minuti sono fuori casa. Percorro un centinaio di metri fino al punto che abbiamo stabilito per l'incontro, e poco dopo un'auto nera accosta, il finestrino del lato passeggero si abbassa e compare Sam. «Ciao Cris, salta dentro.»

In macchina ci siamo solo noi due e Cameron, il volume della musica è al massimo e per tutto il tragitto scambiamo pochissime parole. Con Cameron, a dire il vero, nessuna. Dopo avermi salutata con un cenno del capo, se ne sta zitto tutto il tempo, concentrato sulla strada e sulla musica.

Entrare nella nostra scuola a quest'ora della sera è una sensazione stranissima. Non credevo fosse possibile organizzare delle feste nei dormitori, meno che mai in un giorno infrasettimanale. I corridoi sono silenziosi e tranquilli, tutto sembra tacere, ma appena la porta della camera di Nash si apre veniamo travolti da una ventata di calore e da un baccano assordante.

La stanza è piena di studenti e l'aria al suo interno è irrespirabile. Ci sono parecchi ragazzi che non conosco o che non ho mai visto prima. Alcuni devono frequentare gli stessi corsi facoltativi di Nash.

«Eccovi finalmente!» dice Nash dando il cinque a Cameron e salutando me e Sam con un bacio.

Sorrido e mi guardo attorno per cercare Matt. Lo vedo che sta chiacchierando con Taylor. Mi avvicino da dietro e gli copro gli occhi con le mani.

«Chi sono?» chiedo.

Lui ridacchia. «Nash.»

«Ritenta.»

«Mmm... Questa bellissima voce la riconoscerei tra mille. Sei Ashley.»

Ritraggo le mani e lo faccio girare verso di me per guardarlo negli occhi. «Chi è Ashley?»

Mi posa le mani sui fianchi e mi tira a sé. «È un'amica di Susan, ma io stavo scherzando. Sapevo che eri tu» sussurra e mi dà un bacio.

«Siete davvero sdolcinati. Sto per vomitare» dice Taylor.

Matt mi mette un braccio intorno alle spalle e ridiamo per la sua battuta.

«Ragazzi, è il momento del gioco della bottiglia!» grida Nash in piedi sul letto. «Le regole le conoscete, ma ve le ripeto. La posta in gioco è il bacio, e metto a disposizione il mio bagno per garantire un minimo di privacy. Allora, chi partecipa?»

Possibile che non ci sia nessuno a controllare i dormitori?

«Ti va?» chiede Matt.

Non ho nessuna intenzione di fare questi stupidi giochini.

«Non molto, in realtà... Insomma, non voglio che qualcun'altra ti baci.»

«Non bacerò nessun'altra. Appena andremo in bagno le spiegherò tutto. Dài, è divertente!» insiste.

«Va bene» acconsento ma non sono convinta. Questo gioco non mi piace per niente.

Matt mi prende per mano e andiamo a inserirci nel cerchio di persone che si è formato al centro della stanza. Mi accorgo solo adesso della presenza di Susan. Vorrei sapere chi l'ha invitata... Be', d'altra parte è ovvio: lei sta con Cameron, se c'è lui non può non esserci lei. Noto che non fa altro che fissare Matt, e la cosa mi dà terribilmente fastidio.

«Faccio girare io» annuncia Nash, e tutti ci concentriamo sulla bottiglia.

I primi a giocare sono Taylor e una ragazza di nome Jen che non ho mai visto prima. Lui non sembra particolarmente contento ma fa spallucce, e insieme entrano nel bagno e chiudono la porta. Il vetro smerigliato dell'anta permette di vedere le sagome di chi è all'interno. Quindi, in un certo senso, intuiamo quello che sta accadendo.

Un minuto dopo Taylor e la ragazza rientrano nella stanza. Lei ha un'aria trasognata, sicuramente continua a pensare al bacio che ha appena dato.

Tocca a Jen far ruotare la bottiglia. Il primo prescelto è Matt. Incrocio le dita e col fiato sospeso seguo il vorticare della bottiglia pregando che l'ultimo giro termini su di me. Purtroppo non sono così fortunata... Anzi, non lo sono per niente. Quando sollevo lo sguardo per vedere chi giocherà con Matt, rabbrividisco. Con tutte le ragazze presenti nella stanza, proprio su Susan si doveva fermare?

Guardo subito Matt. «Fidati» mi sussurra all'orecchio. Si alza ed entra nel bagno con lei.

La porta che si chiude mi provoca un nodo allo stomaco, ma cerco di ostentare indifferenza. Osservo Cameron. Lui sembra tranquillissimo. *'Lei ama me, e di questo sono sicuro.'* Le sue parole riecheggiano nella mia mente... Mi chiedo quanto tempo bisogna stare con una persona per poterle dare totale fiducia.

Oltre il vetro non si scorgono le ombre di Susan e Matt, e questa cosa mi innervosisce. Quanto può essere grande il bagno di Nash?

«Cris, tutto okay?» Taylor mi guarda preoccupato.

Annuisco e gli sorrido. Poi mi volto verso Cameron e mi accorgo che anche lui mi sta fissando. Abbasso lo sguardo imbarazzata. Evidentemente non so mascherare le mie emozioni.

Dopo due interminabili minuti la porta del bagno si apre e Susan torna al suo posto.

«Non è successo nulla» mi sussurra Matt di nuovo accanto a me. Non mi ero nemmeno accorta che si fosse già seduto. Gli prendo la mano e la stringo, guadagnandomi un suo bellissimo sorriso.

Susan fa ruotare la bottiglia, e il giro questa volta termina su Cameron. Non vorrei mai essere la ragazza che giocherà con lui, ma sono abbastanza sicura che la fortuna non si accanirà contro di me due volte. E infatti la bottiglia termina la sua corsa dall'altro lato del cerchio. Su Carter!

«Falla girare di nuovo» sbottano Cameron e Carter.

Tutti ridono e Susan fa ripartire la bottiglia. Mi sforzo di mantenere la calma e di ignorare la strisciante agitazione che mi sta montando dentro. Osservo ipnotizzata il collo della bottiglia che rallenta i suoi giri fino a puntare... me.

Oh no.

Incredula, sollevo lo sguardo su Cameron, che è già in piedi. Mi giro verso Matt. «Vai» mi incoraggia. «Siete entrambi fidanzati. Cosa mai potrebbe succedere?»

Sbuffando raggiungo Cameron ed entriamo in bagno. Mi volto verso di lui. Se ne sta piantato davanti alla porta, le braccia conserte, un'espressione beffarda in faccia. Ma che cos'ha? Io non ci vedo niente di divertente. «Per fortuna sono fidanzata, altrimenti avrei dovuto baciarti» penso ad alta voce.

«E chi ti ha detto che avrei accettato?» risponde lui ironico.

Lo odio! Sono stata qui dentro fin troppo tempo, ho già voglia di uscire. Avanzo e allungo la mano per afferrare la maniglia, ma lui mi blocca.

Sollevo lo sguardo e mi accorgo di essergli così vicina da poter sentire il suo respiro sulla mia pelle.

«Dobbiamo stare dentro almeno un minuto. È la regola numero uno» sussurra.

Il suo sguardo profondo mi fa rabbrividire. Indietreggio e lo vedo sorridere mentre controlla l'orologio.

«Il minuto è passato, *ora* possiamo uscire» dice, e io mi limito ad annuire.

Ritornare nella stanza è un sollievo, in quel bagno mi mancava l'aria. Torno a sedermi accanto a Matt. «Tutto okay» lo rassicuro.

Lui mi fa un piccolo sorriso.

Il gioco va avanti per un'altra ora, e a mezzanotte decidiamo di smettere. Mi allontano dai ragazzi per controllare il telefonino, e sullo schermo vedo due chiamate perse di mia madre. Mi precipito in bagno per richiamarla.

«Cris, dov'eri finita?» risponde immediatamente. Sembra preoccupata, spero solo che non abbia telefonato ai Dallas, altrimenti sono rovinata.

«Mamma, stai tranquilla. Sono da Sam. Scusa, il cellulare era senza suoneria.»

«Va bene, adesso però torna a casa. È tardi e domani hai scuola.» Sono salva, ma devo rientrare al più presto, meglio non sfidare la fortuna.

Avviso i ragazzi e in meno di dieci minuti salutiamo tutti e siamo di nuovo in macchina, io e Sam sedute dietro a congelare.

«Accendi il riscaldamento? Fa freddo» dico a Cameron.

Lui annuisce.

«Allora, Cris» fa Sam. Non mi piace come inizio di discorso. «Com'è stato baciare mio fratello?» chiede.

Cameron ride e io faccio lo stesso.

«Un bacio davvero indimenticabile... se solo ci fosse stato» ironizza lui.

«Non ci siamo baciati. Siamo entrambi fidanzati» dico.

Sam spalanca gli occhi e se ne sta zitta.

Ho detto qualcosa che non va? «Cosa c'è?» chiedo.

Scuote la testa e abbozza un sorriso.

Inizio a preoccuparmi... Ho la sensazione che da quando io e Cameron siamo usciti da quel bagno tutti abbiano preso a comportarsi in modo strano. Anche Matt mi è sembrato distante.

Quando arriviamo a casa mia, saluto Sam e Cameron e salto giù dall'auto.

Da fuori noto che le luci dentro sono spente. Apro lentamente la porta e la richiudo cercando di fare meno rumore possibile. Appena mi volto, però, la luce dell'ingresso si accende.

Mia madre mi fissa con sguardo indagatore.

«Come mai sei tornata in macchina?» chiede.

«Perché è tardi, e Sam e suo fratello hanno insistito per accompagnarmi.» Mi sembra la cosa più intelligente e credibile da dirle.

«Spero per te che sia la verità» replica mia madre. «Ora vai a dormire» aggiunge.

Corro nella mia stanza e mi metto subito a letto.

14

La scuola è finita pochi minuti fa, e adesso sono sull'autobus con Sam. È stata una giornataccia.

A parte la pioggia che non ha mai smesso di venire giù da stamattina, il mio umore è stato messo a dura prova da un articolo di Lexy su di me: 'La nuova arrivata inseguita e maltrattata da Susan. Che sia solo gelosia?'

Tra le foto pubblicate ce ne sono un paio in cui Susan mi guarda in cagnesco, oltre a un'altra in cui sono stesa sulle scale della scuola il giorno in cui lei mi ha fatto cadere. Ovviamente Susan non l'ha presa bene e mi ha aggredita come se fossi responsabile delle sciocchezze che Lexy scrive sul suo giornale.

La cosa che più di tutte ha rovinato la mia giornata, però, è stato lo strano comportamento di Matt. Ho la sensazione che mi stia evitando. Oggi l'ho visto solo di sfuggita e non siamo riusciti a scambiarci nemmeno una parola.

«Cris» dice Sam. «Allora, questa sera cosa mi devo mettere?»

«Questa sera?» le chiedo.

Sbuffa. «È tutta la giornata che te ne parlo!»

A dire il vero è tutta la giornata che fingo di ascoltarla: non riesco a pensare ad altro che a Matt.

«Scusa... me n'ero dimenticata!»

«Cris, sei sicura che vada tutto bene?»

Decido di essere sincera con lei. «Secondo te Matt mi sta evitando?» le chiedo.

«Perché lo pensi?»

«Mi è stato lontano tutto il giorno. E alla fine dell'ultima ora è scappato via salutandomi con un cenno della mano.»

«Secondo me ti stai preoccupando inutilmente. Avrà avuto da fare, tutto qui» dice Sam. «Piuttosto, parliamo di cose serie.»

Cosa c'è di più serio di Matt?

«Come mi devo vestire stasera?» chiede di nuovo.

Perché si preoccupa di una questione tanto stupida?

«Vestiti come vuoi» le rispondo. «I miei non guardano certe cose. Una maglietta a maniche corte e dei jeans andranno bene.»

Sembra preoccupata.

«Maniche corte?»

«Sì. A casa mia fa caldissimo.»

«Ehm... io soffro sempre il freddo. Credo che metterò una felpa» dice.

Molto strano. «Hai qualcosa contro le maniche corte?» la prendo in giro.

«Oh, siamo arrivate» fa lei.

Ci facciamo largo tra la folla e scendiamo. Fuori sta ancora piovendo. Dopo la mia battuta sulle maniche corte, Sam è diventata pensierosa e adesso camminiamo in silenzio. Non capisco. Temo di averla offesa in qualche modo. Stasera proverò a parlarle.

Arrivate davanti casa mia ci salutiamo con un abbraccio, anche se ci rivedremo tra meno di tre ore.

«Sono a casa!» grido entrando, ma nessuno mi risponde.

Poso lo zaino in camera e vado in cucina a prendere qualcosa da mangiare. Mia madre è ai fornelli, impegnata a preparare piatti complicatissimi per la cena con i Dallas. È insolito vederla così, in genere cucina cose molto semplici. Prendo una mela e me ne torno in camera prima che le venga in mente di reclamare il mio aiuto. Metto un po' di musica e ripenso a Matt.

Non riesco a togliermi dalla testa il suo strano comportamento. Forse dovrei chiamarlo o scrivergli un sms per capire cosa sta succedendo. O forse è meglio di no. Sembrerei solo una fidanzatina appiccicosa. Alla fine decido di inviare un breve messaggio a Cass e Trevor, e per due ore non faccio altro che fingere di mettere in ordine la stanza mentre controllo il mio stupido cellulare nella speranza che i miei amici o Matt si facciano vivi. Ma non ricevo nessun messaggio.

Quindi mi preparo per la noiosissima cena che mi aspetta. Spero solo che Cameron si sforzi di essere quantomeno sopportabile.

In bagno mi raggiunge Kate. «Non vedo l'ora di conoscere Sam. Da come l'hai descritta sembra simpatica» dice appoggiando il mascara sul mobiletto accanto al lavandino. «So che i Dallas hanno anche un figlio. Chissà quanti anni ha.»

«Ne ha diciotto. E fidati che non è per niente simpatico. È il ragazzo con cui ho litigato qualche giorno fa» dico mettendomi un po' di rossetto sulle labbra.

«Magari stasera scoprirai che in fondo non è così male come credi» chiosa lei sorridendo.

Vorrei avere il suo ottimismo.

Suonano alla porta e Kate guizza fuori dal bagno. Io, invece, resterei chiusa qui dentro per tutta la serata.

«Criiis!» grida mia madre.

Sbuffo e li raggiungo in sala.

Tutti i Dallas sono vestiti in modo elegante, compreso Cameron. È strano vederlo in questa veste formale, e un po' mi viene da ridere. Abbraccio Sam e mi presento ai suoi genitori.

«Sei bellissima» le dico.

È vestita davvero bene. Ha un abitino nero con le maniche lunghe e i capelli raccolti in una coda.

«Chi è lei?» chiede Cameron indicando mia sorella.

Kate si avvicina e gli stringe la mano.

«Piacere, sono Kate, sua sorella» dice.

Cameron le sorride. «Non sembrate sorelle, tu sei più bella.»

Kate arrossisce, e io mi trattengo dal mandarlo a quel paese. Quando capirà che non è simpatico e che non fa ridere?

«Piacere, io sono Sam.»

«Ragazzi, a tavola» annuncia mia madre.

Raggiungiamo gli adulti e prendiamo posto. Giuro di non aver mai visto così tanto cibo cucinato da mia madre. Si è proprio data da fare.

Nel corso della cena sono soprattutto i nostri genitori a parlare, di affari e di altri argomenti noiosissimi.

«Allora Cameron, sei fidanzato?» chiede a un tratto mio padre.

Gli lancio subito uno sguardo minaccioso. Ma gli sembrano domande da fare?

«No» risponde Cameron.

Come no? Lui sta con Susan!

«Come mai un bel giovanotto come te non ha la fidanzata?» chiede mia madre con tono sorpreso.

Giuro che se potessi le lancerei addosso la coscia di pollo che ho nel piatto.

Perché i miei genitori fanno sempre domande imbarazzanti?

«Non ha ancora trovato la ragazza giusta» risponde la signora Dallas. «Cameron è molto esigente. E incontrare una ragazza di buona famiglia, educata e intelligente non è facile di questi tempi, vero Cam?»

Lui annuisce, e io sto per scoppiare a ridere.

Sta con Susan ma ha paura di dirlo ai genitori! Non dovrebbe, secondo me lei è fin troppo educata e intelligente per uno come lui.

«E tu, Cris? Come ti trovi nella nuova scuola?» mi chiede il padre di Cameron.

«Ehm... Molto bene, grazie. I nuovi compagni sono...» Non riesco a finire la frase. 'Insopportabili e antipatici, tranne qualche piccola eccezione' mi verrebbe da dire. Invece guardo Cameron e aggiungo: «Tutti simpatici. Mi hanno accolto davvero bene.»

Cameron distoglie lo sguardo.

«Ed esci con qualcuno?» incalza il signor Dallas.

E io che pensavo di essere l'unica ad avere genitori che fanno domande imbarazzanti!

Neanche i miei sanno che esco con Matt, e non voglio che lo scoprano durante questa cena.

«Ehm, no» rispondo. «Sono arrivata da poco, devo ancora ambientarmi bene.»

Mio padre e John Dallas si scambiano un'occhiata che non promette nulla di buono.

«Bene! È l'ora del dolce» annuncia mia madre. «Cris, per favore, potresti servirlo tu?»

Annuisco e mi alzo da tavola.

«Fai attenzione quando lo tiri fuori dal frigo. È un po' pesante» aggiunge.

«Cameron, vai a darle una mano» suggerisce la signora Dallas.

«Oh, non è necessario» rispondo forzando un sorriso. Non ho bisogno di lui per tagliare delle fette di torta!

«Lascia che Cameron ti aiuti! Non vogliamo che succeda qualcosa al dolce» dice sua madre.

Ridono tutti.

«Va bene» accetto.

Cameron si alza e mi segue in cucina. Mia madre aveva ragione, la torta è pesantissima.

«Aspetta, lascia fare a me» fa lui avvicinandosi e prendendomela di mano.

«E così tu non sei fidanzato...» dico mentre taglio delle piccole fette.

«Non provare a raccontare ai miei genitori che esco con Susan.» Mi fissa torvo.

Sostengo il suo sguardo. «Se no, che mi fai?»

Resta in silenzio per qualche istante. «Non lo so... lascerò decidere a Susan.» Ride.

Sono sicura che lei saprebbe pianificare qualcosa di davvero terribile.

«E tu, invece, non stai con Matt» fa lui ridacchiando.

«Non ho ancora avuto modo di parlarne con i miei. Anche tu, vedi di stare zitto e fatti gli affari tuoi!» gli intimo puntandogli contro l'indice.

Cameron fa un passo nella mia direzione e si ferma a pochi centimetri da me. «Se no, che mi fai?» mi chiede a sua volta.

I nostri respiri si fondono e giuro che, se solo ne avessi voglia, basterebbe allungarmi di pochissimo per sfiorare le sue labbra.

Stando attenta a che lui non mi veda, con l'indice prendo un po' di glassa della torta e gli sfioro la punta del naso.

Cameron fa un passo indietro e scoppia a ridere. Poi si avvicina alla torta e ripete il mio gesto dando il via a una piccola battaglia con la glassa.

«Va bene, va bene, basta!» fa lui alzando le mani in segno di resa.

«Passami un fazzoletto» dico.

Mi pulisco il viso e cerco di risistemare la decorazione della torta distribuendo sulla superficie la glassa sopravvissuta. Poi adagio una fetta su un piattino e lo passo a Cameron.

Lui lo ignora. Si avvicina invece al mio viso e mi fissa intensamente le labbra.

Ma cosa gli prende?

Mi solleva il mento e i miei occhi incontrano il castano profondo dei suoi. Non può farlo... Siamo entrambi fidanzati... Indietreggio.

«Ferma» dice sorridendo.

Riappoggia la mano sul mio mento e mi passa il pollice sul labbro inferiore. «Eri sporca di glassa...» Si allontana divertito e prende il piattino che sto ancora reggendo in mano.

Torno a concentrarmi sulla torta. Con il cuore in gola, preparo un'altra porzione e gliela passo.

Dopo aver servito il dolce a tutti, ci sediamo ai nostri posti.

«Strano, ricordavo di averci messo più glassa» osserva mia madre.

Io e Cameron ci scambiamo una rapida occhiata e ci tratteniamo dal ridere.

La serata non sta andando poi così male come avevo immaginato.

15

«Buongiorno tesoro, dormito bene?»

«Buongiorno a te, mamma. Sì, grazie.» Tiro fuori dallo scaffale i cereali.

«Allora, come ti sono sembrati i Dallas?»

Ho come la sensazione che non vedesse l'ora di farmi questa domanda.

«Simpatici.» Mi siedo e verso i cereali nel latte.

«Cameron?» chiede sorridendo.

Ecco, lo sapevo che me l'avrebbe chiesto prima o poi.

«Cameron cosa?» Faccio finta di non aver capito.

«Come l'hai trovato? Voglio dire, a me è sembrato carino e gentile...»

«Mamma, non starete mica complottando qualcosa, voi e i genitori di Cameron?» Mi sembra ovvio che ieri sera non sia stato un caso che la signora Dallas abbia insistito così tanto per mandare proprio lui in cucina con me anziché Sam.

«Cosa? No no. Solo che ci siamo trovati bene con i Dallas e ci farebbe piacere se andaste d'accordo anche tu e Cameron.»

«E Sam» aggiungo.

«Sam cosa?» chiede esitante.

«È importante che io vada d'accordo anche con Sam.»

«Mmm... Sam...?»

Ecco, come immaginavo.

«La sorella di Cameron» dico.

«Ah sì, certo. È ovvio, anche con lei.»

Finisco in fretta di fare colazione e vado a prepararmi, perché ho la sensazione che questa conversazione stia per prendere una piega imbarazzante.

Appena arrivo a scuola, Sam mi viene incontro e mi abbraccia. Poi si allontana e mi guarda preoccupata.

«Cosa c'è?» le chiedo.

«Matt e Cameron sono in cortile e stanno parlando.»

«E quindi?» Non capisco cosa ci sia di strano.

«Matt ha scoperto che tu e Cameron vi siete baciati.»

«Ehi, aspetta. Ti ho già detto che io e Cameron *non* ci siamo baciati.»

«Ne sei proprio sicura?» fa Sam.

Ma che domanda è? Certo che ne sono sicura! Ma perché non crede a quello che dico?

Non le rispondo nemmeno, scuoto la testa e mi avvio subito verso il giardino per cercare Cameron e Matt prima che comincino le lezioni.

Sulle scale incontro Taylor e gli chiedo di accompagnarmi, ma alla mia richiesta assume un'espressione perplessa. «Cris,» mi dice serio «lascia che i ragazzi sistemino le cose da soli. In fondo era un gioco, sono sicuro che Matt capirà e vi perdonerà.»

«Non c'è niente da perdonare! Tra me e Cameron non è successo nulla! Ora, per favore, dimmi dove sono!» sbotto.

Mi osserva sorpreso e mi indica la direzione. «Di là.»

Finalmente li vedo, sono in piedi accanto a una panchina. Matt sembra agitato, parla e gesticola in modo animato, mentre Cameron se ne sta in silenzio con le mani in tasca e lo sguardo basso. Corro verso di loro.

«Come hai potuto?» mi fa Matt appena mi vede.

Guardo Cameron. «Cosa gli hai detto?»

«La verità! Che non c'è stato niente!» risponde lui allargando le braccia con l'aria di chi ha esaurito le energie. «Sentite, ho già spiegato come sono andate le cose e non ho altro da aggiungere. Io vado in classe, chiaritevi tra di voi.»

Quando Cameron ci lascia soli, mi avvicino a Matt.

«Ti prego, ascoltami! Io e Cameron non abbiamo fatto niente, okay? Non so da dove l'hai tirata fuori questa stupida idea. Sai bene che io e lui non andiamo d'accordo. Non lo bacerei mai!»

«Ah sì? Allora perché vi siete abbracciati in quel maledetto bagno? E non provare a negarlo, Cris. Dalla stanza vedevamo tutto. Anche Susan ha visto quello che è successo.»

«Non so cosa credete di aver visto, ma avete frainteso. Non è successo assolutamente nulla» dico.

Lui scuote la testa. Ovviamente non mi crede.

«Matt, ti prego, devi credermi.»

«Non lo so... non so se stai dicendo la verità. Non ti conosco neanche. Penso sia stato uno sbaglio...»

«Uno sbaglio cosa? Metterti con me?» gli chiedo cercando di trattenere le lacrime.

«Sì. Insomma, mi sono lasciato prendere troppo dai sentimenti. Prima avrei dovuto capire che tipo di persona sei.»

«Io dico sempre la verità, di questo puoi starne certo.» Mi scende una lacrima.

«Mi dispiace, ma ho bisogno di tempo per pensare» dice tenendo lo sguardo basso. Poi si volta e se ne va.

Sono disperata. Non può essere vero. Ma perché capita tutto a me?

Con gli occhi lucidi e il cuore a pezzi, entro in classe e vado a sedermi al mio solito posto davanti a Cameron.

La lezione comincia e cerco di concentrarmi sul professore che spiega, ma una pallina di carta rimbalza sul mio banco e non ci metto molto a capire di chi possa essere.

'È ancora incazzato?'

Mi chiedo perché Cameron non possa semplicemente aspettare la fine della lezione e parlarmi di persona, anziché scrivere stupidi bigliettini.

'Lo è esattamente quanto la tua fidanzatina' ribatto. Mi guardo intorno per cercare Susan, e mi accorgo che il suo banco è vuoto. Dev'essere malata. Bene, un problema in meno per me.

La risposta di Cameron mi arriva poco dopo.

'Susan non è arrabbiata! Anche stamattina ci siamo scambiati degli sms e mi ha fatto le solite domande, niente di strano.'

'Ah sì? E che ti ha chiesto?' scrivo e gli passo il foglietto.

'Cucciolo, che fai stasera?' è la risposta di Cameron.

Cucciolo??? Quasi scoppio a ridere all'idea di Susan che si rivolge a Cameron in questo modo.

«Signorina Evans, vedo che è impegnata in letture molto divertenti» mi riprende il professore.

«Mi scusi» dico accartocciando il bigliettino in una mano.

«Ora, dato che la cosa scritta su quel foglietto sembra più interessante della mia lezione, che ne dice di condividerla con noi?» replica il prof.

«Ehm... non credo sia il caso» rispondo.

«Se non lo farà lei, lo leggerà la persona che l'ha scritto. Chi gliel'ha mandato?»

Cameron alza la mano e tutti quanti lo guardano stupiti.

«Avanti» lo esorta il prof.

Non credo sia una cosa intelligente da fare. Susan oggi non c'è ma Matt sì, e sicuramente fraintenderebbe.

«Mi dispiace, io...» provo a dire, ma il professore si avvicina e mi strappa di mano il bigliettino.

«'Cucciolo, che fai stasera?'» legge.

L'intera classe ride e io vorrei sprofondare sottoterra.

«Signorina Evans e signor Dallas, sono sicuro che potete pianificare la serata in momenti più opportuni.»

Me ne sto a testa bassa. Che figuraccia!

«La prossima settimana sconterete la vostra punizione» continua il professore. «Dovrete lavare la palestra, sono stato chiaro?»

Prende il foglietto e torna a spiegare.

Odio Cameron e la sua stupida mania dei bigliettini! E al suono della pausa pranzo ha anche il coraggio di prendersela con me per quanto è accaduto!

«Fantastico! Dovrò passare il pomeriggio con te» borbotta alle mie spalle, mentre mi alzo dalla sedia.

«Pensi che io sia contenta?» gli chiedo.

«Be', sarebbe il sogno di molte ragazze.» Ecco il suo ghigno malizioso. «E comunque è tutta colpa tua.»

Non lo sopporto.

«Colpa mia? Sei stato tu a tirarmi il bigliettino.»

Lui prende lo zaino e va verso la porta. Afferro la borsa e lo seguo.

«Mi hai sentita? Se proprio vuoi parlarmi fallo negli intervalli o usa il telefonino! Ora sì che sono nei guai con Matt e Susan» dico.

Cameron si volta di scatto verso di me e quasi gli vado addosso.

«Non ho il tuo numero di cellulare» risponde guardandomi dritto negli occhi. «E poi chi se ne frega di Susan e Matt. Che credano pure alle cazzate che si dicono in giro! L'importante è che noi sappiamo come sono andate le cose. Non c'è mai stato nessun bacio, perché io e te ci odiamo.»

«Esatto! Non potrebbe mai succedere nulla tra di noi» ribatto.

Sorride. «Appunto, perciò è inutile che ti preoccupi tanto. Prima o poi torneranno.»

«Non mi piace questa tua sicurezza» dico.

«Fidati. Susan l'ha sempre fatto e lo farà anche Matt. Non sono molto diversi. Adesso, l'unica cosa che voglio è andare a mangiare qualcosa» dice, e mi fa segno di seguirlo.

Pranziamo in mensa, in compagnia di Sam, Nash e Taylor, e di tanto in tanto mi capita di finire con lo sguardo su Matt che sta parlando tranquillamente con Carter.

Le ore successive passano lentamente, e tiro un sospiro di sollievo quando la campanella annuncia la fine delle lezioni. Questa giornata sembrava non finire più.

Uscendo dall'aula di spagnolo, vedo Matt che attraversa il corridoio e gli vado incontro.

«Matt, posso spiegarti...»

«Non c'è niente da spiegare» mi interrompe subito. «Piuttosto, vai da Cameron e organizza la tua serata con lui.»

«È stato solo un malinteso. Se vuoi ti mostro quello che ci siamo scritti prima.»

«Non me ne frega niente di quello che vi siete scritti prima. Anzi, non me ne frega niente di te. Cris, lasciami stare. Stammi lontana» dice, e va via.

Non riesco a ribattere nulla, rimango senza parole, immobile nel bel mezzo del corridoio. Mi salgono le lacrime agli occhi e non riesco a trattenerle. Come posso fargli capire che non sto mentendo, che a lui ci tengo davvero?

Dalle scale Nash ha assistito alla discussione. Riscende i gradini per venirmi incontro e mi posa una mano sulla spalla. «Ma tu stai piangendo. Che succede?»

Mi limito a guardarlo, non so cosa rispondere. Lo considero un amico, sento che di lui posso fidarmi, ma sono sotto shock.

Si avvicina e mi abbraccia.

«Se è per colpa di Matt, stai tranquilla. Sono sicuro che tornerete insieme» dice.

«Non credo. È convinto che io abbia baciato Cameron. Ma ti giuro che non è vero.»

«Lo so» fa Nash accarezzandomi i capelli. «Andiamo, ti accompagno a casa.»

Mi asciugo le lacrime. È bello avere un amico così. Mi ricorda Trevor, è sensibile e protettivo come lui. Sono felice che sia entrato nella mia vita.

«Allora, so che l'altra sera Cameron è stato a cena da te» dice mentre passeggiamo.

Ovviamente Cameron gli ha raccontato tutto.

«Sì.»

«E com'è andata?»

«Insomma... non è stato un granché.» In realtà non è andata così male come credevo.

«A Cameron è piaciuto il dolce» fa lui ridacchiando.

Gli lancio un'occhiataccia. Cameron gli avrà sicuramente detto della nostra piccola battaglia e, a dire il vero, il solo pensiero mi fa sorridere.

«Finalmente un sorriso!» esclama Nash. «Vedrai, Cris, si sistemerà tutto.»

Annuisco e proseguiamo verso casa.

16

Taylor ha avuto una grande idea. Ho sempre adorato andare al cinema il sabato sera, e *Colpa delle stelle* non ha deluso le mie aspettative.

Fortunatamente qui a Miami è ancora in programmazione, erano mesi che smaniavo dalla voglia di vederlo, ma Cass e Trevor su questo punto sono sempre stati irremovibili: niente film strappalacrime! In effetti è una storia molto commovente, ho pianto tantissimo, e accanto a me c'era Matt che mi stringeva la mano e mi consolava.

Vederlo con lui ha reso il tutto più emozionante, specialmente dopo la piccola crisi che abbiamo appena attraversato. Le storie intense e romantiche come questa ti fanno capire quali cose contino veramente e quanto sia bello amare qualcuno.

Mentre guardavo il film riflettevo su come a volte ci perdiamo in un bicchier d'acqua, senza pensare che la vita è un bene prezioso e fragile che va vissuto fino all'ultimo respiro. La paura di soffrire riesce a paralizzarci e a renderci ciechi. Bisogna avere coraggio per essere felici e accogliere l'amore, il dono più grande che la vita ci possa fare.

Per fortuna Matt ha vinto le sue insicurezze e ieri, dopo la scuola, abbiamo parlato e chiarito tutto. Gli ho spiegato come sono andate le cose alla festa di Nash, l'equivoco del bigliettino, e alla fine ha capito che sono sincera. Mi ha chiesto scusa e mi ha detto parole dolcissime.

Quando usciamo dal cinema ho ancora gli occhi gonfi.
«Come si fa a piangere per un film del genere?» chiede Susan guardandomi disgustata.
«È stato bellissimo» replico.
Susan sbuffa. «È una gran cavolata.»
È veramente insensibile. Non si può rimanere impassibili davanti a una storia così toccante. Anche adesso non posso ripensare alla scena finale senza che gli occhi mi si riempiano di lacrime.
Matt se ne accorge e mi abbraccia. «Noi dureremo per sempre» sussurra dandomi un tenero bacio. Questo ragazzo sa come farmi tornare il buonumore, per questo lo adoro.
«Oh dio, sto per vomitare» commenta Taylor.
Taylor non si smentisce mai: riesce sempre a rovinare i momenti più romantici. Ridiamo tutti, tranne Cameron e Susan ovviamente. Ora che ci penso, sono davvero perfetti l'uno per l'altra... Cinici e indifferenti a tutto.
«Perché Sam non è venuta?» domanda Nash.
Sollevo le spalle. Non so cosa rispondere, io non la sento da ieri.
«Semplice: a nessuno è venuto in mente di invitarla. Chissà come mai» risponde Susan.
Oh, è insopportabile! Però riguardo a Sam mi sento un po' in colpa. Avrei dovuto pensarci... ma ero convinta che qualcun altro l'avesse invitata, e inoltre oggi ero così felice di aver fatto pace con Matt che ho trascorso l'intera giornata con la testa tra le nuvole, ascoltando musica e fantasticando di noi due.
«Io sto andando a casa. Offro un passaggio in motorino a chi ne ha bisogno» dice Taylor.
Per fortuna Susan accetta la sua offerta, dà un bacio a Cameron e va via. Poco dopo, però, se ne vanno anche Matt e Nash, e io e Cameron ci ritroviamo da soli.
Ce ne stiamo in silenzio per alcuni istanti. Non abbiamo molto da condividere io e lui.
«Come torni a casa?» gli chiedo, più per rompere il silenzio che per reale curiosità.
«In autobus. Tu? Viene a prenderti qualcuno?»

«Sì, mia madre. Dovrebbe arrivare a momenti.»
«Allora ti faccio compagnia finché non arriva» dice lui.
Sono sorpresa. Come mai tutta questa gentilezza? È davvero insolito. «Okay, grazie.»
«Non era male il film» osserva.
«Già. Non smettevo di piangere.»
«Sì, ho visto. Matt continuava a consolarti...»
«Anche tu consolavi Susan» dico, ricordando le loro mani intrecciate.
«No no. Dato che non faceva che sbuffare, le ho preso la mano e le ho detto di resistere ancora un po'.»
Ridiamo.
«Ha un bel caratterino...»
Lui sorride. «Sì, ma inizia a stancarmi...»
«In che senso?»
«Non capiresti...» risponde distogliendo lo sguardo.
Restiamo in silenzio per un po'. Mia madre dovrebbe essere già arrivata. Quest'attesa mi sembra infinita.
«Quand'è che dobbiamo scontare la pena?» chiede lui a un tratto.
Sorrido per le parole che ha scelto. «Martedì» rispondo.
La temperatura è scesa improvvisamente. Starnutisco e mi strofino le braccia per scaldarmi. Accidenti! Sono stanchissima, ci mancava solo il raffreddore!
«Hai freddo?» mi chiede Cameron.
«Un po'... ma resisto.»
«Certo, come no.» Si toglie la giacca di pelle e me la poggia sulle spalle.
Ecco una cosa di lui che ancora ignoravo: anche se di norma è uno stronzo, se vuole, può essere gentile.
«Grazie» dico sorpresa.
«Niente.»
Questo ritardo di mia madre inizia a preoccuparmi. Prendo il telefonino dalla tasca dei jeans e controllo che non ci siano chiamate. Niente. Rimetto il cellulare nel taschino della giacca.
Finalmente in fondo alla via compare la nostra auto. Si fer-

ma all'altro lato della strada e mia madre si sporge dal finestrino. «Ehi, Cris, scusa il ritardo!» dice agitando una mano. Poi si accorge di Cameron. «Ciao Cameron. Sei da solo?»

«Buonasera signora Evans. Sì, ho aspettato che lei arrivasse per non lasciare Cris da sola, ma adesso vado a prendere l'autobus» dice lui sorridendo.

Ecco, ora mi è tutto chiaro: Cameron è un genio. Con questa mossa ha definitivamente conquistato l'ammirazione di mia madre...

«Grazie, Cameron, sei davvero gentile. Be', se vuoi ti diamo un passaggio» dice lei.

E ha ottenuto un passaggio che io non gli avrei mai offerto!

«Sì, perché no. Grazie mille!» risponde.

Sono senza parole. Ci avviciniamo all'auto, e solo quando apro lo sportello anteriore per sedermi accanto a mia madre mi accorgo della presenza di Kate.

«E tu che ci fai qui?» chiedo sorpresa.

«Ho accompagnato mamma.» Il suo megasorriso non mi piace per niente.

Scuoto la testa. Mi toccherà sedermi dietro con Cameron. Purtroppo dobbiamo percorrere un bel po' di strada per arrivare a casa sua e ho esaurito gli argomenti di conversazione.

La macchina procede spedita per i primi cinque minuti, poi rallenta. «Oh, fantastico! Ci mancava il traffico» sbuffa mia madre.

Questa proprio non ci voleva. Sono esausta, e il silenzio sta diventando imbarazzante. Appoggio la testa al finestrino e lascio che la stanchezza abbia la meglio su di me.

«Cris» mi sussurra una voce bellissima. «Cris, tra un po' siamo arrivati» dice di nuovo.

Apro lentamente gli occhi e mi accorgo di avere la testa adagiata su qualcosa di morbido e profumato. Strano, ricordavo di essermi appoggiata al finestrino e non a... Cameron! Ho la testa sulla sua spalla e un suo braccio mi cinge la vita. Sollevo piano il capo e, se non fossi intontita per il sonno, scatterei rapidamente via da lui.

«Siamo quasi arrivati» mi sussurra.

«Ah» mi limito a rispondere, e mi scosto.

Ho freddo e chiedo a mia madre di accendere il riscaldamento. Come mi sono ritrovata fra le braccia di Cameron? Sicuramente l'auto ha preso male qualche curva e devo essergli franata addosso senza rendermene conto.

«Eccoci qua» annuncia mia madre accostando davanti alla villa dei Dallas.

«Grazie mille per il passaggio, signora Evans. E buonanotte a tutte.» Cameron scende, poi mi guarda e sorridendo aggiunge: «A lunedì.»

«Ciao, a lunedì.»

Gli passo la giacca, lui chiude lo sportello, e mia madre riparte. Sono ancora scossa dai brividi, spero di non avere la febbre.

Qualche minuto dopo mi infilo finalmente sotto le coperte. Quando chiudo gli occhi, senza volerlo, immagino di essere tra le calde braccia di Cameron e mi sembra di sentire ancora il suo profumo. Scaccio via quest'immagine e cerco di pensare a Matt, a quanto sono felice di essere tornata con lui.

Ma il mio pensiero va di nuovo a Cameron...

17

Appena finiamo di pranzare, Kate si avvicina con aria di finta indifferenza.

«Oggi è il gran giorno» mi sussurra sorridendo per non farsi sentire da mamma e papà.

È vero! È domenica, e giorni fa le ho promesso che avrei partecipato all'uscita a quattro che ha organizzato per oggi pomeriggio nella speranza che il suo primo appuntamento con Hayes vada bene e che anche tra me e Nash nasca qualcosa. So che le sue intenzioni sono buone e che la mia presenza la rende più tranquilla, quindi ho accettato senza spiegarle che, per molte buone ragioni, tra me e Nash non potrà mai esserci niente di più che una bella amicizia.

«A che ora dobbiamo uscire?» le chiedo.

«Tra poco.» Mi fa l'occhiolino e corre in camera sua.

Per fortuna sono già truccata e basterà solo che mi vesta meglio per essere pronta. Vado nella mia stanza per scrivere un sms a Nash e chiedere l'ora esatta e il luogo dell'appuntamento.

Prendo la borsa ma dentro non c'è il telefonino. Mi guardo in giro e... niente. Ma dov'è finito?

«Avete visto il mio cellulare?» grido agli altri dalla porta.

In coro rispondono di no.

Fantastico!

Cerco di visualizzare l'ultima volta che l'ho usato: ero con i ragazzi, ieri sera.

Un piccolo flashback si fa largo nella mia testa, e finalmente mi ricordo: l'ho lasciato nella giacca di Cameron! Oh no!
«Pronta?» chiede Kate entrando nella mia stanza.
«Due secondi e ci sono.» Mi cambio velocemente. Sono sicura che Cameron mi porterà il cellulare domani a scuola. «Dove dobbiamo incontrarci?» le chiedo.
«Hayes ha detto in spiaggia, davanti a una gelateria.»
«Va bene, ma quale? Ce ne sono tante.»
«Ha detto che ha un'insegna rossa! Oh, non importa. Quando saremo lì la troveremo. Ora è meglio sbrigarsi» replica prendendomi per mano e tirandomi via.
Arriviamo in spiaggia e gironzoliamo in cerca della gelateria con l'insegna rossa, ma non la vediamo da nessuna parte.
«E adesso?» chiedo.
Kate si guarda attorno nervosa.
«Cris!» mi sento chiamare.
«Ehi, Nash!» Gli vado incontro e lo abbraccio.
Mi volto a guardare la mia sorellina. Lei e Hayes, dopo essersi salutati, si guardano timidamente senza dire una parola. Sembrano imbarazzati. Sento di dover fare qualcosa.
«Ehi Kate, che ne dici di andare a prendere un gelato con Hayes?» propongo.
Entrambi mi guardano.
«E tu e Nash?» fa lei.
«Dobbiamo parlare di alcune cose» spiego facendole l'occhiolino.
«Ah, okay» risponde Kate.
Io e Nash li guardiamo mentre si allontanano.
«Si piacciono» commenta Nash.
«Già! Kate non fa altro che parlare di Hayes.»
«E Hayes di Kate» dice lui.
Allora è fantastico. Sarebbero davvero carini insieme.
«Dunque... di cosa volevi parlarmi?» mi chiede.
«Ah, niente. Era una scusa per farli allontanare da soli.»
Nash sorride e si siede sulla sabbia. Mi metto a sedere accanto a lui.
«Hai più sentito Sam?» mi chiede.

«No, tu?» Non la sento da venerdì. Le scriverei adesso ma il mio cellulare ce l'ha suo fratello.

«No. Sono un po' preoccupato per lei» dice pensieroso.

«Come mai?»

«È sempre così schiva, se ne sta per conto suo. Non scrive mai a nessuno e parla con noi solo se ci sei tu, altrimenti fa finta di non conoscerci. Secondo te ci odia?» chiede Nash.

«Cosa? Certo che no! È solo timida, e poi teme che Cameron se la prenda con lei perché frequenta i suoi amici.»

Nash sbuffa. «Cam sa essere davvero stronzo se vuole!»

«Ma perché ce l'ha così tanto con lei?» chiedo.

«È una storia complicata... Cameron e Sam, in un certo senso, non sono fratelli» dice Nash.

«Cosa? Ma si somigliano come due gocce d'acqua!»

«Sì, cioè, lo sono... Sono fratellastri, figli dello stesso padre ma non della stessa madre. In breve... per molto tempo la madre di Cam ha ignorato che il marito avesse una relazione con un'altra donna finché quest'ultima non è rimasta incinta di Sam. Passati alcuni anni, Cam doveva averne sei, i suoi genitori hanno divorziato e lui è stato affidato alla madre. Purtroppo, però, la mamma di Cam è morta l'anno seguente e lui è andato a vivere con la nuova famiglia del padre. Per Cam è stato un periodo terribile.»

Non immaginavo che Cameron avesse alle spalle una storia così dolorosa.

«Poi, col passare del tempo, è riuscito a costruire un buon rapporto con la matrigna. Con Sam, invece, no. Potrà sembrare assurdo, ma credo che lui la ritenga responsabile del divorzio dei suoi genitori, e in qualche modo anche della morte della madre.»

«È una storia tremenda» dico.

«Già.»

Trascorriamo l'intero pomeriggio chiacchierando di moltissime cose. Poi andiamo a cercare Kate e Hayes per tornare a casa.

«È stata una bellissima giornata. Ci vediamo domani» dico a Nash. Hayes saluta Kate con un bacio sulla guancia e lei arrossisce. Ho notato che ha una luce diversa negli occhi. Non vedo l'ora di rimanere da sole per sapere com'è andata.

Nel tragitto verso casa Kate mi racconta con dovizia di dettagli il suo incontro con Hayes. Il loro appuntamento è stato un successo: la mia sorellina ha dato il suo primo bacio! Sono emozionata quanto lei.

Arriviamo a casa che fuori è già buio, e io devo assolutamente contattare Cameron per ricordargli di portarmi il cellulare a scuola. Entro in cucina per cercare il numero dei Dallas nell'agenda quando Kate mi viene addosso rovesciandomi un bicchiere di latte sulla maglietta.

Fantastico!

«Kate! Fai attenzione!» dico.

«Scusa, Cris! Non so dove ho la testa!»

Come posso arrabbiarmi con lei? Questo giorno se lo ricorderà per tutta la vita... Le sorrido e vado in camera a cambiarmi.

Prendo una maglietta pulita dall'armadio e mi sfilo quella sporca. La finestra si apre e penso sia a causa del vento, ma quando mi volto per controllare mi ritrovo Cameron in piedi davanti a me.

Io sono in reggiseno e lui è in camera mia!

Sto per gridare dallo spavento. Cameron corre verso di me e mi tappa la bocca. «Sssh! Stai zitta» sussurra.

Afferro la maglietta sul letto per coprirmi.

«Ma sei impazzito? Che cosa ci fai in camera mia?» chiedo a voce bassissima per non farmi sentire dai miei.

«Calmati! Dovevo restituirti il telefono.» Me lo mostra.

«Entri in camera mia dalla finestra mentre sono mezza nuda per restituirmi il cellulare?» gli domando scioccata.

«Sì.» Sorride come se fosse la cosa più naturale del mondo.

Mi avvicino e afferro il telefono, ma lui non molla la presa. Siamo a meno di cinque centimetri di distanza l'uno dall'altra. «Dammelo» gli dico a muso duro.

Lui si mette a ridere e lo lascia andare.

Mi allontano e gli volgo le spalle per infilarmi la maglietta. Purtroppo è una t-shirt con un'ampia scollatura che non indosserei mai per uscire, ma è comunque meglio che rimanere in reggiseno. Poi mi volto verso di lui.

«La prossima volta comportati come tutte le persone normali e usa la porta!» gli dico in tono categorico.

Lui mi guarda malizioso e abbassa lo sguardo sulla mia scollatura. «Nah. È molto più divertente sorprenderti dalla finestra.»

«Non lo è per niente! Se ti vuoi divertire vai a sorprendere Susan!»

«La sua camera è al terzo piano, non posso» spiega scherzando, e non riesco a trattenere un sorriso.

Sento bussare alla porta. È sicuramente mia madre.

«Cameron, vattene! Adesso!» Gli indico la finestra.

Mamma continua a bussare. «Tesoro, posso entrare?»

«Non c'è tempo!» fa lui.

Mi guardo intorno in preda all'ansia. «Qui dentro!» dico spingendolo nell'armadio giusto un secondo prima che mia madre entri.

«Tesoro...»

«Sì, mamma?» Cerco di sembrare meno tesa possibile.

«Cameron è venuto nel pomeriggio per darti una cosa, ma dato che non eri in casa ha detto che sarebbe passato in un altro momento.»

È passato, infatti, nel momento peggiore!

«Va bene, grazie» rispondo.

Mia madre esce dalla camera e chiudo la porta.

Quando Cameron sbuca fuori dall'armadio gli vado incontro inviperita e gli ordino di uscire dalla stanza.

«Va bene, ho capito» dice senza battere ciglio, e scavalca la finestra.

Scuotendo la testa chiudo subito le imposte. Ho uno stupido sorriso stampato in faccia, e non so perché.

Mi butto sul letto e mi ritrovo a pensare allo stranissimo week-end che è appena finito.

18

Giuro che prima o poi questa sveglia maledetta la distruggo.

La spengo immediatamente, scendo dal letto e apro l'armadio per scegliere i vestiti da indossare. Dentro c'è una confusione pazzesca: camicie e magliette appese sbilenche, grucce vuote, abiti sgualciti e gettati a terra alla rinfusa...

Cameron! Ovviamente è tutta colpa sua!

Prendo una t-shirt e un paio di shorts e vado a prepararmi.

«Mamma, sono pronta, andiamo?»

«Cosa? Tesoro, te l'ho detto ieri sera che non ti avrei accompagnata.»

È comodamente seduta in cucina a fare colazione, ed è ancora in pigiama.

«No, mamma. Non me l'hai detto.»

«Oh tesoro, mi dispiace. Allora sbrigati, altrimenti farai tardi.»

È *già* tardi.

A quest'ora il bus è passato e a piedi ci metterò tantissimo, ma non ho scelta. Corro fuori casa e mi metto in marcia.

Una macchina rallenta e procede al mio stesso passo. Con la coda dell'occhio vedo il finestrino che si abbassa ma evito di girarmi a guardare. C'è tanta gente strana in giro.

«Sei di fretta?» Non serve neanche che mi volti perché la sola voce mi basta per capire che è Cameron.

«No» rispondo.

Lui ridacchia. «E allora perché stai correndo?»
«Fatti gli affari tuoi.»
«Se vuoi ti do un passaggio.»
«Non mi serve» replico puntando i piedi.
Lui ferma la macchina. «Oh sì che ti serve. L'autobus è già passato e se vai a piedi arriverai tardi.»
Sbuffo. «Va bene.»
Mi siedo accanto a lui. Non ho nessuna voglia di parlare, perciò alzo la radio per lasciare che la musica riempia il silenzio.
«Allora, come mai a piedi?» chiede abbassando il volume.
Preferisco rimanere zitta.
«Grazie per la risposta» dice.
«Mia madre aveva degli impegni.»
«Non te la sarai mica presa per la storia della finestra? È stato divertente.»
Lo guardo arrabbiata. «Non per me.»
Lui sorride e si passa la mano fra i capelli.
«Che c'è?» chiedo.
«Niente» replica osservandomi per due secondi, quindi torna a guardare la strada.
Quando mi allungo di nuovo per aumentare il volume della musica lo fa anche lui, e le nostre mani si toccano. Allontano subito la mia e lui mi guarda, poi alza il volume.
«Fantastico» dico mentre Cameron attraversa il parcheggio della scuola.
«Cosa?»
«Ci guardano tutti.»
«E quindi?»
«Se Susan scopre che mi hai accompagnata a scuola mi uccide.»
«La fermerò» dice, e mi fa l'occhiolino.
Scendiamo dall'auto e raggiungiamo i ragazzi. Matt, Susan, Carter e Taylor stanno chiacchierando accanto alla solita panchina.
Appena Susan ci vede resta a bocca aperta e ci viene incontro. «Buongiorno amore» dice rivolta a Cameron.
Anche Matt si avvicina subito e mi saluta con un bacio.

«Cris, hai solo questi straccetti nell'armadio?» chiede Susan esaminando i miei vestiti.

A quanto pare per lei non è una bella giornata fin quando non mi insulta in qualche modo.

«Scusami se non ho magliette fucsia» ribatto, e i ragazzi ridono.

«In realtà ne hai una» fa Cameron.

Lo guardo, anzi, lo guardano tutti.

Ma cosa gli salta in mente?

«E tu come lo sai?» Susan lo fissa sospettosa.

Dall'espressione di Cameron capisco che solo adesso si è reso conto di aver detto una cosa che ci metterà nei guai.

«L'ho indossata l'altra sera» improvviso. «I suoi genitori sono venuti a cena a casa mia per parlare di affari. C'erano anche lui e Sam.» Lo guardo.

Lui annuisce. «Sì, abbiamo passato una serata noiosissima.»

Al suono della campanella lascio che Matt vada avanti per ritrovarmi da sola con Cameron.

«Sei un cretino!» gli sussurro.

«Scusa, mi è uscito senza volerlo» si giustifica.

«Spero che Matt ci sia cascato. Perché se lo scopre e mi lascia, giuro che...»

«Dovrebbe lasciarti perché sono entrato dalla finestra e perché ti ho vista in reggiseno?» mi interrompe Cameron.

«Tu...» dico ad alta voce. Poi mi calmo e continuo: «Tu non hai visto niente!»

«Oh sì, invece.» Ridacchia.

«Ti odio!» Accelero il passo verso il mio armadietto.

Mi sembra che l'attenzione di tutti sia concentrata su di me e non ne capisco il motivo. Non vorrei che Susan o Lexy ne avessero combinata un'altra delle loro.

Inserisco la combinazione, e non appena l'armadietto si apre, vengo investita da una nuvola bianca. Chiudo istintivamente gli occhi, poi li riapro. Intorno a me è *tutto* bianco: i miei capelli, i vestiti, i libri nell'armadietto, il pavimento... È tutto ricoperto di una polvere candida. È farina, ed è sparsa ovunque! Ma chi può essere così stupido da farmi uno scherzo del genere?

Mi guardo attorno e mi accorgo che nel corridoio stanno ridendo tutti. Mi sento umiliata, devo offrire uno spettacolo penoso, e per di più Lexy sta scattando delle foto. Ci penserò dopo a fargliele cancellare, ora voglio solo andare in bagno per togliermi di dosso questo schifo.

«Devo ammettere che il bianco ti dona, Cris!» esclama Susan alle mie spalle.

Mi volto a guardarla. Se la ride di gusto con le sue amiche. Sono più che sicura che è opera sua. Come può essere così stronza? Perché non capisce che non sono in competizione con lei? Io vorrei soltanto essere lasciata in pace! Questa volta però ha esagerato, e non me ne starò a guardare. Vado verso di lei decisa a fargliela pagare, ma mi sento trattenere per un braccio. Quando mi giro incontro gli occhi azzurri di Nash.

«Calmati! Non vale la pena perdere la pazienza per certe persone» dice.

Ha ragione, non risolverebbe niente, anzi, probabilmente mi farebbe solo sentire peggio. Faccio un respiro profondo ed entro nel bagno delle donne seguita da Nash.

«Non puoi stare qui» gli dico.

«Non mi interessa. Non ti lascio sola.» Questo ragazzo è incredibilmente gentile e premuroso. Sono stata molto fortunata a incontrarlo.

Mi sciacquo la faccia e appena chiudo gli occhi mi sembra di ascoltare di nuovo le risate delle persone che hanno assistito alla scena. Non riesco a ricacciare indietro le lacrime.

«Ehi, va tutto bene» mi consola lui.

«No, non c'è niente che va bene. Guardami! Come fa Susan a essere così crudele?»

«La gelosia spinge a fare cose incredibili» dice lui.

«Vai in classe, Nash. La lezione è cominciata da qualche minuto, se rimani qui finirai nei guai.»

«No. Resto con te.»

Mi ripulisco come posso e andiamo in classe insieme. Entrando incrocio lo sguardo apprensivo di Matt. Anche Cameron sembra preoccupato; devo avere un aspetto orribile. Io e Nash chiediamo scusa per il ritardo e ci sediamo ai nostri posti.

Cameron mi tocca la spalla per farmi voltare, ma non lo assecondo. Insiste, e mentre il prof scrive sulla lavagna, mi giro per dirgli di smetterla. Lui si appoggia allo schienale della sedia e non mi disturba più. Poi guardo Susan che sorride soddisfatta; dev'essere molto fiera di sé... che stronza.

Nell'intervallo Matt viene subito verso il mio banco.

«Cos'è successo?» domanda.

«Ora non ho voglia di parlarne... Ti racconto dopo.»

«Matt!» Taylor lo chiama dalla porta.

«Vai pure» gli dico.

«Sicura?» mi chiede.

Annuisco.

Lui mi dà un bacio sulla fronte e se ne va.

Faccio un respiro profondo e appoggio la testa sul banco. Mi fa male come se dovesse esplodere da un momento all'altro.

«Va meglio?» domanda Nash.

Alzo la testa. Accanto a lui c'è anche Sam.

«Sì, grazie» mento.

«Certo che è proprio stronza quella» fa Sam.

«Già. Non capisco di cosa abbia paura. Dovrebbe fidarsi di Cameron! Lui la ama, non la lascerebbe mai per una come me. Né io lascerei Matt.»

«Cameron!» grida Susan dal corridoio.

Tutti e tre ci guardiamo e ci precipitiamo fuori per capire cosa sta succedendo. Mi faccio largo tra le persone per vedere meglio.

Susan è in lacrime e tiene Cameron per un braccio, mentre lui non la guarda neanche.

«Susan, lasciami stare» le dice.

Lei lo supplica di restare ma Cameron con uno strattone si libera dalla sua presa. «Basta, Susan! Sono stanco dei tuoi giochetti. Che cosa ti prende?»

«Ti amo!» grida lei in lacrime.

«Cazzate!» Cameron la guarda dritto negli occhi e se ne va.

Le amiche di Susan accorrono a consolarla, ma lei è in preda alla disperazione. Tutt'intorno un capannello di curiosi ha assistito alla scena in silenzio e solo adesso Susan si accorge della mia presenza.

«Tu!» mi dice indicandomi.

Tutti mi guardano, e io mi sento terribilmente a disagio.

«Me la pagherai, Evans!»

«Cris, andiamo» fa Nash trascinandomi via.

«Sì, portatela via prima che si faccia molto male!» grida Susan.

A quelle parole mi vengono i brividi.

19

La campanella suona e io non vedo l'ora di andarmene da questo carcere.

Mi alzo, prendo lo zaino ed esco dall'aula senza aspettare nessuno.

Pensavo che dopo il brutto scherzo di Susan la mia giornata potesse soltanto migliorare, invece mi sbagliavo.

Nella pausa pranzo ho discusso con Matt. Ma cos'hanno tutti? Proprio come Susan, anche lui sospetta che tra me e Cameron ci sia qualcosa. E questa volta a causa di uno stupido passaggio in macchina!

Inoltre, come se non bastasse, il prof di storia ha formato delle coppie di studio per assegnare dei temi da approfondire. E chi mi è toccato in sorte come compagno? Cameron, ovviamente!

Mi dispiace per Matt ma non è dipeso da me, neanch'io ne sono felice.

Gli ho detto che deve imparare a fidarsi, perché se devo avere accanto una persona che non ha fiducia in me preferisco starmene da sola.

«Cris!»

Mi fermo e mi volto verso Sam.

«Allora ci vediamo da me più tardi» dice.

Forzo un sorriso. «Certo, Sam. A dopo.» L'abbraccio e mi affretto verso l'uscita.

Mi scoppia la testa, e appena metto piede in casa mi butto sul letto per riposare un po'.

Vengo svegliata da un delizioso profumino di pizza appena sfornata. Che ore sono?

Le 20:15!

Oh no. Dovevo essere da Sam quindici minuti fa.

Scendo subito giù dal letto e prendo dei vestiti dall'armadio. Me l'ha chiesto lei di portarli. Infilo tutto dentro una borsa e controllo il cellulare. Spero solo che Sam non sia arrabbiata con me. Tre telefonate perse. La richiamo subito per dirle che sto arrivando ed esco di casa.

Dopo dieci minuti sto percorrendo il viale della villa dei Dallas.

Cameron mi accoglie all'ingresso.

«Che ci fai qui?» chiede chiudendo la porta.

«Sam mi ha chiesto di darle una mano per l'appuntamento di stasera.»

«Appuntamento?» fa lui con aria sorpresa.

Non sa dell'appuntamento di Sam e Nash?

«Sì» dico.

Sembra confuso, e forse è meglio se me ne sto zitta.

«Sam e chi?»

«Sam cosa?» chiede proprio lei.

Mi volto e la vedo scendere le scale. Si è già truccata e ha i capelli sciolti. È bellissima, sembra una principessa. Sono sicura che Nash resterà a bocca aperta.

«Dove vai?» le chiede Cameron.

«Ho un appuntamento.»

«Con chi?»

Ma non odiava sua sorella? Perché tutte queste domande?

«Nash» sussurra Sam.

«Nash? Stai parlando del *mio amico* Nash?» chiede Cameron alzando la voce.

«Sam, vai di sopra» le dico. «Adesso ti raggiungo.»

Lei annuisce e sale le scale velocemente.

«Ma perché esce con lui? Sei stata tu a organizzare tutto, vero?» chiede Cameron alterato.

«No. L'ha invitata Nash... Ma che c'è di male se escono insieme?»

«Lui è il mio migliore amico. Non voglio che perda tempo con lei!»

«Sam è tua sorella!» grido.

«No, non lo è!» risponde di rimando. «Perché deve sempre mettersi in mezzo? Sono amici miei, non suoi. Che se ne stia da sola!»

Ma come fa a essere così insensibile?

«Sei uno stronzo!» grido, e salgo le scale per raggiungere Sam.

Arrivata al piano di sopra la chiamo ma non risponde. Non so dove sia, e non so cosa fare finché la porta in fondo al corridoio si apre e Sam esce dal bagno.

Ha il trucco sbavato e sta piangendo. Le corro incontro per abbracciarla.

«Sssh» le sussurro stringendola forte.

«Ho sentito tutto. Grazie Cris, ma Cameron è sempre stato così.» Si allontana e si asciuga le lacrime. «Dovrei esserci abituata ormai, e invece mi fa ancora male sapere che non mi considera sua sorella.»

«È uno stupido. Ignoralo e concentrati sulla tua serata.»

Lei annuisce e la seguo in camera sua. È una stanza dallo stile molto romantico: pareti rosa antico, mobili bianchi e un fantastico letto a baldacchino. Rispecchia perfettamente il suo carattere.

«Cosa hai intenzione di metterti?» le chiedo mentre si risistema il trucco.

«Non lo so. Tu cosa hai portato?»

Apro la borsa e tiro fuori dei top e delle gonnelline a vita alta.

Lei si avvicina e guarda i miei vestiti.

«Oh, questa gonna sarebbe perfetta per una camicetta bianca che ho» dice emozionata.

«Provala.»

Si cambia subito e l'abbinamento è perfetto.

«Allora?» chiede.

«Stai benissimo!»

Si guarda allo specchio e finalmente ritrova il suo bellissimo sorriso.

Sono davvero preoccupata per quando arriverà Nash. E se Cameron si mette a gridargli contro? E se litigano e l'appuntamento salta? Non voglio neanche pensarci.

«Andiamo di sotto, così anticipiamo Cameron quando arriverà Nash» dico.

Lei annuisce e prende la borsetta. Scendiamo le scale e troviamo Cameron seduto sul divano che guarda la televisione. Come fa a starsene così tranquillo dopo aver detto quelle brutte cose su Sam?

«Non mi farà uscire» sussurra lei.

«Non ti preoccupare. Basterà distrarlo» la rassicuro.

«E come?»

«Manda un messaggio a Nash e digli di scriverti quando è qui fuori. Io cercherò di distrarre Cameron in modo che non si accorga che stai uscendo.»

Sono disposta a tutto pur di fare un dispetto a Cameron e vedere Sam felice.

«Va bene» dice lei, e scrive subito a Nash.

E ora cosa mi invento per attirare la sua attenzione?

«È già qui» mi informa Sam.

Cameron ci sta guardando.

«Appena si distrae, vai» le dico, e mi avvicino a lui. «Ti sei calmato?» gli chiedo.

Lui sbuffa e si passa la mano fra i capelli.

«Ascolta, ho avuto una giornata di merda, perciò lasciami stare.»

«Be', direi che Susan è riuscita a rovinare la giornata a entrambi... E comunque non è una buona ragione per trattare male tua sorella.»

«Be', anche il tuo ragazzo ha fatto la sua parte... Mi ha detto tutto.»

Eh?

«Cosa?» chiedo.

Si alza e va in cucina. Lo seguo. Devo sapere cosa gli ha detto Matt.

Prende un bicchiere e ci versa dentro del succo.

«Allora?» insisto.

«A che ora verrà Nash?» chiede lui cambiando argomento.

«Ti ho chiesto cosa ti ha detto Matt» ripeto.

Lui si volta verso di me. «Che avete litigato e che per colpa mia l'hai lasciato.»

Non ci posso credere. Mi appoggio al tavolo cercando di rallentare il respiro.

«È vero?» chiede.

Me lo sta domandando sul serio? Crede davvero di avere tutta quest'importanza! Quant'è arrogante!

«Ovvio che no» rispondo.

«E allora perché avete litigato?»

«Che t'importa?»

Solleva le spalle. «Curiosità.»

E va bene, sarò sincera. «È fissato con la storia che noi due facciamo di tutto per stare insieme e cavolate simili. Il punto è che non si fida di me, e questo mi fa arrabbiare» spiego.

Lui ride e appoggia il bicchiere sul piano cucina.

La porta d'ingresso si chiude e Cameron scatta per andare a vedere.

Mi metto subito davanti a lui.

«Nash è qui, vero?»

«Sam è uscita. Ora calmati.»

«Cosa?» chiede guardandomi.

«Se n'è andata. Non puoi più farci niente.»

«Vaffanculo» sbotta tornandosene in salotto.

Tiro un sospiro di sollievo. Sam e Nash avranno il loro appuntamento, e questo è ciò che conta. Sorrido soddisfatta.

Cameron mi guarda e io mi sforzo di tornare seria.

«Lo so che vi siete messe d'accordo.»

«Non avevamo altra scelta. Tu non l'avresti mai lasciata andare.»

Sbuffa. «Infatti. Per questa volta, comunque, non importa, tanto quei due non si metteranno mai insieme.»

Vedremo... «Be', ora è meglio se me ne torno a casa.»

Si alza dal divano per accompagnarmi alla porta.

Prima di uscire mi volto a guardarlo. «Posso chiederti un favore?»

Cameron annuisce.

«Non dirle niente quando torna a casa, e non parlare di questa cosa con Nash. Ti prego. Sam è talmente felice.»

Lui mi guarda e annuisce.

Sono sorpresa. Mi aspettavo una reazione diversa, e invece, ancora una volta, Cameron mi stupisce. Gli sorrido. «Grazie, allora... io vado.»

«Va bene, a domani.»

Sam

Corro subito fuori e vedo Nash che mi aspetta al di là del cancello.

Stasera è anche più affascinante del solito. Indossa una maglietta bianca attillata e un paio di jeans. È perfetto.

Ho sempre avuto una cotta per lui, eppure, in tutti questi anni, non avevo mai avuto il coraggio di avvicinarlo. Mio fratello faceva delle scenate furibonde ogni volta che gli chiedevo di poter uscire con lui e i suoi amici. Cam mi odia, e questa situazione mi fa terribilmente male. E così, un po' per timidezza e un po' per evitare problemi, mi sono sempre tenuta a distanza. È solo grazie a Cris se sono riuscita a rivolgere la parola a Nash, e ora sono agitatissima per il nostro appuntamento.

Quando mi ha proposto di uscire non potevo crederci. Insomma, Nash Grier, uno dei ragazzi più desiderati della scuola, lo stava chiedendo proprio a me!

«Sam» dice Nash appena mi vede. Ha il sorriso più bello della terra.

«Ciao» rispondo con un filo di voce.

Tremo come una foglia mentre lui mi osserva. Tiro giù le maniche della camicia.

«Sei bellissima» dice passandosi una mano fra i capelli.

Arrossisco. «Grazie.»

Anche se è buio riesco a vedere perfettamente l'incredibile azzurro dei suoi occhi. E in quest'azzurro potrei perdermi e non ritrovarmi più... Ma preferisco allontanarmi da qui il prima possibile perché ho paura che Cris non riesca a calmare Cameron. Quindi a malincuore interrompo il nostro scambio di sguardi. «Andiamo?» gli chiedo.

Lui annuisce e saliamo sulla moto.

Rivolgo un'ultima occhiata alla casa proprio nel momento in cui la porta d'ingresso si sta aprendo, ma per fortuna Nash fa partire la moto e posso considerarmi salva.

Non so dove stiamo andando, e a dire il vero non m'importa molto. Gli stringo le braccia attorno alla vita e mi godo la sensazione del vento che mi sferza il viso.

La nostra corsa si conclude sulla spiaggia.

«Dove andiamo?» chiedo.

«In un posto dove fanno dell'ottimo cibo.»

Mi prende per mano ed entriamo in un ristorante che non conosco. Il nostro tavolo è su una piccola terrazza affacciata sul mare. Ceniamo a lume di candela, con il rumore dell'oceano in sottofondo e un manto di stelle sopra di noi.

È romanticissimo.

«Allora, come l'ha presa Cam?» chiede Nash.

«Benino» mento. «All'inizio era un po' arrabbiato ma poi Cris è riuscita a calmarlo.»

«Cris?! Perché era da te?»

«Doveva darmi una mano per una cosa» dico.

«Ah... ma secondo te, tra lei e Cameron sta nascendo qualcosa?» mi chiede facendomi l'occhiolino.

«Da quanto ne so io no. Però ultimamente il loro rapporto sta migliorando. Perlomeno non si odiano più come prima.»

«Domani vedremo. Secondo me scoppierà una guerra o qualcosa del genere» dice ridendo.

Rido anch'io. Potrebbe succedere di tutto dato che passeranno il pomeriggio insieme per pulire la palestra.

«Sam, posso chiederti una cosa?»

Annuisco.

«A volte ho come la sensazione che ci eviti... Forse non ti piacciamo. È così?»

Vorrei essere sincera e dirgli che non mi sento all'altezza di stare con loro. E invece mento. «No no. Non è per questo. È che... mi piace stare da sola.»

«A nessuno piace stare da solo.»

«A me sì. Mi fa sentire bene.»

«Scusami ma non ci credo. La solitudine non fa bene a nessuno. La prossima volta che ti vedo da sola ti costringo a unirti a noi con la forza» dice sorridendo.

È decisamente il ragazzo più dolce del mondo.

Per il resto della cena parliamo di tutto: della scuola, della sua passione per il calcio, di quanto odi Susan e di quanto voglia bene a mio fratello.

«Sei diversa stasera» fa a un tratto.

«In che senso?» chiedo preoccupata.

«Non in senso negativo. Sorridi, sei spiritosa... A scuola non sei così.» Beve un sorso della sua Coca-Cola. «Dovresti essere così più spesso.»

«Ci proverò» prometto sorridendo.

Andiamo a pagare e lui insiste per offrirmi la cena. Sono stata benissimo e il tempo è passato troppo in fretta, non ho voglia di tornare a casa.

«C'è una luna bellissima stasera. Ti va di fare una passeggiata in spiaggia?» propone lui.

Sono al settimo cielo. Annuisco e camminiamo lungo la battigia rischiarati dalla luce della luna.

«Allora, dimmi un po'... hai il ragazzo?»

Arrossisco. Nash mi sta chiedendo se ho un fidanzato! Ma è un sogno o cosa?

«No... tu hai la ragazza?»

Probabilmente ne avrà più di una.

«No» risponde sorridendo. «E quanti ragazzi hai avuto?»

Ma perché mi fa queste domande imbarazzanti?

«In realtà... non ne ho mai avuto uno» confesso.

Nash rimane a bocca aperta. «No... aspetta... dici sul serio?»

Perché sembra così stupito? Mi ha vista bene? Sono la ragazza più brutta della terra!

«Sì» confermo.

«Wow. Non l'avrei mai pensato... Voglio dire, sei una bellissima ragazza e immaginavo fossi già stata con qualcuno.»

Mi ha detto che sono bellissima? Il mio cuore potrebbe esplodere in questo preciso istante per quanto batte forte!

Camminiamo per un po', e all'improvviso Nash si ferma e si toglie le scarpe. Poi va con i piedi nell'acqua e mi schizza.

«Ehi! Ma cosa stai facendo?» dico.

La gonna di Cris! Mi ucciderà se gliela sporco. Mi tolgo le scarpe, lo seguo nell'acqua gelida, e scalciando gli bagno i jeans. Ridiamo come due matti. La nostra guerra continua per un po', e vorrei che questo piccolo momento di felicità non finisse mai.

A un tratto mi avvicino a lui, immergo la mano destra nell'acqua e la poso sul suo volto. «Ehi, ma questo non vale!» esclama Nash.

Faccio per ritrarre la mano, ma lui la ferma e la copre con la sua. Mi guarda, e io mi perdo nei suoi occhi. Tutto il mio corpo è scosso dai brividi.

«Perché non mi sono mai accorto di te in questi anni?» chiede avvicinandosi di più.

Le sue labbra stanno per sfiorare le mie ma il suo telefono squilla.

Dannazione.

Nash sbuffa e risponde. Quando chiude la telefonata mi guarda con aria preoccupata. «Stai bene?»

«Sì, perché?»

«Sei pallida. Dài, andiamo a casa.»

Mi prende per mano e torniamo alla moto.

Arrivati a casa mia, mi tolgo il casco, e stranamente se lo toglie anche lui.

«È stata una bella serata» dico sorridendo.

«Sì, ma perché sia perfetta manca ancora una cosa» replica lui.

Comincia a battermi forte il cuore.

Nash scende dalla moto e posa le mani sulla mia vita. Mi attira a sé e mi bacia.

Il mio primo bacio! Non avrei mai pensato di darlo a lui!

Si allontana lentamente. «Buonanotte» mi sussurra.
«'Notte» rispondo emozionata.
Monta sulla moto e se ne va.
Giuro che potrei svenire in questo preciso istante.

20

La mattina passa velocemente, e suona la campanella della pausa pranzo.

Ho paura.

Ho paura di parlare con Matt perché non so cosa mi dirà. Ieri sono stata molto diretta con lui sulla questione dell'avere fiducia, e non sono sicura che l'abbia presa bene. Stamattina, infatti, ha detto di dovermi parlare.

Viene verso di me. «Andiamo?»

Annuisco e lo seguo in giardino. Ci sediamo su una panchina.

«Allora?» dico.

«Allora... Volevo parlarti di ieri, delle cose che mi hai detto. Non mi sono piaciute... ma devo ammettere che avevi ragione. È normale che tu abbia degli amici e non voglio impedirti di frequentarli. So che in una relazione la fiducia è fondamentale, ma ieri quando ti ho vista con Cameron mi sono sentito malissimo. Cris, non so cosa mi sia successo, non sono mai stato così geloso in tutta la mia vita. Solo dopo averci pensato su ho capito che per colpa delle mie insicurezze sto rischiando di perderti, e non è quello che voglio. Puoi perdonarmi?»

Le sue parole mi fanno commuovere. Come faccio a dirgli di no? «Certo che ti perdono.»

Lui sorride e mi prende la mano.

«Solo una cosa...» Ho paura di sapere quel che mi sta per dire. «Devi stargli lontana.»

Cosa?

«Ma non mi hai appena detto che posso frequentare chi voglio?» chiedo.

«Sì, tutti gli amici che vuoi ma non Cameron, ti prego.»

Mi guarda dritto negli occhi e io non so cosa rispondere. Proprio quando finalmente inizio ad andare d'accordo con lui, Matt mi chiede di stargli lontana? Non mi sembra giusto nei confronti di Cameron e non sono nemmeno sicura che sia quello che voglio.

«Matt... io...»

Lui mi guarda con i suoi occhi bellissimi.

«Ci penserò» dico.

«Pensaci... ma sappi che non accetterò un 'no' come risposta» ribatte sorridendo, e penso che stia solo scherzando.

Mi dà un bacio appassionato.

«Allora... che fai questo pomeriggio? Ho casa libera. Se vuoi puoi venire da me» dice poggiando il braccio sulle mie spalle.

«In realtà devo...» Non so come proseguire la frase, sicuramente si arrabbierà quando l'avrò conclusa. Sa perfettamente che devo scontare la punizione, ma forse se n'è dimenticato. «Devo pulire la palestra con Cameron.»

Matt s'irrigidisce. «Be', non ci vorrà molto. Ci metterete al massimo un'ora. Quando hai finito puoi venire da me.»

Oh, meno male. Non l'ha presa malissimo.

«Sì, appena finisco ti chiamo» dico sollevata.

«Perfetto, ma ricordati che dentro non c'è campo.»

«Va bene» rispondo appoggiando la testa sulla sua spalla.

Alla fine delle lezioni mi sento di buonumore. Finalmente ho fatto pace con Matt, l'unico problema da risolvere è Cameron, ma ci penserò dopo.

Prendo lo zaino, saluto Matt ed esco dalla classe.

«Lo sai, vero, che oggi dobbiamo pulire la palestra?» chiede Cameron venendomi incontro.

«Sì, sto andando lì» dico.

Lui ride e non capisco perché.

«Che c'è?» gli chiedo infastidita.

«Sbagli sempre direzione. La palestra è di là» risponde sghignazzando.

Sbuffo e gli passo accanto per andare dalla parte giusta.

In palestra ci aspetta il professore.

«Ah, eccovi» dice sorridendo. «Allora, questa è la chiave dello sgabuzzino. Dentro troverete scope, detersivi e tutto l'occorrente per pulire. Buon lavoro» dice passandomi la chiave.

Non posso ancora credere che ci abbia assegnato una punizione del genere.

Guardo Cameron e lui mi fa cenno di seguirlo. Immagino che sappia dov'è lo sgabuzzino.

Entriamo negli spogliatoi maschili e ci fermiamo davanti a una piccola porta.

«Penso sia questa» fa lui.

Gli passo la chiave e la apre.

Lo sgabuzzino è una stanza piccolissima e piena di cose: detersivi, stracci, scope e altri aggeggi che non saprei dire cosa siano. È un luogo soffocante. Entriamo e ci guardiamo attorno.

«Be', oggi ci toccherà fare i bidelli» osserva Cameron.

«Dài, muoviamoci! Voglio finire il prima possibile» taglio corto io.

«Vedrai che sarà divertente.»

Lo guardo sospettosa: spero solo che non si metta a combinare guai.

Prendiamo il necessario e ci mettiamo al lavoro.

La palestra è gigantesca, non credo che basterà un'ora per pulirla tutta, ce ne vorranno almeno due. Vorrei chiamare Matt per dirglielo, ma il telefono qui non prende.

«Allora... come ci organizziamo?» chiedo.

C'è così tanto da fare che non saprei da dove cominciare.

«Comincia da dove vuoi! Io intanto mi riposo un po'.»

Eh?

Lo guardo, e lui sembra anche abbastanza serio.

«Scherzo! Figurati se ti lascio pulire tutto da sola. Sono sicuro che ti perderesti» dice.

Stronzo.

Inizio a lavare il pavimento, Cameron invece va a raccogliere i palloni da basket e ne approfitta per palleggiare e fare qualche tiro.

Lo osservo. Ha un corpo perfetto, ed è molto carino mentre gioca ed esulta a ogni canestro. Scuoto la testa e torno al mio lavoro.

«Signorina, le è successo qualcosa?» domanda avvicinandosi.

Lo guardo e sorrido per il modo in cui l'ha chiesto.

«Dico sul serio... c'è qualcosa che non va?»

«No, certo che no, perché?»

Spero non si sia accorto che lo stavo osservando.

«Mi guardi più del solito.»

«Non ti stavo guardando» dico.

«Oh sì che lo facevi.»

«Perché dovrei guardarti?»

«Sai benissimo perché» dice, e continua a sistemare i palloni.

«Perché, tu lo sai?» chiedo con tono sarcastico.

«Probabilmente sì! Vedremo se ho ragione.»

Questa risposta mi insospettisce parecchio, darei qualsiasi cosa per entrare nella sua testolina e scoprire cosa sta pensando.

Mi rimetto al lavoro senza dire una parola. Nessuno dei due parla, in realtà. Ci limitiamo a lanciarci occhiate fugaci, distogliendo lo sguardo appena uno dei due incrocia gli occhi dell'altro.

Finisco di pulire e mi stendo a terra. «Ce l'ho fatta.» Sollevo le braccia in segno di vittoria.

Cameron mi guarda e ridacchia. «Non hai fatto granché.»

Ma mi sta prendendo in giro?

«Ho lavato il pavimento dell'intera palestra, ti sembra poco?»

Si guarda attorno. «Be', in effetti non è poco.»

Mi alzo e prendo straccio e secchio per riporli nello sgabuzzino. «Posiamo tutto e andiamocene a casa.»

«Avrebbero dovuto pagarci per questo lavoretto» dice seguendomi.

Ha ragione.

Cameron apre la porta dello sgabuzzino e risistemiamo le cose al loro posto.

Mi alzo sulle punte dei piedi per riporre il detersivo sulla mensola più alta dello scaffale, e nel farlo perdo l'equilibrio. Istintivamente mi aggrappo a uno scatolone in bilico sulla mensola di sotto. Riesco a non cadere ma lo scatolone precipita contro l'anta della porta e la chiude.

Sbuffo e guardo Cameron che sta ridendo. «Che imbranata!» esclama.

Gli faccio la linguaccia e sollevo lo scatolone per rimetterlo al suo posto. Cameron si gira e cerca di aprire la porta.

«Ma che cavolo...»

«Cosa c'è?» chiedo.

Mi avvicino per vedere cosa sta succedendo.

Continua a tirare su e giù la maniglia, ma la porta non si apre. Non può essere vero. Non posso essere rimasta bloccata in uno sgabuzzino con Cameron!

«Non si apre» fa lui.

Lo sposto e provo anch'io. La porta è bloccata. «Non è possibile!» dico arretrando e mettendomi le mani tra i capelli. Devo sembrare disperata in questo momento.

Cameron si appoggia con la schiena al muro e reclina la testa all'indietro.

«Perché non si apre? È assurdo...» dico.

«Che diavolo ne so! Si sarà rotta o avrà una chiusura particolare.»

Mi avvicino di nuovo alla porta e insisto con la maniglia.

«La chiave!» dico a Cameron.

Lui mi guarda e infila le mani nelle tasche dei pantaloni. «Merda!» esclama tirando un pugno al muro. «L'ho lasciata nella serratura esterna.»

È ufficiale: siamo bloccati in uno sgabuzzino.

21

Tiro fuori il telefono e controllo se c'è campo. Niente. Proprio come aveva detto Matt, qui sotto non prende.

«È colpa tua! Se solo non fossi stata così sbadata...» si lamenta Cameron.

«Ehi ehi, non è solo colpa mia. Potevi prendere la chiave» replica alzando la voce.

Controllo l'ora sul cellulare. Sono le 17:30. Lo lancio a terra e scivola sotto un armadio. Non me ne frega nulla di questo stupido e inutile telefono.

«Che facciamo?» Spero che Cameron si faccia venire un'idea.

«Non c'è molto da fare... Ce ne stiamo buoni e aspettiamo che qualcuno ci venga ad aprire.»

«Stai scherzando, vero? Dobbiamo stare qui fino a domani?» chiedo preoccupata.

Non voglio passare l'intera notte con Cameron.

«Se hai un'idea migliore...»

«Ehi! Apriteci!» grido battendo le mani sulla porta.

Cameron mi afferra i polsi. «È inutile sprecare fiato! Non c'è nessuno a quest'ora.»

«*A quest'ora* dovrei essere con Matt» dico a bassa voce sedendomi a terra.

Cameron sembra non avermi sentita. Si siede anche lui e chiude gli occhi.

Alla sola idea di noi due che dormiamo in questa stanza minuscola mi manca l'aria.

«Parliamo di qualcosa per far passare il tempo, ti va?» propone Cameron.

Mi sembra un'idea stupida, ma annuisco.

«Allora... raccontami del tuo ex.»

Inarco un sopracciglio.

«Che c'è? Tanto per sapere» dice distogliendo lo sguardo.

Non avendo idee migliori gli racconto la mia storia con Set, dall'inizio fino al triste epilogo. «...E così l'ho trovato in bagno che si dava da fare con una tipa.»

«Che coglione! Poteva accontentarsi di te» commenta lui.

«Che intendi dire?» chiedo.

«Perché andare con una qualsiasi per una volta quando c'eri tu che...?»

«Io non andavo con lui... Non sono mai andata con nessuno... Non sono quel genere di ragazza!»

Fa un colpo di tosse e mi guarda con gli occhi spalancati. «Smettila di prendermi in giro.»

«Non ti prendo in giro! Comunque... li ho visti, gli ho tirato uno schiaffo e sono scappata via. Fine della mia storia felice» dico arrabbiata per la sua reazione.

«Felice non proprio! Cazzo, stavate insieme da otto mesi e non l'avete mai fatto...»

Preferisco cambiare argomento, perché la conversazione sta diventando imbarazzante. «Tu e Susan invece? Cosa ti ha detto per convincerti a stare con lei?»

Ridacchia. «Be', non c'è molto da raccontare... Mi sono innamorato di lei, e Susan di me. Abbiamo avuto numerosi litigi ma siamo sempre tornati insieme.»

«Quindi adesso state di nuovo insieme?» chiedo sentendo un nodo allo stomaco.

«No. Io e lei abbiamo chiuso definitivamente» risponde.

Mi sento meglio.

«Invece, tu e Matt? Siete tornati insieme?» chiede.

Non ho voglia di parlare di Matt con lui. Non so perché, ma non me la sento. «Troviamo qualcosa da fare? Tipo un gioco o altro?» chiedo.

Sembra un po' titubante ma annuisce.

«Cosa ti piacerebbe fare?»

«Gioco della bottiglia?» propone lui, e io mi volto subito per vedere la sua faccia divertita. Mi sta solo prendendo in giro. «Obbligo o verità?»

«Okay.» Mi siedo di fronte a lui. «Obbligo o verità?»

Lui ci pensa su. «Obbligo.»

Mi trovo impreparata. Non so cosa chiedergli.

«Ehm... Toccati il naso con la lingua.» Perché gli ho chiesto di farlo?

Annuisce e allunga la lingua fino a toccarsi la punta del naso.

Applaudo.

«Ora tocca a te» dice.

«Verità.»

«Ami Matt?»

Questo gioco non mi piace più...

«Sì» rispondo.

«Sicura?»

So che dovrei fare la stronza e dire 'solo una domanda per turno' ma voglio rispondere.

«Sì» ripeto.

«Non mi sembri tanto presa da lui.»

«Sì che lo sono...»

«No... non lo sei. Si vede dal tuo atteggiamento che in realtà non ti piace.»

Resto a bocca aperta per il suo stupido discorso. Ma chi si crede di essere per spiegarmi cosa provo per Matt? Mi alzo in piedi e appoggio le mani sui fianchi. «Ah sì? E come dovrei comportarmi con una persona che mi piace?»

Si alza e mi viene vicino.

Indietreggio subito ma vado a sbattere contro lo scaffale. Cameron mi guarda intensamente e appoggia una mano sul mio mento. Il mio respiro si fa corto, il battito più rapido, e l'unica cosa che riesco a fare è fissare la sua bocca desiderando che si unisca presto alla mia. Non mi era mai successa una cosa del genere. Le sue labbra sono come calamite.

Appena prendo coraggio e mi avvicino, Cameron si allontana. «Ecco, brava... così» dice, e si siede a terra con uno stupido sorriso in volto.

Torno con la testa in questa stanza e realizzo cosa stava per succedere. Veramente volevo baciarlo?

«Così... cosa?» chiedo infastidita.

«Così ci si comporta con la persona che ti piace.»

Ovviamente adesso penserà di avere qualche chance con me! Ma no, io sono fidanzata con Matt, e ciò che è appena successo è stato solo uno sbaglio.

«Pensi di piacermi?» chiedo.

Lui sorride e mi guarda. «Sì.»

«Ti sbagli! C'è un motivo se sto con Matt» replico sedendomi a terra.

«Tu obblighi te stessa ad amarlo! Dài, non avresti voluto baciarmi in questo momento se fossi stata veramente innamorata di lui.»

«Non volevo baciarti.»

«Oh sì che volevi... ammettilo.»

Non lo ammetterò mai e poi mai. È stato solo un piccolo momento di debolezza, niente di più. Resto in silenzio e non dico niente. Mi appoggio con la schiena all'armadio.

«E così dovevi andare da Matt?»

«Come fai a saperlo?»

«L'hai detto prima.»

Pensavo non mi avesse sentita.

«A fare cosa?» chiede.

«Non sono affari tuoi.»

Solleva le spalle e si stende a terra con le braccia incrociate sotto la testa.

Sbuffo e recupero il telefonino da sotto l'armadio. Ci sono tre messaggi. Oh no. Sono tutti di Matt.

'Ehi, dove sei?'

'Che fine hai fatto? Se sei ancora con Cameron mi incazzo.'

'Okay, a quanto pare hai di meglio da fare. Potevi dirmelo che preferivi stare con lui. Ciao.'

Non posso credere di aver rovinato di nuovo tutto con Matt! Mi siedo a terra e mi porto le mani sul volto.

Cameron si avvicina. «Cos'hai?»

«Niente... Matt mi ha scritto... È arrabbiato.»

«Non hai fatto niente di male! Non potevi immaginare che saresti rimasta chiusa in uno sgabuzzino con me.»

«Lo so, ma è questo il punto!» Prendo un respiro profondo per continuare: «Cam, ti prego, Matt non deve sapere che siamo rimasti chiusi qui dentro insieme.»

«Va bene, diremo che eri da sola. Aspetta...»

Spero che non si metta a fare lo stronzo proprio in questo momento.

«A che ora ti ha scritto?» continua.

Controllo. «18:15.»

«Eravamo già qui. In quell'angolo il telefono prende.»

Ha ragione!

«Spostiamo l'armadio.»

Lo spingiamo in avanti al centro della stanza, e mi metto subito nell'angolo a controllare le tacche. Aumentano. «Qui c'è campo...»

Cameron si avvicina e guarda il display. «Chiama Nash, è l'unico che può tirarci fuori di qui.»

Annuisco e compongo il numero.

«Il tuo fidanzatino ci ha salvati» fa Cameron.

«Cris! Dimmi tutto.»

«Nash, siamo bloccati dentro lo sgabuzzino della palestra della scuola. Vieni subito qui!»

«Arrivo!» e riattacca.

Sbuffo e aspetto in silenzio l'arrivo di Nash. «Ma quanto ci mette?»

«Abita di sopra, starà facendo le scale!»

Sento dei passi e mi avvicino alla porta. «Ehi, siamo qui!»

La chiave gira nella toppa. «Cris... Cam! Ma... voi due...»

«Nash, è una lunga storia. Possiamo parlarne in un altro momento? Sono a pezzi» dico io.

«Oh, okay... allora... buona serata ragazzi, e buon rientro.»

È la fine di un incubo. Nel breve tragitto in autobus io e Cameron chiacchieriamo della cena a casa mia, dei nostri genitori e dei loro tentativi neanche tanto velati di spingerci a uscire insieme. Immaginiamo la faccia che farebbero i miei vedendoci tornare insieme a quest'ora.

È divertente chiacchierare con lui, e devo dire che mi dispiace essere già arrivata.

«Be', ora è meglio se rientro. I miei saranno preoccupati» dico.

«Sì, meglio che vada anch'io. Ah, aspetta. I tuoi genitori ci stanno guardando dalla finestra della cucina.»

Sto per girarmi ma lui mi ferma. «Non voltarti. Diamogli quello che vogliono.»

Mi solleva appena il mento, si avvicina e mi dà un piccolo bacio all'angolo della bocca. Al pensiero di quanto possa essere bello sentire le sue labbra sulle mie, rabbrividisco.

Non posso credere che sto davvero pensando queste cose: sono fidanzata con Matt!

«'Notte.» Cameron sorride allontanandosi lentamente da me.

«'Notte» rispondo.

Lo guardo andarsene, e appena mi volto verso casa mi accorgo che tutte le luci sono spente e l'auto non c'è. Non c'è nessuno.

Mi volto per dire a Cameron che è impossibile che abbia visto i miei, ma è già andato via.

Che l'abbia fatto apposta? Cammino lentamente verso la porta d'ingresso con questa stranissima idea che mi frulla per la testa.

22

Ho saputo solo adesso che stamattina mamma non può accompagnarmi a scuola. Mentre preparo lo zaino non smetto di fissare il cellulare. Chiamo Cameron per un passaggio oppure no? Fuori fa più freddo del solito e non ho voglia di fare la strada a piedi.

Prendo il cellulare e scrivo: 'Ciao, ce la fai a darmi un passaggio? :-)'

Lo zaino è pronto quando ricevo la sua risposta.

'Sono fuori casa tua. ;-)'

Cerco di togliermi dalla faccia uno stupido sorriso. Mi ha solo scritto un messaggio!

Prendo la borsa e mi dirigo all'ingresso.

«Amore, vai a piedi?» chiede mia madre.

«No, mi dà un passaggio Cam.»

«Cam? Da quando lo chiami così? Non lo odiavi?» chiede lei con un sorriso che non promette nulla di buono.

Scuoto la testa ed esco.

La macchina di Cameron è proprio davanti casa. Entro e mi siedo accanto a lui.

«Allora... come mai mi hai chiesto un passaggio?» fa con tono furbo, guardandomi per pochi secondi.

«Oh, non ti illudere, mia madre doveva accompagnare Kate dal medico, e siccome non avevo voglia di andare a piedi...»

«Pensavo di esserti mancato» dice interrompendomi.

Lo guardo. Sembra serio.

L'aria in macchina si è fatta pesante, e devo dire qualcosa per alleggerirla.

«*Mancato?* Ho trascorso con te l'intera giornata di ieri!» replico ridacchiando.

Ride anche lui.

Arriviamo a scuola, e ammetto di avere un po' paura di scendere dall'auto.

Ieri, appena rientrata a casa, ho scritto un messaggio a Matt e gli ho raccontato dell'incidente dello sgabuzzino, omettendo però che Cameron era lì con me. Matt sarà sicuramente qui fuori, e appena mi vedrà con lui s'incazzerà... senza contare che ho paura che possa scoprire la mia bugia.

«Tutto bene?»

«Sì, ho solo paura che Matt si arrabbi vedendomi con te.» Voglio essere sincera con lui.

«Non dovresti aver paura del tuo fidanzato. Matt è un coglione se ti fa sentire così. Lui non può scegliere i tuoi amici: tu esci con chi ti pare e fai quello che vuoi. Perciò smettila di preoccuparti! Comunque io non dirò niente riguardo alla storia di ieri, quindi non lo verrà mai a sapere.»

«Grazie...» rispondo.

«E di che? Ti prego, però, rifletti bene sulla tua storia con Matt.»

Io e Cameron entriamo a scuola camminando una accanto all'altro.

«Ehi, ragazzi!» Taylor ci viene incontro porgendoci dei bigliettini. «Ho deciso quando festeggiare il mio compleanno!»

Sono curiosissima di sapere tutto. Guardo emozionata l'invito. «Racconta!» dico.

«Il 31 ottobre. Sarà una specie di festa di Halloween e di compleanno insieme... È stata la mia migliore amica ad avere l'idea e a organizzare tutto. Festeggeremo insieme dato che compiamo gli anni a un giorno di distanza.»

«Non vedo l'ora! Scommetto che sarà una festa grandiosa!» dico felicissima.

«Ah, vi vogliamo tutti in maschera.»

«Oh, io non indosserò nessun costume» mette in chiaro Cameron ridendo.

«Io sì! Non vedo l'ora! Sarà bellissimo» dico.

Salutiamo Taylor e ci incamminiamo verso l'aula d'inglese. Non riesco a smettere di pensare alla festa e al costume che indosserò. Anzi, che io e Matt indosseremo! Sarebbe bellissimo trovare dei travestimenti abbinati.

«Come fai a essere tanto eccitata per una cosa del genere?» chiede Cam.

«Come si fa a non esserlo?»

Non vedo l'ora!

Chissà lui chi porterà alla festa. Il solo pensiero di vederlo con un'altra ragazza mi mette i brividi, forse perché non riesco a immaginarlo con una che non sia Susan.

«Ieri sera ho parlato con Sam» mi dice, e io mi fermo subito.

Hanno litigato? Si è opposto alla sua storia con Nash?

«Ho pensato alle tue parole dell'altra sera, e hai ragione. Devo smetterla di fare lo stronzo, o almeno devo provarci. Le ho assicurato che qualsiasi cosa farà con lui non me ne fregherà mai nulla» spiega.

Non è esattamente un discorso da fratello amorevole, ma è già qualcosa che non le abbia impedito di frequentare Nash.

Sorrido e Cameron fissa le mie labbra per qualche secondo.

«Oh, ti prego, evita di sorridere in quel modo» dice passandosi la mano fra i capelli

«Perché?»

«Perché... Oh, niente. Andiamo o faremo tardi.»

«Almeno dimmi se era una cosa positiva o negativa» dico.

«Positiva.» Sorride e io mi tranquillizzo.

Entriamo in classe, il prof è già seduto alla cattedra, e non ho neanche il tempo di salutare Matt. Né riesco a parlare con lui negli intervalli tra le lezioni.

La mattina passa lentamente, e matematica alla quarta ora, dopo tre lezioni pesantissime, è un vero trauma.

Il prof spiega, ma il mio unico pensiero è cosa indosserò alla festa di Halloween.

«Cameron, correggi gli esercizi» dice il prof.

«Non ho il libro» risponde lui.

Il professore sbuffa e si guarda attorno. Che ansia: sembra che stia per scegliere la sua prossima vittima.

«Segui con la signorina Evans.»

Devo aver sentito male... Mi concentro sul mio libro e mi metto a scarabocchiare gli angoli della pagina. Poi sento una sedia strisciare sul pavimento e in meno di due secondi mi ritrovo Cameron accanto. Lo guardo e lui mi sorride.

Torno a concentrarmi sul mio libro e su cosa metterò alla festa. Mancano solo due giorni, ho pochissimo tempo per decidere. Riprendo l'invito e lo osservo.

«Ci andrai con Matt?» mi chiede Cameron.

Annuisco senza dire niente.

«Ti va di fare una cosa?»

Lo fisso con aria interrogativa.

Cameron appoggia la schiena alla sedia e guarda in avanti. Faccio lo stesso, e mi accorgo che il prof ci sta osservando. Annuisco a ogni parola che esce dalla bocca del professore.

«Avvicinati» sussurra Cam.

Mi sposto con la sedia più vicino a lui per ascoltare ciò che ha da dirmi. Mi sta incuriosendo.

«Facciamo così: scarichi Matt e vieni alla festa con me.»

«Cosa?» Scatto sulla sedia.

Tutti mi guardano. Vorrei sparire in questo preciso istante.

«Signorina Evans, se vuole correggere l'esercizio non c'è nessun problema... prego» dice il prof.

Fanculo Cameron e i suoi trucchetti per farmi finire nei guai.

«Va bene» rispondo, e sento Cam trattenersi a stento, perciò gli tiro una gomitata e lui scoppia a ridere.

Il prof ci guarda malissimo. «Dallas? Cosa c'è di tanto divertente?»

Cameron si calma e scuote la testa.

«Se continuate così, vi beccherete dei compiti extra» minaccia il prof infastidito.

Chiediamo scusa e lui continua la lezione.

«Allora, accetti?» chiede Cam.

Ah, ma stava parlando sul serio?

«Ti ricordo che sono fidanzata» replico scocciata.

«Fidanzata, ma non innamorata... Ammettilo, se non ci fosse Matt saresti venuta con me senza alcuna esitazione.»

Ma è davvero così egocentrico?

«Le altre ragazze farebbero sicuramente come hai detto tu, io no.»

«Lo so che non sei come le altre... ma perché non provare?»

Lui guarda il libro e io non smetto di fissare lui. È così bello... e quando sorride è ancora meglio.

No! Devo veramente smetterla! Io sto con Matt, e devo pensare solo a lui. Torno a guardarlo: è pensieroso.

«Mmm... Quel tipo nasconde qualcosa» dice Cameron.

Ma che gli salta in testa?

«Quel tipo ha un nome» replico irritata dal suo modo di riferirsi a Matt.

«Hai pensato a quello che ti ho detto?»

«Cosa mi avresti detto?» chiedo perplessa.

«Di parlargli e di dirgli che puoi essere amica di chi vuoi e cose del genere.»

«Sì, hai ragione... gliene parlerò.» Spero che Matt la prenda bene. Non voglio lasciarlo, perché a lui ci tengo, ma non mi va nemmeno di perdere Cameron, soprattutto ora che iniziamo ad andare d'accordo. Sono confusa, mi sta per scoppiare la testa, la appoggio sul banco per tranquillizzarmi.

«Tutto bene?» mi sussurra Cam, e sento un brivido attraversarmi la schiena.

Annuisco. Quando si allontana avverto un vuoto dentro. Ma cosa mi sta succedendo?

Per qualche istante chiudo gli occhi, e vedo il sorriso di Cameron... poi il suo bellissimo viso. Li riapro immediatamente e tiro su la testa scuotendola per allontanare la sua immagine.

Lui mi guarda dubbioso, ma per fortuna non dice nulla.

Il pensiero assurdo di me che provo qualcosa per Cameron mi sfiora la mente. E se fosse vero?

La campanella suona, e non sono mai stata così contenta

di sentirla. Almeno potrò distrarmi da questi stupidi pensieri che sembrano non voler abbandonare la mia mente.

Appena mi alzo dalla sedia incontro lo sguardo di Matt. «Andiamo?» mi chiedono lui e Cameron contemporaneamente. Annuisco e usciamo dalla classe.

Nash e Sam ci raggiungono subito, e ammetto che insieme sono bellissimi! Noto un po' di fastidio negli occhi di Cameron. Mi guarda e gli sorrido. Lui ricambia e sembra sentirsi meglio.

Raggiungiamo il giardino e ci uniamo a Carter e agli altri.

23

Taylor ci vede per primo e ci saluta subito.

Ci avviciniamo al nostro gruppetto e ci inseriamo nel piccolo cerchio che hanno creato.

È bello vedere Sam e Nash così uniti e, sinceramente, sono un po' invidiosa perché comincio a pensare che fra me e Matt non potrà mai esserci un feeling simile.

«Allora, chi portate alla festa?» chiede Taylor.

Cameron mi lancia un'occhiata e io mi limito ad accennare un sorriso e a scuotere la testa. Ovviamente non ho nessuna intenzione di andare con lui.

«Maggie» risponde Carter.

«Io porterò la mia migliore amica... non ho nessuna per ora» dice Taylor.

«Cam?» chiede Nash.

«La ragazza a cui ho chiesto deve ancora darmi conferma» replica.

Se sta parlando di me, non ne riceverà nessuna.

«Chi è?» chiede Taylor curioso.

«Lo saprete alla festa» risponde Cam.

«Io e Cris verremo insieme» commenta Matt, voltandosi verso di me e sorridendomi.

«Fidatevi, sarà la festa più bella della vostra vita» assicura Taylor emozionato.

«Oh no» dico a bassa voce vedendo Susan che arriva con il suo insopportabile seguito.

«Ragazzi» fa con la sua voce fastidiosa. «Taylor, alla tua festa verrò con Brent.»

Brent? E chi sarebbe?

«Nessuno te l'ha chiesto» commenta Cameron, e l'unica cosa che vorrei fare in questo momento è battergli il cinque.

«Ah, dimenticavo... Cris e Cameron, il prof d'inglese vi vuole parlare» riprende Susan.

Io e Cam ci scambiamo un'occhiata. Cos'altro potrebbe volere?

Ci mettiamo in piedi. Immediatamente si alza anche Matt. Quindi si avvicina, mi prende per la vita, e mi stampa un bacio. «Sei bellissima oggi» dice. So benissimo che vuole solo ricordare a Cameron che siamo fidanzati.

Gli sorrido e raggiungo Cameron.

«'Sei bellissima'» dice scimmiottando Matt mentre percorriamo il corridoio. «È solo un povero imbecille. Non riesco ancora a capire come fai a stare con lui.»

«Cam, smettila! Ti ricordo che è un tuo amico...»

Si volta e mi guarda.

«*Cam?*» chiede ridacchiando.

«Eh? Cioè, volevo...»

«Da quando noi due siamo così intimi?» mi interrompe.

Riconosco il tono scherzoso nella sua voce e sbuffo.

«Sto scherzando... solo che suona strano detto da te» spiega evitando il mio sguardo.

«Suona male?»

«No... anzi... strano in senso positivo. Mi piace» precisa sorridendo.

«Secondo te cosa vuole?» chiedo guardando il professore d'inglese, che ci sta aspettando nella sua aula.

«Assumerci come bidelli?» fa lui.

Rido.

«Buongiorno prof, Susan ci ha riferito che voleva parlarci» dico cercando di sembrare più garbata possibile.

«Sì, volevo solo dirvi che i bidelli sono rimasti così soddisfatti del vostro lavoro che, se potessero, vi assumerebbero volentieri.»

Non posso fare a meno di guardare Cameron. A quanto pare, aveva ragione.

«È tutto... Cercate di finire in punizione più spesso, voi due» aggiunge il professore, e si alza dalla cattedra per andarsene.

«Oh, faremo il possibile» dice Cam sottovoce.

Ma perché continuo a sorridere come una cretina?

Torniamo dagli altri, e appena ci inseriamo nel cerchio mi accorgo che Matt e Nash si guardano in cagnesco.

«Quindi tu andrai con Matt?» mi chiede Susan.

Sto per risponderle, ma Matt mi precede: «No, lei andrà con Cameron.»

Ma che gli prende?

«Matt...» dico mentre lui mi afferra il polso e mi porta via dal gruppo.

«Ma cos'hai?» chiedo liberandomi dalla sua presa.

«E così hai passato l'intero pomeriggio con lui.»

Questa non ci voleva. Sapevo di non potermi fidare di Cameron.

«Lui chi?» chiedo facendo finta di non sapere di chi stia parlando. È ovvio che si riferisce a Cameron, altrimenti non sarebbe così infuriato.

«Mi prendi per il culo? Lo so che hai passato tutto il pomeriggio con Cameron, me l'ha detto Nash! Perché? Perché mi fai questo?»

«Non è colpa mia se siamo rimasti chiusi in quel maledetto sgabuzzino!» rispondo alzando la voce.

«Tutte scuse! Stupide scuse! Se preferisci uscire con lui basta dirlo, così la smetti di prendermi in giro.»

«Non ti sto prendendo in giro! Io voglio stare con te, perché non lo capisci?» Il tono della mia voce deve suonare disperato, ma non m'importa! Voglio fargli capire che ci tengo a lui.

«Perché tutte le fottute volte che ti vedo sei insieme a lui, e non lo sopporto!» Si ferma per riprendere fiato. Sembra veramente distrutto, e mi sento in colpa. Non pensavo sarebbe andata a finire così fra me e Matt. All'inizio sembrava tutto perfetto, ma ultimamente non facciamo che litigare.

«Scegli... o lui o me» dice.

Resto a bocca aperta e spero di aver capito male.

«Cosa?» chiedo.

«O stai con lui o stai con me» ribatte Matt sicuro di sé.

Non posso fare una scelta.

«Non voglio più vederti con lui. Neanche come sua amica.»

«Io sono amica di chi voglio! E tu dovresti imparare a fidarti di me!» dico cercando di essere più convincente possibile.

Matt scuote la testa. «Prenditi il tempo che ti serve per decidere.» E se ne va, lasciandomi sola.

Ma perché nella mia vita dev'essere tutto così difficile?

Sono arrabbiata e allo stesso tempo mi sento morire.

La campanella suona e torno subito dentro. Cammino lentamente tra i corridoi e non riesco a smettere di pensare a Matt e a quanto possa essere egoista.

«Cris.»

Mi volto verso Sam e simulo il sorriso più falso della terra.

«Cos'è successo?» chiede.

A quanto pare il mio sorriso non l'ha ingannata.

«Matt mi ha chiesto di scegliere tra lui e Cameron» spiego. So che con Sam posso essere sincera, lei mi sa capire come solo Cass sapeva fare.

«Cosa? E perché mai l'avrebbe fatto?» chiede.

«Perché pensa che per me Cam sia molto più di un amico.»

Lei ci pensa su, e quando mi guarda mi fa paura, come se stesse per dire qualcosa di terribile.

«Cris, sarò sincera con te. Non hai mai pensato di provare qualcosa per mio fratello? Insomma, se te lo chiedono tutti ci sarà un motivo, no?»

Mi fermo e la guardo.

«Lo pensano solo perché ci vedono spesso insieme.»

«Sì, e perché siete spesso insieme?» fa lei.

«Perché... perché non lo so.» Davvero non conosco il motivo per cui alla fine io e lui ci ritroviamo sempre insieme.

«Per me lo sai, e lo sa benissimo anche Cam... Dovete solo mettere in chiaro le cose.»

Mettere in chiaro le cose? Quali cose? Non ci sono *cose* tra me e Cameron e non ci saranno *mai*.

«In ogni caso, Matt si sente in pericolo, perché sa che Cameron è un rivale temibile, e se fossi in te starei attenta! Ci sa fare con le ragazze.»

Annuisco ed entriamo in classe. Mi siedo e aspetto che il prof entri.

Cam si siede sul banco davanti al mio e mi guarda.

«Cos'è successo? Che ti ha detto?» chiede.

«Che ha saputo dello sgabuzzino.»

«Cosa? Giuro che non sono stato io» dice alzando le mani.

«Sì, lo so. È stato Nash. Mi sono dimenticata di dirgli di stare zitto, e ora eccoci qua. Matt è arrabbiato e in più mi ha chiesto di scegliere fra te e lui.»

Cam abbassa lo sguardo e si fa pensieroso.

«E...» dice.

«Non ho intenzione di scegliere! Io parlo con chi voglio! Non può decidere quali debbano essere i miei amici» affermo sicura.

Cam sorride, sembra sollevato. «Quindi ora non state più insieme?»

«Non credo...»

Si passa la mano fra i capelli e torna a essere il solito Cam, stronzo e sicuro di sé.

«Quindi non andrai con lui alla festa, giusto?»

So già dove vuole arrivare, ma faccio finta di non capire.

«Esatto.»

Mi guarda dritto negli occhi: scommetto che mi chiederà di andarci con lui.

«Bene.» Si alza e torna al suo banco mentre il prof entra in classe.

Che risposta è 'bene'?

Mi giro verso di lui. «*Bene?*» chiedo.

«Sì, bene. Dopo se vuoi ti accompagno a casa, ho letto che nel pomeriggio si metterà a piovere.»

Un po' delusa dalla sua reazione, annuisco e mi volto verso il prof.

Le lezioni per fortuna finiscono e suona la campanella. Guardo oltre i vetri della finestra. Fuori sembra esserci il diluvio universale... mai vista una cosa del genere.

«Che ti avevo detto?» fa Cam sorridendo.

Accetto il suo passaggio e usciamo dall'aula. So di avere lo sguardo di Matt puntato addosso, ma non m'importa. È stato lui a spingermi fino a questo punto.

24

Mi guardo allo specchio un'ultima volta prima di mostrarmi a mia madre per il giudizio finale.

Ieri pomeriggio, dopo la scuola, sono andata in centro e ho girato per negozi per tirarmi su di morale e trovare un vestito adatto per la festa di stasera.

È un abitino nero a vita alta, attillato sul seno e lungo fin sopra le ginocchia. Ha un paio di ali cucite sulla schiena, quindi dovrei essere un demone o qualcosa del genere.

Certo, avevo immaginato altro... Credevo che alla festa sarei stata accompagnata da Matt e che avremmo pensato insieme ai costumi, ma le cose sono andate diversamente...

Mi concentro sulla mia immagine allo specchio. Devo ammettere che sto davvero bene. Ho i capelli legati in una coda alta e sul volto porto una maschera nera: sono certa che nessuno sarebbe in grado di riconoscermi. Muoio dalla voglia di vedere l'espressione dei miei amici quando arriverò!

Il telefono vibra. È un sms di Cameron. 'Tra cinque minuti sono da te.'

Sono agitatissima... Ho accettato di andare alla festa di Taylor con lui visto che adesso siamo entrambi single. So perfettamente che Matt non la prenderà bene, ma sono convinta della mia scelta. Io e Cameron stiamo diventando buoni amici e Matt deve accettarlo.

'Okay' rispondo, ed esco dalla stanza per sottopormi alla

valutazione di mia madre. Quando però entro nel salone, seduta sul divano ad attendere il mio piccolo défilé non c'è solo lei ma l'intera famiglia Evans. Restano tutti a bocca aperta.

«Wow, tesoro!» fa mia madre emozionata. I suoi occhi diventano lucidi e qualcosa mi dice che in meno di cinque secondi scoppierà in lacrime. Mi avvicino e l'abbraccio prima che inizi a fare discorsi patetici del tipo 'Come passa il tempo! Solo ieri ti tenevo tra le mie braccia!' e cose del genere.

Bussano alla porta. Non pensavo che Cameron volesse incontrare i miei, ero convinta che l'avrei raggiunto in auto.

«Apro io» fa mio padre.

Vado in camera a prendere la borsetta e sento Cameron salutare gli altri.

Quando torno da loro avverto i suoi occhi che mi scrutano da capo a piedi, e non posso evitare di arrossire.

Lui è vestito in modo elegante, jeans, camicia bianca e giacca nera, sembra stia andando a un party anziché a una festa di Halloween.

«Ciao» gli dico avvicinandomi.

«Ehi... ciao...» Sembra a disagio... È insolito vederlo così.

«A che ora me la riporti?» chiede mio padre.

«Per mezzanotte» risponde Cameron guardandolo.

Papà annuisce e usciamo di casa.

Percorriamo in silenzio il vialetto fino alla sua auto. Mi siedo sul sedile del passeggero, chiudo la portiera, e quando mi volto per guardarlo lui mi sta osservando.

«Cosa c'è?»

«Niente... solo...» dice lasciando la frase in sospeso, e facendo partire l'auto.

«Solo...?» Cerco di restare calma il più possibile.

Accende lo stereo e regola il volume. Mi arrendo, non saprò mai cosa stava per dirmi.

«...Solo che sei bellissima» conclude.

Non riesco a crederci, Cameron mi ha fatto un complimento e adesso sembra addirittura imbarazzato.

«Grazie» rispondo, e lui sorride.

Alzo il volume dello stereo. C'è *Sing* di Ed Sheeran. Adoro questa canzone!

Prima di trasferirmi a Miami Beach ascoltavo spessissimo la musica, e questo era il brano che amavo di più in assoluto.

«Quindi saresti un pipistrello?» chiede abbassando il volume e lasciandomi a bocca aperta. Come ha fatto a scambiarmi per un pipistrello?

«Cosa? No... sono un demone» dico.

Ride, ma non è affatto divertente. Dov'è finito il Cam timido di qualche minuto fa?

«Certo...»

Stronzo.

«E tu cosa vorresti essere? Un mago?» chiedo.

«Io mi sono vestito in modo normale. Andrà bene lo stesso, in fondo è una festa di compleanno.»

«Peccato... saresti stato carino mascherato da zucca gigante» replico sbuffando e guardando fuori dal finestrino.

Lui ridacchia e alza di nuovo il volume della musica.

Dopo poco arriviamo davanti al locale. Ci sono tantissime auto parcheggiate e una lunghissima fila di persone mascherate in attesa di entrare.

«Se Taylor non si presenta subito, ce ne andiamo» dice Cam fermando la macchina.

«Non vedi l'ora di entrare!»

Lui scuote la testa ed esce dall'auto. Si avvicina e mi porge il braccio.

So che non è una buona idea andare a braccetto con lui ma questa sera non voglio pensare a niente, ho solo intenzione di divertirmi.

Senza che neanche me ne accorga siamo già dentro. La musica è altissima, ci sono tantissime persone che ballano... trovare Taylor sarà impossibile.

Finalmente, da lontano, lo intravedo mentre balla con una ragazza molto carina.

Io e Cameron ci avviciniamo lentamente. Taylor si accorge di noi, ci sorride e ci viene incontro.

«Ehi, ciao ragazzi! Se volete, in fondo alla sala ci sono dei tavoli con delle sedie. Carter, Jack e gli altri sono lì.»

«Va bene, li raggiungiamo. Ci vediamo dopo» dice Cam, e ci buttiamo nella mischia.

Raggiungiamo i nostri amici, e Cam mi presenta dei ragazzi che non conosco. «Questi sono Ashton, Shawn, Aaron, e lei è Mahogany.»

Guardo davanti a me e il mio sorriso scompare. A qualche tavolo di distanza, Matt è in compagnia di Tamara, una di quelle insostenibili ochette amiche di Susan. Mi sta fissando, così distolgo subito lo sguardo.

«Cosa c'è?» mi chiede Cam. Quando si accorge di Matt e Tamara mi afferra la mano e me la stringe forte. «Smettila di guardarli e divertiti. Ti prendo un drink.»

«Io non bevo.»

«Ti aiuterà, fidati.»

In fondo, uno o due drink non possono che farmi bene.

Cam torna da me con una bevanda viola in mano.

«Che cos'è?» chiedo.

«Non lo so, ma sembra buona» dice porgendomela.

Prendo il bicchiere e lo porto al naso per annusarlo e immaginare il gusto che potrebbe avere. L'alcol si sente, e la cosa non mi dispiace.

Avvicino il mio bicchiere a quello di Cam, brindiamo, e butto giù tutto d'un sorso la strana bevanda che sa di zucchero filato e di qualcosa di acido.

«Buono?» chiede.

Annuisco. «Ne voglio ancora, dove l'hai preso?»

Mi indica l'angolo dei cocktail, e vado a prenderne un altro. Dopo aver bevuto il secondo comincio a stare meglio, e sento solo il desiderio di divertirmi facendo cose stupide. Di Matt non m'importa più.

«Facciamo il gioco della bottiglia!» propone a un tratto Ashton.

Annuiamo tutti. Non vedo l'ora di cominciare! Ed è una novità per me, dato che ho sempre odiato questo stupido gioco.

Shawn si alza e prende una bottiglia dal tavolo accanto. La fa girare sul nostro e la prima persona designata è Mahogany.

Il secondo giro termina su Aaron.

«Nooo!» dice Mahogany portandosi le mani alla faccia.

«Devi farlo!» esclama Cameron accanto a me.

«Dove dobbiamo andare? Non lo bacio qui» risponde lei.

Ci guardiamo tutti attorno. «Nel privé» indica Jack.

Non so perché, ma nella mia mente si fa largo il ricordo del pomeriggio in cui sono rimasta chiusa nello sgabuzzino con Cam. Sorrido.

«Cosa c'è?» mi chiede lui.

«Niente» replico ridacchiando.

I due tornano e Mahogany fa ripartire il gioco.

Questa volta la bottiglia termina il suo giro su di me... ho un po' paura di scoprire chi sarà il mio compagno. Con lo sguardo cerco Matt per vedere cosa sta facendo in questo momento: lo trovo che balla abbracciato a quella smorfiosa di Tamara. Sento la rabbia montarmi dentro. Guardo la bottiglia che gira e comincia a rallentare fino a fermarsi su... Cameron.

Ci scambiamo un'occhiata e l'unica cosa che riesco a pensare è 'Oh no'.

Cosa posso fare? Non voglio baciarlo, ho paura che rovinerebbe tutto.

«Dàiii!» dice Aaron.

Vorrei ficcargli in bocca la bottiglia per farlo tacere.

Osservo di nuovo Matt che balla con Tamara, e la rabbia cresce. Prendo un cocktail a caso sul tavolo e lo butto giù in un solo sorso. Poi guardo Cameron. «Andiamo» dico.

Lui sgrana gli occhi, incredulo. In realtà, non ci credo nemmeno io che sto per chiudermi in un privé con Cameron, ma cerco di convincermi che in questo modo attirerò l'attenzione di Matt, che forse la smetterà di flirtare con quella cretina.

Mi alzo e cammino spedita verso il privé.

Non ho intenzione di baciare Cameron, ma solo di far sapere a Matt che non mi importa se passa l'intera serata con un'altra.

Cam mi segue e io mi fermo di colpo: Tamara si sta strusciando su Matt, e questa cosa mi dà terribilmente fastidio.

«Vieni?»

Torno a concentrarmi su Cameron che mi aspetta davanti al privé.

Matt mi sta guardando, i suoi occhi passano velocemente da me a Cameron al tavolo con la bottiglia e poi di nuovo a me. Ha un'espressione preoccupata, e si allontana da Tamara, che lo guarda stupita, per venire verso di me.

Sento salire l'adrenalina, non ho intenzione di starmene qui a sentire quello che ha da dire.

Cammino rapidamente verso il privé ed entro.

L'alcol ormai si è impossessato di ogni singola parte del mio corpo, credo sia per questo che la mia testa non fa altro che pensare a Cameron e alle sue labbra.

Sento la porta chiudersi. Cam si volta verso di me. «Okay, sai come funziona» mi dice. «Penso che un minuto basti.»

So che ciò che sto per fare rovinerà tutto, ma non m'importa, voglio farlo.

Mi tolgo la maschera e mi avvicino a Cameron. Sono a un soffio dalle sue labbra. «Vediamo se ci basta» dico guardandolo negli occhi.

Lo bacio senza aspettare una sua risposta, ed è tutto così strano e confuso. È dal giorno della punizione in palestra che aspettavo di farlo, e per lui è la conferma del fatto che – forse – mi piace.

Quando le nostre labbra si uniscono, avverto un mix di emozioni contrastanti che non avevo mai provato prima.

Mi scosto per capire quale sia la sua reazione a ciò che ho appena fatto. La risposta mi viene rivelata appena appoggia le mani sulla mia vita e mi attira a sé per catturare di nuovo la mia bocca.

Il bacio da dolce si fa passionale. Non avrei mai pensato di arrivare a questo punto con Cam, ma eccomi qui.

Per un secondo si ferma.

«Sei sicura di quello che stai facendo?» mi chiede preoccupato.

Fisso le sue bellissime labbra. «Sssh.» Torno a baciarlo e lui non mi rifiuta. Mi spinge delicatamente in modo che possa indietreggiare e appoggiarmi contro la parete.

La sua bocca si muove in perfetta sintonia con la mia, e giuro che, se potessi, fermerei questo momento per sempre.
D'improvviso la porta del privé si spalanca... e vedo Matt.
«Ma che diavolo...?» fa con tono alterato.
Mi limito a guardarlo e a sbuffare: ha rovinato un momento meraviglioso.
Lui però si avvicina, sembra fuori di sé per la rabbia.
«Calmati!» gli dice Cameron infastidito.
Mi faccio largo tra i due ed esco dalla stanza. Le luci e le persone attorno a me cominciano a muoversi al rallentatore, ma non m'importa. Scuoto la testa e tutto torna normale.
Matt si affanna per raggiungermi. Imbocco l'uscita e l'aria fredda mi provoca un forte mal di testa.
«Fermati!» mi grida Matt correndo.
«Lasciami stare, vai a strusciarti su Tamara!» gli urlo contro.
«Cris!» Cameron arriva da me con il fiatone.
«L'hai fatta bere?» gli chiede Matt.
«No, l'ho voluto io! È inutile che te la prendi con lui!» gli rispondo arrabbiata.
«Andiamo via» mi fa Cam prendendomi per mano.
Comincio a sentirmi male e desidero solo tornare a casa.
«Voi due non andate da nessuna parte!» fa Matt. «Cris, se vai con lui abbiamo chiuso per sempre!»
Non ho la forza di rispondere, la testa mi gira, la vista si annebbia, e senza accorgermene, non so come, mi ritrovo nella macchina di Cameron.

25

La testa mi sta per esplodere. Meno male che oggi è sabato e non c'è scuola.

Apro lentamente gli occhi e mi sollevo a sedere sul letto. La nuca mi pulsa e mi sento malissimo.

Mi scosto i capelli dal viso guardandomi intorno per capire dove mi trovo.

Pareti bianche, mobili neri... non sono in camera mia, è tutto diverso.

Cerco di ricostruire come posso essere arrivata qui, ma è tutto appannato. Ricordo solo piccoli sprazzi della serata di ieri: le luci stroboscopiche... dei ragazzi che ballano... una bottiglia che gira... Matt e Tamara. Il resto è totalmente incasinato, probabilmente per via dell'alcol.

Avverto una strana sensazione dentro di me, come se fosse successo qualcosa d'importante che non riesco a ricordare. Scosto le lenzuola e poggio i piedi sul pavimento. Li ritiro subito a causa del freddo.

Li riappoggio lentamente a terra, e solo adesso mi accorgo di non indossare i miei vestiti. Mi alzo e barcollo fino a uno specchio. Addosso ho una t-shirt bianca che mi copre fino a metà coscia e sotto indosso soltanto le mutandine. La cosa mi mette a disagio. Il viso è messo malissimo, il trucco è sbavato e ho delle terribili occhiaie. Inoltre sono pallidissima e ho un tremendo mal di stomaco. Ma cosa ho combinato ieri sera?

Sento dei passi in corridoio, non ho il coraggio di uscire per vedere chi sia.

La porta si apre ed entra Cameron. Che cosa ha a che fare lui con questa storia?

«Sei già sveglia?» chiede. È a torso nudo e indossa solo dei jeans.

Mi sento male... E se io e lui avessimo... sì, insomma, fatto...?

Resto immobile senza dire una parola mentre Cameron cammina lentamente verso di me.

«Tutto okay?» chiede sedendosi sul bordo del letto. Mi avvicino e mi siedo accanto a lui.

«Ehm... sì, penso. Ho un cerchio alla testa» rispondo passandomi la mano fra i capelli.

Lui sorride e mi guarda. «Dopo una serata come quella di ieri è normale.»

«Ho solo delle immagini sfocate» ammetto, e spero voglia raccontarmi nei minimi dettagli cos'è successo.

«Ah... quindi non ti ricordi di noi due?» chiede indicando me e lui.

Mi metto le mani davanti alla faccia per l'imbarazzo. Non posso credere di essermi lasciata andare fino a questo punto.

«Oh mio dio» riesco appena a dire.

«Che ti prende? Non ti starai disperando solo per uno stupido bacio?» replica appoggiandomi una mano sulla spalla.

Lo guardo per capire se sta scherzando o no. L'ho soltanto baciato?

«Un... un bacio? Soltanto un bacio?» chiedo.

«Sì, che altro...?»

«Niente» lo interrompo subito.

«So a cosa pensavi.» Ridacchia, il che mi dà terribilmente fastidio. «Non avrei mai approfittato di te in quelle condizioni.» Sorride, e io sento le farfalle nello stomaco.

Adesso che so che non è successo nulla comincio a sentirmi meglio.

«Ero ridotta così male?»

«Sì. Non ho avuto neanche il coraggio di riportarti a casa. Chissà cosa avrebbero pensato i tuoi se ti avessero visto in quelle condizioni...»

«E allora hai deciso di portarmi qui» dico.

«Sì, questa è la mia camera. Ieri sera ti sei addormentata in macchina, dopo la litigata con Matt, e ti ho portata qui in braccio. Poi...» Arrossisce.

Immagino che poi mi abbia tolto il vestito e mi abbia infilato questa maglietta.

«Cos'è... cos'è successo di preciso con Matt?» balbetto.

Sghignazza. «Gli hai detto di andarsi a strusciare su Tamara.»

Resto a bocca aperta. Gli ho *veramente* detto una cosa del genere?

«Ci ha anche visti mentre ci baciavamo.»

Oh no. Inizio ad agitarmi e la nuca mi pulsa di nuovo.

«Mi dispiace. Ero ubriaca...» dico cercando di giustificare il bacio, ma dentro di me so perfettamente che desideravo farlo da tantissimo tempo.

«A me non è dispiaciuto, anzi» risponde sorridendo. Non posso fare a meno di sorridere anch'io. «Sarei andato avanti se non fosse stato per Matt...»

Devo essere paonazza. Ma perché non ricordo di averlo baciato? Stupida, stupida, stupida! Scuoto la testa e Cameron ride.

Mi alzo dal letto e mi guardo attorno per trovare il cellulare e chiamare i miei genitori.

«Ah, ho telefonato ai tuoi ieri sera, dopo averti messa a letto. Gli ho detto che restavi a dormire qui con Sam. Tua madre l'ha presa bene» aggiunge.

L'importante è che ci sia cascata, ora devo solo rivestirmi e tornare a casa.

«Il mio vestito dov'è?» chiedo non vedendolo in giro.

«Dentro l'armadio.» Si alza e lo prende. «Per il momento, comunque, puoi anche restare così, i miei non ci sono.»

Questo mi tranquillizza.

Lentamente si avvicina e mi sposta una ciocca di capelli dietro l'orecchio. Il suo tocco mi provoca una scossa lungo il corpo. «Andiamo a fare colazione» dice.

Mentre lui raggiunge la porta, io mi sforzo di respirare normalmente. Lo seguo in cucina, e mentre prepara il caffè, mi metto a sedere su uno sgabello.

«A me basta del semplice latte. Non amo il caffè.»
«Davvero?» chiede mentre prende il latte dal frigo.
Annuisco.
«Sei strana.» Ridacchia. «Vado a prendere il cellulare in camera mia, torno subito» dice uscendo dalla cucina.
Un attimo dopo sento dei passi. «Wow, sei stato velocissimo» osservo.
Mi volto e vedo Sam in pigiama che mi guarda sorridendo.
«Dormito bene?»
Va dritta verso il latte e lo mette a scaldare.
«Sì» rispondo un po' a disagio.
«Ah, allora è vero che si dorme bene con mio fratello...»
Aspetta... *cosa?* Ho dormito nello stesso letto di Cameron?
«Non mi sembra di aver dormito con lui» replico, e spero che sia proprio così, perché sarebbe troppo imbarazzante.
«Sì, invece. Quando sono passata davanti alla sua camera eravate nello stesso letto.»
«Ehm... wow! Non lo sapevo. Cioè, ero ubriaca e non mi rendevo conto di cosa stavo facendo» mi giustifico.
«Lo so che non avresti mai lasciato che Cameron dormisse con te. Penso che l'abbia fatto per starti accanto nel caso ti sentissi male.»
È stato molto premuroso da parte sua, e mi piacerebbe tanto ricordare com'è stato dormire con lui, ma ovviamente il mio stupido cervello me lo impedisce.
Sentiamo i passi di Cameron che sta tornando in cucina.
«Be', io vado. Non vorrei metterlo di cattivo umore» fa Sam uscendo dalla stanza.
Appena la vede, Cam sbuffa e cambia espressione. Perché la tratta così male? Non se lo merita. Versa il latte in una tazza e me la passa.
«Grazie» dico sorridendo, e la rabbia che provava cinque secondi fa sbollisce.
Si siede davanti a me e sorseggia il suo caffè. È mattina presto, eppure lui è perfetto.
«Era la prima volta che bevevi?» chiede guardandomi.
«Sì, e non lo rifarò più.»

«Mi piaci quando sei ubriaca.»

Preferisco non assecondarlo in questa conversazione, credo di sapere a cosa si riferisca...

Finiamo di fare colazione e mi alzo da tavola. «Vado a prepararmi.»

Tornata nella stanza di Cameron, mi guardo attorno, e una foto sul comodino attira la mia attenzione. È una bellissima immagine di lui e Susan. È strano che, nonostante tutto, conservi ancora questa foto. La riappoggio sul comodino e finisco di vestirmi.

Prendo la borsetta e torno in salotto, dove Cameron è già pronto e mi sta aspettando.

«Andiamo, ti do uno strappo» dice.

Usciamo di casa e raggiungiamo la sua auto.

Accendiamo lo stereo e riconosco subito *Viva la vida* dei Coldplay. Amo questa canzone, potrei ascoltarla all'infinito senza stancarmi mai.

Cameron abbassa il volume. «Fai qualcosa più tardi?» chiede.

«Vorrei vedere Matt per parlare di ieri sera.»

Parcheggia davanti casa mia e mi lancia un'occhiataccia.

«Devo sapere se ci tiene ancora a me» aggiungo.

«Perché? Che ti importa? Tanto avete rotto.»

Non può capire.

«Voglio chiedergli scusa per ieri. Anche se non ricordo molto, so che devo chiarire le cose con lui.»

Cam sbuffa. Sinceramente non capisco che gliene importi. Poi cambia argomento: «Lunedì dobbiamo consegnare il lavoro di storia.»

Cosa? Prendo il cellulare e guardo la data. Ha ragione, lunedì dobbiamo esporre il nostro progetto e non so veramente come faremo dato che non abbiamo ancora scritto niente.

«Oh no, e come facciamo?» chiedo agitatissima.

«Usiamo il mio progetto dell'anno scorso. Sono sicuro che andrà benissimo. Domani ci vediamo per studiare insieme e ti passo i miei appunti.»

«Grazie» dico abbracciandolo. Non so perché, ma sentivo di volerlo fare.

Ho paura di entrare in casa. Sono sicura che i miei genitori mi riempiranno di domande.

Stringo la maniglia e prima di abbassarla prendo un respiro profondo.

«Sono a casa!» grido entrando e dirigendomi a passo svelto in camera per evitare i miei.

«Dove credi di andare?» chiede mia madre bloccandomi la strada. «Voglio sapere cos'è successo ieri.»

Se solo riuscissi a ricordarlo, penso tra me e me.

«È andato tutto bene. Abbiamo ballato e fatto giochi da tavolo. Poi Sam mi ha proposto di dormire da lei.» Racconto tutto rapidamente.

«E perché ha chiamato Cameron al tuo posto?»

«Perché non riuscivo a trovare il mio cellulare...?» Suona più come una domanda che come una risposta.

Mia madre inarca un sopracciglio e incrocia le braccia davanti al petto. Brutto segno. «Ha chiamato con il tuo telefono.»

«Ah sì, giusto. Gliel'avevo prestato e non me l'ha restituito. Quando se n'è accorto io stavo già dormendo, quindi ha telefonato per avvisare.»

Spero che mi creda, non saprei cos'altro inventare.

«Non è che tra te e Cameron c'è qualcosa e me lo stai nascondendo?»

«No, perché dovrei?» rispondo, e mi volto per entrare in camera mia.

La verità è che nemmeno io so cosa c'è tra me e lui... So solo che quando siamo insieme sembra tutto così bello... mi sento bene e provo delle strane sensazioni.

Chiudo la porta, e la prima cosa che faccio è prendere il telefono e chiamare Matt.

Dalla voce mi sembra distaccato, di sicuro è offeso per ieri, ma fissiamo comunque un appuntamento in spiaggia tra un'ora. Un enorme sorriso compare sul mio volto e il cuore prende a battermi forte per l'agitazione.

Non so cosa succederà dopo l'incontro con lui, ignoro come si comporterà e come reagirà alle mie scuse, ma mi sembra già un buon segno il fatto che abbia accettato di parlarmi. Scuoto la testa per allontanare questi pensieri, prendo la borsa e il cellulare e vado verso la porta di casa. Per fortuna nessuno mi sente, quindi riesco a uscire senza che i miei se ne accorgano.

Arrivata in spiaggia, do un'occhiata attorno, ma di Matt non c'è traccia. Guardo l'ora sul cellulare, sono più che sicura di essere puntuale.

Mi siedo sulla panchina, e appena mi volto a destra lo vedo arrivare di corsa.

Mi alzo in piedi. Lui si ferma a pochi centimetri da me e, senza dire una parola, mi afferra il volto e mi bacia, lasciandomi senza fiato.

Pensavo fosse incazzato e che mi odiasse, invece le mie erano solo stupide paranoie. Ho fatto male a dubitare di lui.

Si scosta da me, e non riesco a trattenere un sorriso di sollievo.

Lui respira ancora a fatica. «Ciao» dice ansimante. «Dopo il bacio con Cameron pensavo di averti persa per sempre.»

Scuoto la testa. «No, in realtà... L'ho fatto solo perché ero ubriaca. E poi... vederti con Tamara... che rabbia!»

«Cris... Cris... ho bisogno di te» sospira.

A queste parole il cuore mi batte forte. Mi avvicino e lo abbraccio.

26

Finalmente sono le 13:30! Se tutto va come deve andare, tra pochi minuti parlerò in videochiamata con Trevor e Cass.

Ieri, dopo aver incontrato Matt, sono riuscita a comunicare via sms con entrambi e a fissare un appuntamento su WeChat per oggi. Dovrebbero incontrarsi a casa di Trevor e usare il suo portatile.

Mi posiziono davanti al pc, Trevor è online e avvio la chiamata. Sullo schermo appare l'immagine del mio amico e di una ragazza dai capelli viola.

Non credo ai miei occhi...

«Cass?!» chiedo.

«Ehi Cris!»

Oltre al colore dei capelli, ha cambiato stile, ha anche un piercing al naso!

«Ma cosa hai fatto?» le chiedo.

«Nuovo look» dice seria.

È irriconoscibile, non è da lei... Vorrei domandarle se è uno scherzo ma decido di non farlo.

«Ciao Cris!» fa Trevor.

Sono talmente sorpresa per il nuovo aspetto di Cass che non ho prestato alcuna attenzione a lui.

«Trevor! Finalmente! È così strano vedervi dopo settimane. Mi siete mancati tanto!» Mi scende una lacrima.

«Anche tu ci sei mancata» risponde lui.

Alle loro spalle riconosco il giardino, il prato, il canestro da basket... quanti pomeriggi ho trascorso lì!

«Come va a Los Angeles?» chiedo.

«Benone» risponde Cass cercando qualcosa nella borsa. «Set si è fidanzato con una tipa e, da quanto ho capito, si danno da fare tutte le sere.»

Come immaginavo... Sorrido. La mia storia con Set mi sembra lontanissima. Poche settimane fa non lo avrei creduto possibile, ma in questo momento pensare a lui non mi fa più male.

Cass tira fuori un pacchetto di sigarette che immagino sia di Trevor.

«Fumi ancora?» gli chiedo.

«No» risponde.

Cass si accende una sigaretta.

«Cosa stai facendo?» le chiedo esterrefatta.

«Ne fumo una ogni tanto» spiega lei.

Ma dov'è finita la mia migliore amica? Quella che odiava il fumo e non perdeva occasione per richiamare Trevor?

«Cass, ti prego, mettila via.»

Lei sbuffa e la spegne, mentre noto un impercettibile sorriso sul volto di Trevor.

«E a Miami invece come va?» mi chiede lui.

«Be', adesso un po' meglio, ma vorrei tanto tornare a Los Angeles.»

«Torna, Cris! Non sai quanto mi manchi!» esclama Cass. Le trema la voce e ha gli occhi lucidi. Mi fa male vederla così, è evidente che sta soffrendo e io vorrei tanto abbracciarla.

«Mi mancate tantissimo anche voi!» rispondo sforzandomi di trattenere le lacrime e cercando con la mano il braccialetto che ci ha regalato Cass il giorno prima della mia partenza.

Ho notato che anche loro lo portano ancora. È il nostro simbolo d'amicizia eterna.

È bello rivederli, avrei tante cose da chiedere e da dire. Vorrei raccontargli del mio dilemma, di Matt e Cam, della confusione che ho in testa... ma alla fine, non so perché, non lo faccio. Dovrei spiegare troppe cose e non saprei da dove cominciare. Chiacchieriamo invece degli amici di Los Angeles, della mia vecchia scuola. È strano parlare con loro... è diverso da com'era solo poche settimane fa. Sembra passata una vita, noi sembriamo diversi, quasi timidi.

Anche il rapporto tra Cass e Trevor mi pare cambiato. Da quando è iniziata la videochiamata non si sono rivolti neanche una parola. Forse hanno litigato... chissà.

Chiacchieriamo finché per loro non arriva l'ora del pranzo. A Los Angeles è mezzogiorno, qui in Florida sono le tre del pomeriggio. Ci salutiamo con la promessa di risentirci presto e di vederci di persona, magari durante le vacanze di Natale. Sarebbe bellissimo trascorrerle tutti insieme a Los Angeles. Ne parlerò con i miei.

Quando l'immagine di Cass e Trevor scompare mi si stringe il cuore. È una sensazione dolorosa. Sì, sono felice di averli visti, ma avverto anche una profonda tristezza e non riesco a ricacciare indietro le lacrime.

Mi asciugo il viso, ora devo mettermi d'accordo con Cameron per lavorare insieme al progetto di storia. Domani dovremo esporlo alla classe.

'Ehi, passa da me quando vuoi' gli scrivo.

Spero venga presto perché siamo abbastanza indietro.

Il mio cellulare vibra e leggo la sua risposta: 'Meglio studiare a casa mia. I miei non ci sono e possiamo stare tranquilli.'

Sbuffo e vado in camera a preparare lo zaino. In poco tempo sono a casa di Cameron. La macchina dei suoi effettivamente non c'è, e la cosa mi fa sentire meglio. Non so, ma ogni volta che ci sono loro provo disagio, come se stessero analizzando ogni mio gesto.

Suono il campanello. Cameron compare subito con il fiatone. Che si sia messo a correre per non farmi aspettare fuori?

«Ehi.»

«Ciao, entra» mi dice sorridendo.

Appena incrocio il suo sguardo sento di nuovo le farfalle nello stomaco. Andiamo in salotto.

«Non posso stare qui per molto tempo, quindi facciamo in fretta» dico.

Annuisce e mi passa subito gli appunti.

Ci sediamo sul divano e inizia a spiegarmi l'ordine degli argomenti che dovrò esporre domani.

Osservo il foglio, poi il mio sguardo finisce sulla sua bocca.

Le parole e la sua voce scompaiono, e adesso c'è solo lui che muove le labbra nel silenzio più assoluto. Cerco di distrarmi e di convincere me stessa a smettere di fissarlo, ma non ci riesco.

All'improvviso mi guarda. «Capito?» dice.

Il cuore mi batte forte, e non posso allontanare quel pensiero che mi frulla da qualche minuto nella testa.

Non m'importa del progetto di storia, non m'importa di cosa sia giusto e di cosa non lo sia, ho solo voglia di unire le mie labbra alle sue.

A un tratto, quasi senza rendermene conto, mi avvicino e lo bacio.

All'inizio esita e sembra abbastanza sorpreso, poi posa la mano sul mio viso e si concentra sulle mie labbra.

Non so perché mi stia comportando così, ma adesso sembra la cosa più giusta che io abbia fatto da quando sono arrivata in questa città.

Il bacio diventa sempre più intenso mentre la mano di Cameron scivola dal mio viso alla mia spalla e poi alla vita.

Continua a baciarmi senza fermarsi, mentre la sua mano si insinua lentamente sotto la maglietta e mi accarezza la pelle. Rabbrividisco e mi avvicino ancora di più a lui. Più mi bacia e più sento il bisogno di stare con lui e di andare oltre. È così strana questa sensazione, non l'avevo mai provata con nessuno, neanche con Set.

Appoggio le mani sulle sue spalle e lui si abbassa per stendersi completamente con me sopra. Mentre scende piano, affondo le mani tra i suoi capelli, e sento una specie di calore propagarsi in tutto il mio corpo.

Poi, di colpo, la porta di casa si apre, e ci stacchiamo l'uno dall'altra. Lui ha le labbra più rosse del solito, spero che chiunque sia arrivato non se ne accorga.

«Be'... devo andare» dico alzandomi dal divano. Raccolgo i quaderni e li metto nello zaino.

«Ciao Cris, come mai sei qui?» chiede Sam entrando in salotto.

«Dovevo darle gli appunti per domani» risponde Cameron, ovviamente frastornato per quanto è successo poco fa.

Sam sorride ed esce dalla stanza senza dire nulla.

Mi dirigo verso l'ingresso, e a ogni passo mi convinco un po' di più che ciò che ho fatto è assolutamente sbagliato. Ho perso il controllo, e adesso non ho il coraggio di guardare Cameron negli occhi.

«Allora... ci vediamo domani» dico forzando un sorriso.

Lui annuisce e io scappo via.

Ma cosa ho fatto?

Invece di tornare a casa preferisco fare una passeggiata per mettere ordine nella mia testa e prolungare questa strana euforia che si è impossessata di me.

La musica è sempre stata un balsamo per il mio cuore. Mi metto le cuffiette e attivo la modalità *Shuffle*. Il primo brano a partire è *My Dilemma* di Selena Gomez.

Lo riconosco alle prime note. È una delle mie canzoni preferite, eppure è come se l'ascoltassi per la prima volta...

Le sue parole non mi sono mai sembrate così piene di significato come adesso, paiono scritte apposta per me... È proprio così che mi sento: una metà di me desidera Cam e l'altra vuole solo dimenticarlo.

So che è tutto sbagliato, che tra noi non potrà mai esserci nulla, e che non è la persona giusta per me... eppure, tutte le volte che cerco di allontanarmene, una forza misteriosa e inspiegabile mi riporta da lui. Da quando l'ho conosciuto si è insinuato tra i miei pensieri togliendomi la tranquillità.

Devo smetterla di torturarmi in questo modo! Devo concentrarmi su me e Matt, è lui il ragazzo giusto per me. Cameron è solo un enorme, meraviglioso errore.

27

Ieri sera ho studiato fino a tardi, stamattina mi sono svegliata presto per ripassare e adesso sono sfinita.

Cameron di sicuro mi starà aspettando in macchina. Dopo il bacio di ieri non ci siamo più parlati, e a dire il vero sono agitatissima. Se mi domanda perché l'ho fatto, che gli dico?

Entro nella sua auto.

«Pronta?» chiede sorridendo e mettendo in moto.

«Sì.»

Alza il volume dello stereo e si comporta come se tra noi non fosse successo nulla. Mi vergogno e mi sento così a disagio in questo momento.

Durante il tragitto non ci diciamo una parola, e spero vada avanti così tutta la giornata... o anche tutta la settimana.

Arrivati a scuola, Matt mi viene subito incontro e mi abbraccia stringendomi così forte da farmi soffocare. «Amore!»

Avverto lo sguardo di Cameron puntato su di me e il comportamento di Matt inizia a infastidirmi. Prima quando mi chiamava 'amore' mi piaceva, ma in questo istante è la cosa più irritante della terra.

«Ehi» rispondo, e lui mi dà un piccolo bacio sulle labbra. Con la coda dell'occhio scorgo Cameron che se ne va. Sembra turbato, e non posso biasimarlo. Sono più che sicura che Matt si è comportato in questo modo solo perché c'era lui.

«Matt, che ti prende?»

«Niente! Perché? Ti ho solo baciata! Non posso? Pensavo fossimo tornati insieme...»

«Sì, ma non era necessaria questa scenata per farlo capire a Cameron!»

«Quel coglione non la smetteva di fissarti e voglio sia chiaro che stai con me.»

«Pensavo avessimo risolto questa questione» gli dico passandogli accanto e avviandomi verso l'entrata.

Mi afferra il polso perché mi volti verso di lui. «Sarà risolta solo quando smetterete di parlarvi. Lui prova qualcosa per te, ne sono sicuro.»

Non ha capito niente... Sono io quella che probabilmente prova qualcosa per Cam, lui mi considera solo un'amica idiota che lo bacia senza motivo.

«Tra me e Cameron non c'è nulla.» Anche se dicessi a Cam che provo qualcosa per lui mi riderebbe in faccia.

Matt sembra rilassarsi. «Lo spero.» Mi prende la mano e la bacia.

«Vado in bagno, ci vediamo in classe» dico.

Ho bisogno di sciacquarmi il viso per svegliarmi. Nel bagno c'è solo una ragazza, mi avvicino al rubinetto, lascio scorrere l'acqua e me ne spruzzo un po' in faccia.

«E così siete tornati insieme...»

Mi rimetto dritta, e dallo specchio vedo Cameron dietro di me. Mi volto subito e gli poso una mano sul petto per farlo uscire dal bagno. Se lo beccano qui dentro sono guai.

«Non puoi stare qui!» Lo spingo, ma lui resta immobile.

«Puoi anche andare» dice invece con tono minaccioso alla ragazza che ci sta guardando. Lei annuisce ed esce senza fiatare. «Perché non me l'hai detto?» chiede poi rivolto a me.

Che stupida che sono! Prima lo bacio e poi torno con Matt.

«Perché non pensavo fosse importante.» Mi rendo conto che è la cosa più stupida che potessi dire.

«E invece *è* importante! Ti ricordo che ieri mi hai baciato.»

Spero che tutto questo non ci allontani, sono sicura che ci starei malissimo.

«È successo prima o dopo il bacio?» mi chiede.

Vorrei mentirgli ma so che lo capirebbe.

«Prima» rispondo.

Inarca un sopracciglio. «Allora perché l'hai fatto?»

Apro la bocca per parlare, ma non ho idea di come rispondere. «Non so cosa mi sia passato per la testa in quel momento...» dico evitando di guardarlo negli occhi.

Cameron avanza verso di me. Sollevo lo sguardo e i suoi occhi profondi incontrano i miei.

«Sì che lo sai, ma non vuoi ammetterlo.»

So cosa intende, ed è vero. Ho paura di ammettere che provo qualcosa per lui, qualcosa che però non so definire...

Scuoto la testa e lui mi accarezza il viso. Al suo tocco rabbrividisco e mi si spezza il respiro.

«Sai di stare con la persona sbagliata ma ti servono delle prove» dice.

Non ho bisogno di prove, e lui non dovrebbe essere qui, a pochi centimetri da me. Si avvicina ancora, e mi bacia.

Non posso fare di nuovo una cosa del genere a Matt, quindi mi impongo di allontanarmi da lui. «Cam... io...»

«Lo so che lo sai» replica poggiandomi l'indice sulle labbra per zittirmi. «Spero che tu riesca a smettere di mentire a te stessa, prima o poi.» Sorride ed esce dal bagno, lasciandomi in balia delle mie emozioni.

Da oggi in poi dovrò cercare di essere solo sua amica e di passare più tempo con Matt per capire cosa provo davvero per lui.

Esco dal bagno e raggiungo Cameron in corridoio. Appena lo affianco mi sorride.

«Aspetta... devo prendere una cosa dall'armadietto» gli dico.

Mi segue e si appoggia all'armadietto accanto. «Sai qual è la cosa più buffa di questa storia?» fa in tono sarcastico.

«Quale?»

Si volta a fissarmi. «Che tu sia convinta di poter essere mia amica. Insomma, sono sicuro che tra una settimana torneremo a fare la stessa cosa che abbiamo fatto ieri... se non di più.»

Prendo il libro di letteratura inglese e glielo sbatto sul braccio, guadagnandomi una sua risata.

«Ti piacerebbe...» faccio chiudendo l'armadietto.

«Sì, lo ammetto» rispondo, e ci avviamo verso l'aula.

Quando suona la campanella della pausa pranzo approfitto del fatto che non ci sia più nessuno per ripassare la relazione di storia: alla prossima ora io e Cameron esporremo il nostro progetto.

Sto tremando tutta, come sempre quando si tratta di interrogazioni e verifiche. L'unica cosa che vorrei fare in questo momento è sparire dalla faccia della terra.

«Tutto okay?» mi chiede Cameron entrando in aula.

Sono in piedi appoggiata contro un banco. Cam si avvicina e si mette a sedere su una sedia.

«Ehi» rispondo con un filo di voce. Sono terrorizzata.

Lui sorride e con un colpetto sulla coscia mi fa cenno di sedermi sulle sue gambe. Scuoto la testa, non posso farlo, Matt potrebbe entrare e vederci, e chissà cosa penserebbe.

«Matt non c'è. E poi dobbiamo ripassare» dice come leggendomi nel pensiero.

In effetti ha ragione. Mi siedo su di lui, che mi avvolge le braccia intorno alla vita. Una scossa mi percorre la schiena. Cameron poggia il mento sulla mia spalla e il suo respiro caldo sul collo mi provoca un brivido.

«Agitata?» chiede.

Cerco di concentrarmi sul quaderno che ho in mano e rileggo gli appunti che ormai conosco a memoria. «Sì. Devo bere un caffè o qualcosa che mi tenga sveglia. Ieri ho studiato fino a tardi, stamattina mi sono svegliata presto, e ho bisogno di energie.» Faccio per alzarmi ma lui mi trattiene.

«Sì, hai bisogno di qualcosa che ti aiuti a stare meglio.» Appoggia le labbra sulla mia spalla nuda. «E io so cosa... ma a Matt non piacerebbe» dice.

Non posso impedirmi di concentrarmi sulla sua bocca e su cosa potrebbe fare per farmi stare meglio.

Ripenso a stamattina e vorrei tanto riavvolgere il tempo per rivivere quegli istanti. Sono stati emozionanti, ma so che è tutto sbagliato e che se Matt lo venisse a sapere mi lascerebbe per sempre. E non è quello che voglio: io amo lui... Ma sono troppo curiosa di sapere a cosa si riferisce Cam.

«Che intendi?» chiedo.

«Non ti piacerebbe saperlo...» sussurra.

Sì, invece... *Ma cosa sto facendo? Io sto con Matt!* Devo andarmene adesso, non voglio e non posso passare un altro secondo con lui. Mi alzo.

Cameron cerca di trattenermi.

«No... io... devo bere qualcosa.»

«Vengo con te» dice, e fa per alzarsi.

«No, resta qui e ripassa» gli rispondo. «Se prenderemo un brutto voto sarà solo colpa tua.»

Cameron ridacchia e si siede di nuovo per rileggere gli appunti. Mi precipito fuori dall'aula e vado verso i distributori di bevande.

Non posso provare qualcosa per Cameron, anche perché so il motivo per cui si comporta in questo modo con me. Nash e Matt mi hanno messo in guardia subito: lui è fatto così, usa le ragazze per divertirsi. Per lui sono solo una preda da conquistare, tutto qui. A quanto pare, l'unica che è riuscita a cambiarlo è stata Susan. Ma con lei era diverso, perché ne era innamorato, e credo lo sia ancora... Lo capisco da come reagisce tutte le volte che la vede.

Ma perché perdo tempo a pensare a certe cose? Devo smetterla di farmi così tanti problemi e preoccuparmi soprattutto di Matt, non di Cameron.

Raggiungo il distributore e seleziono un caffè.

'E io so cosa... ma a Matt non piacerebbe.' La voce di Cameron mi risuona nella testa. Scuoto il capo per allontanare questi pensieri, prendo il bicchiere e mi dirigo di nuovo verso l'aula. Dopo qualche sorso mi sento già meglio.

La pausa pranzo è quasi terminata, e i corridoi brulicano di studenti che si godono gli ultimi istanti di relax prima delle lezioni pomeridiane.

«Cris» dice Nash vedendomi.

«Ehi, è già dentro il prof?» chiedo.

«No no, ma so che Cameron ti sta aspettando.» Uno stupido sorriso gli si dipinge in volto, e capisco subito che mi sta prendendo in giro. «È stato divertente studiare con lui?»

Sa cos'è successo ieri pomeriggio? Cameron gli ha raccontato tutto?

«Ehm... sì. Pensavo peggio» replico, e sorseggio il mio caffè.

«Sì, anche lui mi ha detto lo stesso... Cris, posso chiederti un favore?»

Annuisco e spero non sia qualcosa d'impossibile.

«Riguarda Sam. Ultimamente sta troppo giù per questa storia di Cameron che non le parla e la tratta male. E allora ho pensato che forse tu potresti provare a discuterne con lui...»

«Io? Con Cameron?» chiedo meravigliata. Non capisco cosa gli faccia pensare che lui potrebbe darmi ascolto.

«Sì. Potrebbe funzionare...»

«Ma cosa te lo fa pensare?» chiedo.

«La volta dell'appuntamento, quando Sam è tornata a casa Cam non sembrava incazzato. Magari riesci a convincerlo in qualche modo.»

So già che questa faccenda mi porterà tantissimi guai, ma lui mi guarda con i suoi bellissimi occhi, ed è impossibile dirgli di no.

«Va bene, ci proverò» dico, e Nash mi abbraccia per la felicità. «Spero di riuscire a convincerlo, ma non ne sono convinta.»

«Ce la farai, Cris, ne sono certo» commenta lui. «Conviene che entriamo, il prof sta arrivando.»

Mi dirigo al mio posto. Cameron, che è seduto lì, si alza e torna al suo.

Spero che vada tutto bene.

28

La nostra esposizione non è andata male come pensavo. Siamo stati più bravi di altri ragazzi che si sono fatti prendere dal panico. Cameron soprattutto ha esposto la sua parte in modo impeccabile, molto meglio di me.

La campanella è suonata giusto un minuto fa, e io sono seduta sul mio banco a ripensare a come sono andata. «Non lo so... Tu sei stato perfetto, io non saprei...»

Cameron sorride e mi abbraccia, facendosi spazio fra le mie gambe. «Calmati, sei stata bravissima» mi sussurra all'orecchio.

«Ehm ehm» dice una voce dietro di lui e, appena si allontana, vedo Matt.

Merda!

«Se non ti dispiace vorrei parlare con la mia ragazza. Andiamo fuori, Cris?» Il modo in cui sottolinea con la voce *la mia ragazza* mi dà molto fastidio. Cameron sa che stiamo insieme, non serve ricordarglielo di continuo. Inoltre non stavamo facendo niente di male, commentavamo solo la nostra esposizione.

Assume un'espressione divertita. «Scusa, non sapevo fosse di tua proprietà» dice.

Sorrido, ma Matt mi afferra la mano e mi trascina via.

Faccio fatica a stare al suo passo, cammina troppo in fretta. Poi si ferma di colpo e in mezzo al corridoio mi fa: «Che diavolo sta succedendo?»

Ma che problemi ha?

«Come, scusa?» chiedo.

«In classe... i sorrisetti, le occhiatine, l'abbraccio... Ti ricordo che stai con me!»

«Non sta succedendo niente, e comunque stare con te non vuol dire smettere di frequentare le persone a cui voglio bene!» dico sforzandomi, ma senza successo, di mantenere la calma. Cerco di pensare al fatto che stiamo litigando davanti a tutti, offrendo uno spettacolo che a Lexy non dispiacerà di sicuro. «Matt, ne abbiamo già parlato, e ti ho detto come la penso» aggiungo moderando i toni. «Sta a te decidere cosa fare.»

Lui rimane in silenzio per alcuni istanti, poi si avvicina e mi abbraccia. «Scusami, sono solo geloso.» Per questo mi piace, perché sa riconoscere quando sbaglia. «Ti prego, perdonami» ripete.

«Va bene» rispondo, ma sono un po' stanca di avere sempre problemi con lui. E sono stanca di questa situazione poco chiara tra me e Cameron. Avrei bisogno di un po' di calma, anche per capire cosa desidero veramente.

Il resto del pomeriggio non va meglio. Esco dall'ultima lezione più arrabbiata che mai. Il prof di matematica ha fatto un test a sorpresa, e credo che il mio sia andato molto male. Con tutti i casini che stanno succedendo nella mia vita, i numeri sono stati la mia ultima preoccupazione. Cammino rapidamente perché voglio solo uscire da questo posto e andarmene a casa a dormire, e dimenticare questa bruttissima giornata.

«Ehi ehi, ferma» fa Cameron parandomisi davanti e afferrandomi un polso.

«Cosa vuoi?» gli chiedo.

«Che hai?»

Divincolo il braccio dalla sua stretta, manca solo che Matt ci veda per mettere la ciliegina sulla torta.

«Niente, lasciami stare» replico, e mi volto sperando che non insista, e invece mi segue.

«No, voglio saperlo.» Mi riafferra il braccio e finiamo vicinissimi. Dobbiamo chiarirci una volta per tutte.

«Cameron, finiscila» dico sottovoce.

Si allontana da me e mi guarda sbigottito.

«Di fare cosa?» chiede.

«Di fingere che ti importi qualcosa di me. Non fai che confondermi. Per favore smettiamola, non voglio soffrire o avere problemi con Matt, ti prego.»

«Io...» prova a dire, ma lo fermo subito.

«Stiamo lontani per un po', okay?» gli dico. «Ho bisogno di tempo per pensare a questo casino, e soprattutto per capire cosa provo per Matt.»

«Sai già cosa provi per lui, ma non vuoi accettarlo.»

«Tu non sai niente di me, di cosa penso, di cosa sento, perciò smettila!»

Alza le mani in segno di resa. «Va bene, scusa, ma credo sia una grandissima cavolata stare lontani.»

«Te lo chiedo per favore, Cameron, ne ho bisogno. Va bene?» insisto, e lui sbuffando annuisce.

Mi volto ed esco fuori dalla scuola.

Dentro di me avverto un vuoto improvviso, avrei bisogno di qualcuno con cui sfogarmi per allontanare questo enorme senso di colpa. E avrei anche bisogno di un passaggio per tornare a casa, ma non importa! Una passeggiata mi aiuterà a riflettere sulle cose che stanno succedendo.

Cammino con le cuffiette nelle orecchie, e mi vengono in mente Cass, Trevor e i bellissimi momenti passati con loro senza avere altri problemi per la testa. Mi manca la vita di Los Angeles.

Il mio cellulare vibra e sblocco lo schermo per vedere di chi sia il messaggio.

È Sam. 'Vieni da me?' Non ho voglia di andare a casa sua con il rischio di incontrare Cameron. Vorrei non rispondere, ma alla fine decido di farlo per assicurarmi che non sia successo niente.

'Tutto okay?'

'Sì, tutto okay, ho solo voglia di trascorrere un bel pomeriggio con te' mi risponde.

In effetti, nell'ultimo periodo abbiamo passato pochissimo tempo insieme, e non mi farebbe male stare un po' con lei.

'Cameron è a casa?' chiedo. Se c'è lui non vado.

'Se c'è è un problema?'

'Sì' rispondo subito. Mi guardo attorno e mi accorgo di essere quasi arrivata a casa.

'Non c'è. ;-)' scrive Sam.

Spero non l'abbia detto solo per convincermi ad andare. 'Allora arrivo.'

Oltrepasso casa mia e vado direttamente da Sam: prima arrivo, prima me ne vado e non becco Cameron.

Sono davanti alla villa dei Dallas. È una vera fortuna che le nostre abitazioni siano così vicine. Sam apre la porta e mi abbraccia senza dire niente. Sorrido e ricambio l'abbraccio: era proprio quello di cui avevo bisogno. Entriamo in casa, e per il momento sembra che Cameron non ci sia.

«Non c'è. Ha l'allenamento di calcio, quindi sei salva» mi rassicura Sam scherzando. «Cris, mi dici una cosa? Che è successo tra te e Cam? A fine scuola mi sembrava arrabbiato.»

«Ti racconto dopo, adesso non mi va di parlarne.»

«Va bene, però se avete dei problemi cercate di risolverli o Matt rischierà di farsi male.»

«Eh? Farsi male? Ma di cosa stai parlando?» dico sgranando gli occhi.

«Sì, c'è una strana tensione tra lui e mio fratello. Oggi, mentre andavano all'allenamento, Matt gli è finito addosso per sbaglio e Cam ha reagito malissimo, stava per prenderlo a pugni» mi spiega Sam.

Perché Cameron si comporta in questo modo?

«Cambiamo argomento, ti prego» dico nella speranza di distrarmi dalla terribile immagine di Cameron e Matt che arrivano alle mani.

«Va bene. Spostiamoci in camera mia. Com'è andato il test di matematica?»

«Malissimo, non avevo neanche studiato. E a te?»

«Non così male, credo. In quest'ultimo periodo Nash mi sta dando una mano con matematica e finalmente inizio a capirci qualcosa.»

Ogni volta che nomina Nash le brillano gli occhi, è bellissimo vederla felice.

«Come va tra voi?» chiedo curiosa. A scuola sono sempre insieme e sembrano camminare a tre metri da terra.

«Benissimo! Lui è perfetto e molto dolce. Anche se abbiamo già litigato una volta.»

«Davvero? E come mai?»

«Si è arrabbiato perché secondo lui ho una scarsa autostima e non mi voglio abbastanza bene. Ma non posso farci niente, sono fatta così, non penso che cambierò...»

«L'importante è che avete fatto pace, giusto?»

«Sì. E tra te e Matt come va?»

«Non bene. Litighiamo sempre e, anche se alla fine facciamo pace, arriva qualcos'altro a dividerci di nuovo. Non è una bella sensazione.»

«Qualcos'altro... o qualcun altro... So che non ha preso bene quello che è successo alla festa.» Lo sanno tutti ormai.

«Sì. Ma ero ubriaca e non sapevo cosa facevo.»

«Da ubriachi si fanno le cose più strane... soprattutto quelle che desideriamo di più ma che in condizioni normali non avremmo il fegato di fare.»

In effetti ha ragione, era da quella volta in palestra che desideravo baciare Cameron. La situazione che si è creata alla festa mi ha solo dato il coraggio di farlo.

«Provi qualcosa per Cameron?» mi chiede.

«Io... non lo so...» balbetto.

«Non è un no, quindi» replica sorridendo.

«Non è neanche un sì» ribatto.

«Non mi dispiacerebbe averti come cognata.»

Scuoto la testa sorridendo e le lancio un cuscino addosso.

Suona il campanello, e Sam sembra abbastanza sorpresa.

«Dev'essere papà» dice, e si alza per andare al piano di sotto.

Io nel frattempo mi guardo un po' attorno. In una cornice sul comodino c'è una foto di Cameron e Sam da piccoli vestiti a festa. Sono tenerissimi, e mi chiedo se anche lui abbia conservato delle fotografie del genere con la sorella.

Mi torna in mente la richiesta di Nash e la promessa che avrei parlato con Cameron. Ma come faccio se ho deciso di stargli lontana?

Rimetto la cornice al suo posto e torno a sedermi sul letto.

Chissà perché Sam ci sta mettendo così tanto... Esco dalla stanza per andare a vedere se ci sono problemi. Lentamente scendo le scale e trovo Sam che chiude la porta d'ingresso con una faccia preoccupata e scura.

«Tutto okay?» le chiedo.

Si guarda attorno e annuisce.

Il suo comportamento non mi piace neanche un po'.

«Sicura?» insisto.

Annuisce di nuovo. «Dài, torniamo in camera» dice.

«Va bene, ma prima vado a bere un po' d'acqua.»

Lei sembra pensarci su. «In cucina?» chiede.

«Ehm... sì.»

«Okay.»

Spero solo non sia successo niente di grave. Entro in cucina e mi verso dell'acqua in un bicchiere.

«E questo lo chiami starsene lontani?»

L'acqua mi va di traverso. Mi volto, e vedo Cameron senza maglietta appoggiato allo stipite della porta.

29

Non so cosa dire. In effetti la situazione è parecchio ridicola: poco fa gli ho chiesto di starmi lontano e ora eccomi qui in casa sua. Sapevo di non dover venire ma come al solito non ho dato ascolto al mio istinto.

«Io... ehm...» Non riesco a dire niente. Penso solo ai suoi addominali e al suo sguardo divertito. Ma perché sono così stupida?

«Io... Sam mi ha chiesto di venire» spiego cercando di giustificarmi.

«Ah.»

«Tu... le hai detto qualcosa?» chiedo mentre si sistema accanto a me appoggiandosi al piano cucina.

È troppo vicino: il suo braccio tocca la mia spalla. Ce la metto tutta per mantenere la calma.

«Cosa avrei dovuto dirle?» chiede.

Mi guarda e trattengo il respiro. Spero non si accorga che basta un suo sguardo per farmi mancare l'aria. Questo fatto non mi piace neanche un po'. Mi sento debole e persa.

«Tutt'a un tratto mi è sembrata strana. Forse le hai detto qualcosa che l'ha offesa o... non so...» dico.

Sorride. «E cosa ti fa pensare che sarei sincero con te? Ti potrei dire che l'ho solo salutata e magari non è vero. O forse che l'ho mandata affanculo e magari non è vero.»

Si diverte a prendermi in giro, che stronzo.

«Capirò se dici la verità.»
«Non credo...»
«Allora me la dirà Sam» dico spostandomi per posare il bicchiere nel lavello.
Mi afferra il polso e mi attira a sé.
«Lasciami» sussurro.
«Ti spiego io perché ha reagito in quel modo» fa Cameron.
Prendo un respiro profondo e costringo me stessa ad allontanarmi da lui. Faccio un passo indietro ma lui mi segue.
«Ti ascolto» replico mettendomi a braccia conserte.
«Mi ha aperto la porta, e sono rimasto sorpreso di vederla a casa, dato che nell'ultimo periodo è sempre con Nash.»
«E quindi...» dico costringendolo a proseguire con il discorso.
«E quindi ho fatto una battuta e lei se l'è presa.»
«Che battuta?»
Sorride e scuote la testa. «Non vorresti sentirla.»
Già, non vorrei, ma devo.
«Voglio sentirla, invece.»
Senza guardarmi, si volta verso il piano cucina appoggiandoci sopra i palmi delle mani. I suoi muscoli sono così perfetti... desidererei soltanto che mi abbracciasse un'altra volta per sentirli su di me. Allontano questo pensiero. «Allora?» lo incalzo.
«Le ho solo detto che pensavo si stesse facendo scopare da Nash.»
Immagino che Sam, come me, ne sia rimasta turbata.
«Oh, mio dio...» riesco a rispondere.
«Cosa ho detto di male?»
«Perché le fai questo? Non se lo merita.»
'Cameron non le parla e la tratta male... Magari riesci a convincerlo in qualche modo.' Le parole di Nash mi risuonano in testa, e mi rendo conto di quanto sia ridicola quest'idea.
«Tra noi è sempre stato così, ci è abituata» si giustifica sollevando le spalle.
«Abituata? Ogni volta che la tratti così soffre da morire. Ma perché non capisci che Sam non c'entra niente con la storia dei tuoi genitori? Non è colpa sua!»

«E tu che ne sai? Quella stronza ha rovinato la vita a me e alla mia famiglia, e ora mi sta portando via anche il mio migliore amico!» grida sollevando il braccio per indicare la stanza della sorella al piano di sopra. «Non lo vedi che sta mettendo anche noi l'uno contro l'altra?»

«Tu sei pazzo! Pensi che trattandola in questo modo sistemerai le cose? Non è così, non si può tornare indietro! Non fai che ferirla!»

«Forse, ma almeno io sto meglio.»

«Sei solo un egoista. Ti sei mai chiesto come si sente Sam?»

«No, e sinceramente non m'importa» replica evitando di guardarmi.

Spero che stia dicendo queste cose solo perché è accecato dalla rabbia e non perché le pensa davvero.

«Be', dovresti farlo, invece. Per qualche secondo dovresti fermarti a pensare a lei e a quanto sei stronzo» ribatto, ed esco dalla stanza.

Nash si sbagliava, non riuscirò mai a convincerlo a cambiare idea. L'unico effetto che ottengo parlando con lui è farlo arrabbiare e basta.

Salgo le scale, mentre dalla cucina sento provenire un rumore di piatti rotti. Non m'importa, l'unica cosa che desidero in questo momento è raggiungere Sam. Entro in camera sua. Chiudo la porta e aspetto a girarmi, sono ancora scossa per la discussione con Cameron. «Perché è a casa?» chiedo cercando di ritrovare la calma.

«Piove, hanno annullato l'allenamento» risponde lei con voce flebile.

Mi volto e la trovo raggomitolata in un angolo della stanza, con uno straccio insanguinato intorno ai polsi.

Mi porto la mano alla bocca, gli occhi mi si riempiono di lacrime. Ora capisco tutto... la felpa... le maglie a maniche lunghe...

«Sam!»

«Cris... io...» Scoppia a piangere, e corro ad abbracciarla. Non posso credere che abbia fatto una cosa del genere per colpa di Cameron.

«Perché?» le chiedo. «Perché ti fai questo?»

«Ho sentito tutto... Mi fa male sapere che mio fratello mi odia e mi ritiene responsabile dei suoi problemi» risponde fra i singhiozzi.

«Nash lo sa?» le chiedo asciugandomi le lacrime e osservando i tagli.

Annuisce, e finalmente capisco la disperazione che ho visto nei suoi occhi.

«Sam, non devi farlo. Non devi sfogarti su te stessa. Tu non sei responsabile di niente!»

«Lo so, ma è più forte di me. Ogni volta che lo sento parlare in quel modo mi fa male. Cris, vorrei restare sola se non ti dispiace.»

«No Sam, non ti lascio sola. Ora medichiamo questi.»

Una volta fatto, la abbraccio e la stringo forte per farle sentire che non è sola, che su di me può contare.

«Ti va di prendere un po' d'aria adesso? Vedrai che dopo starai meglio» le dico.

Asciugandosi gli occhi mi fa cenno di sì.

Passeggiamo nel quartiere per circa un'ora, e quando la riaccompagno a casa mi sembra più serena.

«Sam, sono sicura che le cose si sistemeranno. Cameron non ti odia, e in fondo sa che non è colpa tua. Si comporta così perché non sa gestire il suo dolore e non capisce il male che ti fa. Voi due dovete parlare. Non siete nemici, siete fratello e sorella.»

«Ci proverò.»

«Proverò a parlargli anch'io, okay?» Cerco di sembrare più convincente possibile mentre pronuncio queste parole, ma l'unica cosa che vorrei fare in questo momento è andare da Cameron e riempirlo di schiaffi.

Mi sento davvero impotente, e adesso che l'ho lasciata in camera sua non posso più trattenere le lacrime.

Mentre sto per aprire la porta di casa per uscire, Cameron mi raggiunge. «Perché piangi?»

Mi volto verso di lui e lo guardo negli occhi. Provo solo fastidio nell'averlo davanti.

Si avvicina per abbracciarmi, ma io faccio un passo indietro. «Non mi toccare.»

«Se è per il discorso di prima, io...»
«Cameron, non dovresti preoccuparti di me ma di Sam. Rifletti bene sulla situazione e cerca di parlare con lei. Ti chiedo solo questo» replico con il tono più fermo possibile.
«Di cosa dovrei parlarle?» domanda.
«Cerca di ascoltarla *davvero* e capirai...» Afferro la maniglia ed esco di casa augurandomi che non mi segua per chiedere spiegazioni. Per fortuna non lo fa, e spero che presto mi dia ascolto.

30

Dopo la fine delle lezioni decido di fare un giro in spiaggia e concedermi un'ora tutta per me.

Sono passati esattamente sette giorni dalla discussione con Matt, e devo dire che tenere le distanze da Cameron è servito... Anche se non ho ancora le idee chiare sui miei sentimenti, la storia tra me e Matt sembra procedere abbastanza bene.

In questa settimana io e Cam ci siamo comportati da semplici amici, senza nessuna ambiguità. Ho anche evitato di frequentare casa dei Dallas per ridurre al minimo il rischio di incontrarlo. Per questa ragione, però, non ho avuto molte occasioni per chiacchierare con Sam. Mi ha detto di sentirsi meglio, e osservandola mi sembra che sia vero, anche se non so se nel suo rapporto con il fratello ci sia stato qualche passo avanti.

Mi dispiace non poter mantenere la promessa fatta a Nash, ma credo che stare lontana da Cameron, al momento, sia la scelta più giusta.

Imbocco la strada di casa immersa nei miei pensieri quando sollevo lo sguardo e vedo Matt.

Che cosa ci fa qui? Abita dall'altra parte della città!

«Matt?»

«Cris?» ribatte lui quasi sorpreso.

«Come mai da queste parti?» chiedo subito.

Faccio mentalmente una lista delle persone che vivono

nel mio quartiere, e la prima che mi viene in mente è Susan. Potrà sembrare assurdo, ma ho il forte presentimento che sia andato da lei. Spero con tutta me stessa di sbagliarmi.

«Volevo farti un saluto» dice.

«Casa mia è dall'altra parte della strada» rispondo.

Mmm... è davvero strano. Sembra imbarazzato. Il dubbio che sia stato da Susan diventa pian piano una certezza e la cosa mi fa andare fuori di testa.

«Ah» si limita a dire evitando il mio sguardo.

Mi sta nascondendo qualcosa...

«Sei stato da Susan, vero?» domando.

Matt mi guarda dritto negli occhi. «Sì» ammette, e il mio cuore cessa di battere. «È per via del nostro corso d'informatica. Lei è completamente negata, così mi ha chiesto un paio di dritte in vista della prossima verifica.» Lo dice senza tentennare, sembra sincero.

Questa spiegazione mi fa sentire subito meglio. Ma lui deve aver comunque percepito il mio turbamento.

«Tutto bene?» mi chiede infatti. «Cosa pensavi? Che fossi andato per stare da solo con Susan?» Sorride. «Amore, non devi preoccuparti. Anche se in passato siamo stati insieme, questo non vuol dire che continui a provare qualcosa per lei. Ora nella mia vita ci sei tu, ed è te che voglio, chiaro?»

Faccio cenno di sì con la testa.

«Brava.» Si avvicina e mi dà un piccolo bacio a stampo, poi ci avviamo verso casa mia.

Sono sollevata, ma c'è una cosa che vorrei sapere da lui. Non abbiamo mai parlato del suo scontro con Cameron. «Matt, posso chiederti una cosa?»

«Certo.»

«Cosa sta succedendo tra te e Cameron?»

A un tratto diventa serio. «Se ti riferisci al piccolo incidente dell'altra settimana, non è stato niente di che. Per sbaglio gli sono finito addosso, e ha iniziato a spingermi blaterando idiozie. Secondo lui starei tramando chissà cosa... È completamente impazzito, e il suo comportamento non fa che confermarmi che tu non gli sei indifferente. Avrei voluto tirargli un pugno in faccia, ma per fortuna mi sono trattenuto, altrimenti l'avrei steso.»

Nonostante Sam mi avesse già raccontato tutto, l'idea che lui e Cameron possano fare a botte per colpa mia continua a sembrarmi assurda. Oltretutto, se mai dovesse accadere, sono più che sicura che Cameron avrebbe la meglio, e a farsi male sarebbe soprattutto Matt.

Preferisco far cadere il discorso per non gettare benzina sul fuoco.

Quando arriviamo davanti casa mi accorgo che i miei genitori non ci sono.

«Ti va di entrare?» gli chiedo.

Lui annuisce e, appena siamo dentro, Kate mi corre incontro e mi abbraccia. Poi guarda Matt incuriosita, e resta immobile a fissarlo.

«Sei il suo fidanzato, vero?» chiede con tono severo.

Lui annuisce e le porge la mano.

«Piacere, sono sua sorella Kate.»

«Piacere, Matt» risponde lui.

Kate lo fissa per qualche istante, senza dire nulla. Poi se ne va.

«Ti giuro che di solito non è così strana» gli assicuro.

«Oh, non importa. Sembra... carina» dice sorridendo.

Non l'avevo mai vista comportarsi così. Ricordo ancora come aveva accolto Set: l'avevo portato a casa per presentarlo alla famiglia, e lei si era soffermata a guardarlo per qualche secondo, ma subito dopo l'aveva abbracciato e gli aveva detto di essere sicura che sarebbe stato perfetto per me.

La raggiungiamo in salotto. Ci sediamo a guardare la televisione, e io mi sistemo tra le braccia di Matt.

Mia sorella non fa che fissarlo, poi, come se fosse stata colpita da un lampo di genio, si alza in piedi. «Vado a prendermi qualcosa da bere» dice. «Cris, mi accompagni?»

Dovrei darle qualche lezione su come inventare bugie migliori.

«È proprio necessario?» ribatto infastidita. È mai possibile che io e Matt non possiamo passare un'ora tranquilli senza che qualcuno venga a disturbarci?

«Lo sai, sono bassa, e non arrivo alla mensola» risponde insistendo.

La seguo. «Mi spieghi cosa ti prende?» le chiedo una volta in cucina.

«Quel ragazzo non mi piace, nasconde qualcosa» dice mettendo il broncio. Ma è possibile che tutti sospettino di lui?

«Kate, non adesso, ti prego.»

«Ecco! Sapevo di averlo già visto da qualche parte! Ricordi che ti avevo raccontato della coppietta della sera di Halloween?»

«Ehm... no» replico, e spero che si sbrighi a dirmi tutto perché non voglio lasciare Matt da solo.

«La sera di Halloween, in giro per le strade del quartiere, ho visto una coppietta, e quando, non volendo, sono finita addosso a loro, la ragazza mi ha gridato contro.»

«Quindi? Dove vuoi arrivare?» le chiedo.

«Anche se non ne sono del tutto sicura, perché le luci erano un po' basse, penso che il ragazzo fosse lui.»

«Be', e allora? Qualche giorno prima io e Matt avevamo litigato, e lui è venuto alla festa con un'altra ragazza, quindi il mistero è risolto. Ora puoi lasciarci in pace?»

«Va bene,» risponde mentre mi volto per uscire «ma digli che quella biondina non è stata per niente simpatica!»

Mi fermo di colpo e ripenso alle ultime parole di Kate.

Quella biondina? Tamara è mora.

«Sei sicura fosse bionda?» chiedo voltandomi di nuovo verso di lei.

«Non c'era molta luce, ma sì, sono più che sicura che i suoi capelli fossero biondissimi, quasi fosforescenti» dice ridacchiando.

Possibile che Matt fosse con Susan? Biondina per niente simpatica... Dalla descrizione potrebbe essere lei.

Esco dalla cucina e torno in salotto. Vado a sedermi accanto a lui con uno strano presentimento.

All'improvviso Matt si avvicina e inizia a baciarmi con trasporto sempre maggiore. Appoggio le mie mani sul suo petto per allontanarlo, ma lui è più forte di me. Ricado sul divano con lui sopra, che continua a insistere.

Ma che gli prende? Per fortuna gli squilla il cellulare.

«Matt... dovresti...» dico contro le sue labbra.

Il telefono continua a squillare. «Forse è importante» provo a insistere.

«Non ho voglia di rispondere» sussurra.

Mi scosto da lui sorridendo e afferro il cellulare.

Guardo lo schermo e cambio immediatamente espressione.

Due telefonate perse da parte di Susan. Perché lo stava chiamando? Le parole di Kate mi risuonano in testa.

Poi arriva anche un messaggio.

Matt mi sta guardando. Voglio assolutamente vedere che cosa gli ha scritto Susan, *devo* vederlo.

Clicco sul messaggio.

«Allora?» chiede Matt.

'Perché non rispondi? Dobbiamo parlare.'

«È Susan.»

«Ecco, come al solito quella stupida si sarà persa qualche passaggio della mia spiegazione.» Si alza e mi prende il cellulare di mano.

Non lo so, ma qualcosa continua a non convincermi...

«Ah» mi limito a dire.

Appoggia il telefono sul tavolino davanti al divano e mi afferra per la vita attirandomi a sé.

«Ehi, conosco quel visino pensieroso. Non preoccuparti, ti ho già detto che per me una mela è più invitante di Susan.»

Rido per il suo paragone. «Non lo sapevo» replico.

«Adesso lo sai.» Poi si avvicina per darmi un tenero bacio sulla guancia. «Sei bellissima» dice, e io arrossisco imbarazzata.

«Dico sul serio, sei la più bella in assoluto.»

«Grazie» sussurro. Gli appoggio la mano sulla spalla e gli do un piccolo bacio a stampo, quindi lui mi afferra la vita e il bacio comincia a farsi più profondo.

«Cris!» esclama Kate irrompendo in salotto.

Mi allontano immediatamente da Matt.

«Ma perché devono sempre disturbarci?» sbotta lui.

Mi alzo e vado verso Kate.

«Cosa c'è adesso?»

«Mamma ha detto che sta tornando a casa, perciò è meglio che il tuo fidanzatino se ne vada se non vuoi che gli faccia l'interrogatorio.»

«Va bene, grazie.»

Quando Matt va via, resto da sola a ripensare allo strano pomeriggio che ho trascorso con lui. Continuo a sentire che qualcosa non va... È dolcissimo, eppure non mi sento completamente a mio agio.

Magari le mie sono solo stupide paure, forse soltanto semplici paranoie, ma a mie spese ho imparato che è meglio dare ascolto al proprio istinto. Ho bisogno di capire cosa sta succedendo tra lui e Susan, e in un modo o nell'altro ci riuscirò.

31

Mi sveglio di soprassalto e guardo il cellulare. Le 7:15!

Devo sbrigarmi, anche perché oggi devo andare a scuola in autobus dato che non ci sarà Cameron qui fuori ad aspettarmi...

Salto la colazione e mi fiondo subito in strada.

Piove, cammino a passi rapidi per arrivare in tempo alla fermata. Un'ondata d'acqua fredda mi bagna le All Star e sono scossa da un brivido. Stupidi automobilisti che si divertono a centrare le pozzanghere.

Arrivo a scuola prima del suono della campanella. Per fortuna ce l'ho fatta.

Vado verso il mio armadietto. Lo apro e mi ci appoggio contro per qualche secondo.

Se il buongiorno si vede dal mattino... Mi sono svegliata tardi, ho saltato la colazione, sono bagnata dalle ginocchia in giù e per di più ho un'incredibile voglia di vedere Cameron. Non so perché ma sento la necessità che accada, anche solo per qualche secondo. Di sicuro migliorerebbe la mia pessima giornata.

«Amore.»

Alzo lo sguardo e vedo Matt.

«Ehi.» Gli sorrido, poi distolgo lo sguardo per prendere il libro d'inglese ed entriamo in classe insieme.

Cameron è seduto al suo posto e sta parlando con Nash.

Per un secondo mi fermo a osservare la sua espressione: sembra di buonumore oggi.

Matt mi afferra il polso e mi porta verso il suo banco. Da qui riesco a vedere benissimo Cameron che sta ridendo con Nash, e non posso fare a meno di sorridere.

«Oggi non ti ho ancora salutata come si deve» fa Matt, e io mi concentro su di lui.

Ci baciamo, quindi mi metto a sedere sulle sue gambe.

«Mi dispiace essermene andato in quel modo ieri pomeriggio. Sarei voluto restare» mi sussurra stringendomi tra le braccia.

Sorrido, ma in realtà i miei pensieri vanno altrove: continuo a osservare Nash e Cameron all'altro lato dell'aula. Vorrei tanto sapere di cosa stanno parlando.

Sam entra con in testa ancora il casco e va verso Nash. Lui glielo toglie e la bacia. Non smetterò mai di dirlo: sono troppo carini. Poi lei si volta verso Cameron e lo abbraccia.

Aspetta... cosa mi sono persa?

Credo che Matt mi stia parlando, ma le sue parole mi arrivano lontanissime. Non riesco a credere ai miei occhi.

«Allora?» chiede Matt. «Terra chiama Cris» dice imitando una voce robotica. «Mi spieghi che ti prende?»

Scuoto la testa e mi volto verso di lui.

«Eh? Cosa?» chiedo confusa.

«Mi spieghi cosa c'è di tanto interessante da quella parte?» Si sporge a guardare.

«Sam e Cameron si sono abbracciati» spiego emozionata, sperando che Matt reagisca come me.

«Ah, e che c'è di così emozionante?» fa lui.

Non può averlo detto sul serio... Perfino Susan li sta guardando con aria sorpresa.

«Cameron ha sempre odiato Sam, e adesso sembrano aver appianato le cose.»

Matt mi guarda come se stessi parlando in un'altra lingua.

«Allora hai deciso se domenica ventitré verrai alla partita?»

Non posso credere che abbia cambiato argomento. Non lo guardo e mi alzo in piedi.

«Sì, ci sarò.»

Entra il professore, e vado a sedermi al mio posto davanti a Cameron. Non so come si comporterà con me. Mi saluterà o m'ignorerà? Quando i nostri sguardi si incontrano mi irrigidisco e non so cosa fare. Lo saluto? No, forse è meglio di no. Sorride, e io gli restituisco il sorriso mentre appoggio lo zaino a terra.

«Ehi» dice.

Mi siedo e mi giro un attimo verso di lui, nella speranza che il prof non se ne accorga.

«Ciao.»

«Ehm... Vorrei...» balbetta, poi si ferma. Prende un respiro profondo. «Dopo vorrei parlarti.»

Annuisco e mi metto composta sulla sedia.

Per tutta la mattina non faccio che pensare alla sua richiesta. Sono nervosa, non vedo l'ora di avere questo confronto.

Quando suona la campanella della pausa pranzo, resto seduta al mio posto.

«Ehi, possiamo parlare?» mi fa Cameron. Sembra parecchio agitato.

Acconsento e mi alzo per sentire cosa vuole dirmi.

«Non qui, vieni con me» dice afferrandomi il polso per trascinarmi fuori dall'aula.

Attraversiamo il corridoio ed entriamo nel bagno delle donne. Spero per lui che nessuno dei prof l'abbia visto.

Una ragazza che si sta truccando allo specchio emette un gridolino quando ci vede entrare.

«Fuori!» fa Cameron con tono duro.

Lei raccoglie le sue cose e scappa via spaventata. Ancora non riesco a capire come le altre possano perdere la testa per lui. Va bene, lo ammetto, è bellissimo, ma ha un carattere insopportabile.

Controlla che non ci sia nessuno nei bagni, poi si mette davanti a me.

È talmente vicino che decido di fare un passo indietro.

«Volevo parlarti dell'altro pomeriggio e di Sam. Avevi ragione, riguardo a tutto. Dopo che te ne sei andata sono entrato in camera sua con l'intenzione di darle addosso e di insultarla...»

«Perché? Non ti aveva fatto niente!» ribatto interrompendolo.

«Lasciami parlare. Sam era stesa sul letto e stava dormendo. Mi sono fermato a osservarla e ho notato che aveva i polsi fasciati. Le ho poggiato una coperta addosso, sembrava avesse freddo, ma si è svegliata e le ho chiesto delle fasciature. All'inizio ha tergiversato, poi è scoppiata in lacrime e mi ha raccontato tutto. Giuro che non avevo mai pensato che soffrisse così tanto. Non potevo immaginare che sarebbe arrivata fino a questo punto. Ho avuto bisogno di un po' di tempo per digerire la cosa... In questi giorni abbiamo parlato e mi ha detto che vorrebbe semplicemente che io la trattassi meglio perché non ce la fa più. Non sono sicuro di riuscirci, ma le ho promesso che ci proverò.»

Non riesco a credere che mi abbia dato ascolto. Sorrido, e senza neanche accorgermene lo abbraccio. Niente avrebbe potuto migliorare la mia giornata più di questa splendida notizia. Sam ora sarà felice e potrà godersi senza problemi la sua storia con Nash.

«Grazie» sussurro.

La sensazione che provo è talmente intensa che vorrei tanto che questo momento non finisse mai.

«Non te l'aspettavi, eh?» chiede liberandomi dalla sua stretta.

«Sinceramente no. Pensavo che non avresti mai fatto un passo verso Sam, e anzi, ero convinta che fossi arrabbiato anche con me per essermi intromessa.»

«Sì, lo ero... in verità lo sono ancora» ammette. «Non è facile spiegare ciò che sento... Provo un'incredibile rabbia per tutto quello che è successo a me e alla mia famiglia, ma hai ragione tu quando dici che niente mi restituirà le cose che ho perso, e che Sam non c'entra nulla. Ho solo sfogato su di lei il mio dolore, ingiustamente.»

Sorrido e cerco di non lasciarmi incantare dai suoi bellissimi occhi.

«Ho visto che anche le cose tra te e Matt stanno procedendo bene...»

«Sì, finalmente.»

«E sei felice?»

Sono felice?, mi chiedo.

«Sì» dico quasi sussurrando.

«Allora okay. Be', ora è meglio se esco. Non vorrei beccarmi una sospensione.»

Annuisco e Cameron se ne va.

Sam entra in bagno un istante dopo. «Te l'ha già detto? L'ho visto uscire da qui» mi chiede sorridente.

«Sì, mi ha raccontato tutto.»

«Non è grandioso, Cris? Finalmente Cameron ha deciso di parlarmi. Non immagini quanto sono felici mamma e papà per questa novità.»

Sam è al settimo cielo, sembra un'altra persona.

«Cam mi ha chiesto scusa per come mi ha trattata in questi anni, e a modo suo ha detto di volermi bene. E tutto questo è successo solo grazie a te.»

«Oh, io non ho fatto niente» rispondo arrossendo.

«Sì, invece! Non so cosa gli hai detto per convincerlo, ma è solo merito tuo se ha deciso di recuperare il nostro rapporto. Ti adoro!»

32

Finalmente la campanella suona mettendo fine alla seconda estenuante settimana di novembre.

Appena esco in corridoio mi squilla il cellulare, e sullo schermo compare il nome 'Trevor'.

Sono quasi due settimane che non sento i miei amici. In questo periodo ho ricevuto due telefonate da Cass, ma non sono mai riuscita a rispondere né ho trovato il tempo di richiamarla per via dei casini che sono successi. Mi sento un po' in colpa, ma come temevo non è per niente facile mantenere i rapporti a distanza.

«Trevor» rispondo.

Si percepiscono solo dei rumori in sottofondo e non si capisce niente.

«Trevor?» ripeto alzando la voce per farmi sentire.

«Chiudi la chiamata, non fare l'antipatico» dice una ragazza all'altro capo del telefono, e sono sicurissima si tratti di Cass.

«*Trevor?*» ripeto immobile in mezzo al corridoio con il cellulare davanti alla bocca.

«Cris... io...» Cade la linea.

Cosa sta succedendo?

Lo richiamo.

Segreteria telefonica.

Non posso crederci.

Riprovo più volte, ma né lui né Cass mi rispondono.
«Tutto bene?» mi chiede Nash.
«No» rispondo poggiandomi una mano sulla fronte.
«Cosa c'è?» mi domanda preoccupato.
«Io... non lo so. Ho ricevuto una chiamata da un amico di Los Angeles e temo sia successo qualcosa di grave.»
«Prova a richiamarlo.»
«Già fatto, ma non risponde.»
«Usa il mio, se vuoi.»
Prendo il suo cellulare e compongo il numero di Trevor sperando che risponda, anche se di solito non lo fa con i numeri che non conosce.
«Dài... Trevor» sussurro nella speranza che accetti la chiamata.
«Pronto.»
«Trevor! Cosa sta succedendo?»
«Cris?»
«Sì, sono io. Mi spieghi per favore cosa sta succedendo?»
Trevor sta zitto per qualche istante, in sottofondo sento solo le lamentele di Cass.
«Niente» dice infine.
«Niente? Mi chiami per dirmi 'niente'? Mi prendi in giro?»
Nash mi guarda.
«Cris... anche se te lo dicessi, cosa cambierebbe? Tu sei lì e noi siamo qui, all'altro capo degli Stati Uniti. E poi sono sicuro che non te ne fregherebbe niente...»
Le sue parole mi feriscono. Come può dire certe cose? Ci conosciamo da quando siamo piccoli, sa meglio di chiunque altro quanto ci tenga a loro. Lo so che nell'ultimo periodo sono stata un po' assente, ma ho avuto anch'io i miei problemi.
«Trevor, non le pensi sul serio queste cose, vero?» chiedo risentita.
«Sì, Cris, le penso davvero. Sei andata via da quanto...? Un mese? E per te siamo già degli estranei. Non sai niente della nostra vita. Continua pure la tua a Miami, con i tuoi nuovi amici. Cass supererà questo momento anche senza il tuo aiuto. Ti sei mai chiesta come mai si comportava in mo-

do strano l'ultima volta che ci siamo sentiti? Be', sta male! E tu non ti sei accorta di nulla!»

«Non è vero... io...» provo a dire sottovoce, ma lui mi interrompe.

«No Cris. Basta, non ho più voglia di parlare» conclude, e attacca.

Sono sconvolta, potrei crollare in questo preciso istante, qui davanti a tutti. Trevor, il mio migliore amico... non lo riconosco più.

Restituisco il telefono a Nash e mi asciugo le lacrime.

È allucinante... come può addossarmi la colpa di tutto? Non ho scelto io di trasferirmi qui! E poi, come facevo a sapere che Cass stava male?

Nash fa per abbracciarmi, e scoppio a piangere. «Tranquilla» dice accarezzandomi la testa.

«Ehi» fa Cameron fermandosi accanto a noi. «Che succede?»

«Non lo so...» risponde Nash.

Non riesco neanche a parlare.

«Grazie Nash, la porto a casa. Qui c'è un sacco di gente che non sa farsi gli affari propri» dice Cameron guardandosi intorno. «Su, andiamo.»

Mi cinge le spalle con un braccio, e insieme usciamo da scuola.

«Salta su» fa poi aprendomi lo sportello della macchina. «Cos'è successo?» mi chiede una volta dentro.

Resto in silenzio nel tentativo di tranquillizzarmi.

«Ehi» dice appoggiando la sua mano sulle mie per scostarmele dal viso e guardarmi negli occhi. Devo avere un aspetto orribile in questo momento, ma non m'importa.

«Possiamo andare a casa?» gli chiedo ancora tra i singhiozzi.

«Prima mi spieghi cos'è successo, poi ti accompagno.»

«Cameron, fa' partire subito quest'auto» insisto.

«Voglio solo aiutarti.»

«Così non mi aiuti affatto.»

Continua a fissarmi, e giuro che se non la smette scendo dalla macchina e me la faccio a piedi.

«Allora?» insiste.

Sbuffo e guardo fuori dal finestrino. «E va bene. Il mio migliore amico mi ha detto delle cose orribili. La mia migliore amica, una delle persone a cui tengo di più al mondo, sta attraversando un periodo difficile, e io sono qui, a migliaia di chilometri di distanza, e non posso farci niente. Non ho neanche idea di quale sia il problema! Mi sento uno schifo, sono una persona orribile! Maledetta Miami! Sarebbe tutto diverso se fossi rimasta a Los Angeles!»

«Come fai a dire che sei una persona orribile? Guardati. Se lo fossi non te ne importerebbe nulla del tuo amico e delle cose che ti ha detto. Il tuo trasferimento a Miami, poi, è stato positivo per moltissime persone. Insomma, sei qui da poco più di un mese e già sei riuscita a far andare d'accordo me e mia sorella... ti pare poco?»

È così strano ritrovarmi in macchina con Cameron che cerca di tirarmi su di morale.

«Non sono bravo con le parole,» continua «ma il punto è che non sei la persona tremenda che credi. E poi dovresti smetterla di pensare a come sarebbe andata la tua vita se fossi rimasta a Los Angeles. Adesso sei qui, e le cose non possono cambiare. Ti ripeto quello che mi hai detto tu due settimane fa: 'Non si può tornare indietro.' Devi accettarlo, Cris.»

Mi dà fastidio ammetterlo, ma ha ragione.

«Non mi piace vederti così» dice, e mi accarezza una guancia.

Alzo gli occhi e mi ritrovo vicinissima al suo viso. Guarda le mie labbra, e io fisso le sue.

«Non posso» sussurro.

«Ma vuoi.»

«Non posso» ripeto. «Non posso fare questo a Matt, lo sai.»

Abbassa lo sguardo e annuisce.

«Mi dispiace» dico.

«Non preoccuparti. Hai ragione.» Forza un sorriso. «Andiamo.» Mette in moto e percorriamo in silenzio la strada fino a casa.

Entrata in camera, rimango qualche minuto a fissare le foto con Cass e Trevor. Eravamo così felici e uniti. Ripenso alle parole di Trevor, e una lacrima mi riga il viso. Non riesco a immaginare cosa stia succedendo a Cass. Sì, l'ultima volta che l'ho vista, in video, sembrava diversa... le sigarette, il nuovo look... ma non avevo percepito che stesse attraversando un periodo difficile. Forse le volte che ha provato a chiamarmi e non le ho risposto voleva sfogarsi. Continuo a sentirmi uno schifo. Devo assolutamente parlare con lei e capire cos'ha. Prima, però, devo ritrovare un po' di calma e lucidità. Non posso parlarle mentre sono in questo stato.

Domani è sabato, e avrò l'intero fine settimana per pensarci. Ora, però, ho bisogno di distrarmi.

Vado a sedermi alla scrivania, apro il libro di matematica e provo a concentrarmi su equazioni e logaritmi. Devo recuperare intere parti del programma, e i numeri possono essere un ottimo modo per tenere la mente occupata.

Dopo un'ora di studio sono già cotta. Mi stendo sul letto, prendo il cellulare e le cuffiette e ascolto un po' di musica. Scorro la mia playlist, e scelgo un brano un po' vecchio ma che adoro per la dolcezza della melodia e la delicatezza del testo.

A Drop in the Ocean mi fa rilassare all'istante. Non smetterò mai di pensare che la musica è la migliore medicina per l'anima.

Il cellulare vibra. È un messaggio di Matt: 'Ho saputo che oggi hai pianto e sei andata via con Cameron. Cos'è successo?'

Non mi va di parlarne, rischierei di scoppiare a piangere un'altra volta, e non voglio.

Faccio finta di non aver letto il messaggio, alzo il volume della musica e mi concentro sulle parole della canzone. Chiudo gli occhi e la mia mente vola da un'immagine all'altra, e senza volerlo va a Cam... Rivedo i suoi occhi, le sue labbra, il suo sorriso...

Mi metto seduta e mi tolgo gli auricolari per smettere di pensare a lui.

Riprendo il cellulare. Questa volta ci sono tre sms. Due di Matt e uno di Cameron.

Apro prima il messaggio di Cameron.

'Tutto bene?'

In volto mi si stampa uno stupido sorriso.

'Sì, va meglio di prima. Grazie per avermelo chiesto' rispondo.

'Meno male. ;-)' fa lui.

Gongolo come una cretina e leggo i messaggi di Matt.

'Cris?'

'Che ti prende? Ce l'hai con me?'

'Domani ti dico' scrivo.

'Va bene. Qualunque cosa sia successa, volevo dirti che io ci sono, se hai bisogno.'

'Ti adoro' digito automaticamente. Non so perché, ma sembrava la cosa più adatta da dire in questo momento.

'Ti amo' fa lui. Da parte mia, nessuna risposta.

33

Per fortuna la settimana è passata in fretta, e questo penultimo week-end di novembre sta volando via senza particolari problemi.

Anche se lo scorso fine settimana non sono più riuscita a parlare con Cass, mercoledì lei ha risposto a una mia mail e mi ha rassicurata dicendomi di stare bene e di non preoccuparmi. Non si è dilungata in tante spiegazioni, ma mi ha scritto di avere qualche difficoltà a scuola e di non dare retta alle ansie di Trevor.

Lui, invece, non ha più risposto né alle mie chiamate né alle mail che gli ho scritto. Inizio a credere di aver perso un amico. A essere sincera, però, anch'io sono delusa dal suo comportamento. Quel venerdì, al telefono, mi ha detto cose orribili che mi hanno fatto stare male. Io da parte mia ho provato a parlarne, ma a quanto pare a lui non importa chiarire.

Per il resto, la settimana è stata abbastanza tranquilla e noiosa, tra lezioni, studio e qualche piccola discussione con Matt – niente di paragonabile ai litigi delle scorse settimane.

Anche se la mia vita ora appare meno interessante, stare lontana da Cameron ha i suoi vantaggi: Susan mi lascia in pace e con Matt riusciamo a parlare anche d'altro... non sembra più ossessionato da lui. Ciononostante, ho la sensazione che non sia del tutto sereno... Inoltre, se paragono la nostra relazione a quella tra Sam e Nash, mi rendo conto che ci manca qualcosa, e che non saremo mai affiatati come loro.

«Allora, che programmi hai per Natale?» chiede Sam distogliendomi dai miei pensieri.

È domenica mattina, e stiamo camminando per le vie del centro alla ricerca di un abito carino per la sua cena con i genitori di Nash, di passaggio a Miami tra qualche settimana.

«Per il momento nessuno. E tu?» le domando.

Manca ancora un mese a Natale, ma il centro è già addobbato con luminarie e decorazioni varie.

«Non so, ma credo che quest'anno ce ne staremo qui. Mio padre lavorerà anche durante le vacanze» si lamenta.

Se suo padre lavorerà, immagino che il mio farà lo stesso... quindi è probabile che rimarremo in città anche noi.

«Amo questo negozio!» dice additando una vetrina.

Entriamo e ci guardiamo attorno. Sam mi indica un abito perfetto per il suo fisico minuto.

«Provalo!» la incoraggio.

Lei lo prende ed entra emozionata in un camerino libero, mentre io continuo a dare un'occhiata in giro.

Quando ho finito torno da lei, e dal camerino accanto esce una ragazza.

Tamara! Non è possibile! È tutta la settimana che me la ritrovo davanti.

«Cris!» esclama.

«Ehi.»

«Ti piace?» mi chiede indicando il maglioncino giallo acceso che ha indosso.

So che bisognerebbe essere sempre sinceri, e che dovrei dirle che sembra un limone gigante, ma preferisco mentire. Annuisco e lei si guarda di nuovo allo specchio con aria soddisfatta, prima di tirare la tenda del camerino.

Poi, esce Sam: come immaginavo, l'abito le calza a pennello.

«Allora?» mi fa.

«Ti sta benissimo. I genitori di Nash ti adoreranno, ne sono sicura.»

«Non immagini quanto sono nervosa. E se non gli piaccio?»

«Non agitarti, andrà tutto bene.»

Fa un giro su sé stessa guardandosi allo specchio. «Lo prendo» dice convinta, e rientra in camerino.

«Ti aspetto fuori.»

Appena esco dal negozio vedo Matt che, mani in tasca, osserva con aria svogliata gli abiti esposti in vetrina.

«Matt?!»

«Cris?! Che ci fai qui?» chiede sorpreso.

«Ho accompagnato Sam a fare shopping. Ma tu non dovevi uscire con un amico?»

«Ah, sì... lo sto aspettando. Dobbiamo comprare delle scarpette da calcio nuove.»

«E lo aspetti qui? Davanti a un negozio d'abbigliamento femminile?» Mi viene da ridere per quanto è ridicola questa situazione.

«*Non qui!* Lo aspetto lì, davanti a quel ristorante.» E mi indica il locale di fronte.

Sam esce e lo saluta.

«Allora noi andiamo» dico dandogli un bacio al volo.

«Va bene, ci vediamo più tardi alla partita. Divertitevi» si raccomanda, e se ne va.

Continuando la nostra passeggiata notiamo una biondina che si fa largo tra la folla incedendo come una star di Hollywood.

Susan.

Va nella direzione opposta alla nostra, e quando ci vede non ci degna neanche di un saluto.

Quanto la odio.

«L'hai vista?» mi chiede Sam.

Annuisco.

«Non capisco come abbia fatto Cam a stare con lei!»

«Voleva cambiarla, ma a quanto pare non ci è riuscito» lo difendo.

«Quella vipera ogni tanto si presenta a casa nostra per passare il pomeriggio con lui. Sta facendo di tutto per riconquistarlo. Dovresti vedere come si comporta bene quando stanno insieme.»

Forzo una risata. Non sapevo che Cameron e Susan fossero rimasti amici.

«Se tornano insieme, giuro che... Non so come, ma farò di tutto per farli litigare.»

La sua determinazione mi fa ridere di nuovo. Chissà come reagirei se Cameron tornasse con Susan. Non bene, temo...

«Eppure... un modo ci sarebbe per eliminare Susan dalla sua vita» continua Sam con aria cospiratoria.

«Ah sì? E quale sarebbe?»

«Tu, Cris.»

«Cosa? Ma che stai dicendo?»

«Sì, Cris, è da un po' che ci penso e che osservo Cam. Il fatto che mi chieda tue notizie, che sia sempre di buonumore quando ci sei tu... Non so, forse mi sbaglio, ma penso che abbia un debole per te.»

«No... non credo proprio... è evidente che ha ancora in mente Susan» replico.

«Questo è vero, ma se solo tu gli girassi un po' intorno... sono sicura che la lascerebbe perdere e si concentrerebbe su di te. Tu però sei innamorata di Matt, giusto?» mi chiede con aria maliziosa.

«Non lo so, non sono più sicura di niente» ammetto.

«E allora perché stai con lui?»

Sbaglio, o Sam è un po' troppo curiosa oggi?

«Perché... Non saprei, per tanti motivi... Perché è stato uno dei primi a trattarmi bene quando sono arrivata qui, perché è dolce e gentile, e perché, anche se litighiamo spesso, sento di essere legata a lui.»

«Allora ne sei innamorata, Cris.»

«Sì, credo di sì» concludo, anche se non ne sono convinta.

Poco dopo io e Sam ci salutiamo e ci diamo appuntamento nel pomeriggio, per andare a vedere la partita di calcio al campetto della scuola.

Alle sei in punto siamo sedute sugli spalti, gli occhi puntati sul prato, in attesa che le squadre facciano il loro ingresso.

I ragazzi entrano correndo, e si dispongono secondo lo schema stabilito dall'allenatore.

Matt è in porta mentre Cameron è all'attacco.

I miei occhi passano continuamente dall'uno all'altro. La squadra della nostra scuola è nettamente superiore, e la partita si gioca quasi interamente nella metà campo avversaria. Protagonista indiscusso della partita è proprio Cameron. Al suo primo goal le ragazze vanno in visibilio quando si toglie la maglietta e si mette a correre per il campo.

«Eh sì, è proprio figo mio fratello... ti capisco!» dice Sam facendomi l'occhiolino.

«Eh?» Rido scuotendo la testa e torno a seguire il gioco.

La partita si conclude 4-1 per noi. Dei quattro goal, tre sono stati segnati da Cam e uno da Taylor.

Scendiamo dagli spalti per raggiungere i ragazzi che stanno parlando con l'allenatore.

Appena se ne accorgono, Nash e Cam ci vengono incontro, mentre Matt si trattiene ancora con l'allenatore.

«Non pensavo fossi così bravo» dico a Cam.

«Sì, che lo sono. E anche di più. Oggi non ero in forma.»

«Modesto!» scherzo.

Matt si avvicina e mi stringe subito in un abbraccio. «Mi hai portato fortuna» dice, e mi bacia.

«Non è vero» rispondo.

«Ti amo» sussurra.

«Andiamo a mangiare qualcosa» fa Cameron passandoci accanto.

Lo seguiamo tutti in una sala con al centro un lungo tavolo imbandito di cibo e bevande. Cerco di farmi spazio tra le persone accalcate attorno al buffet.

Matt è già sparito, non riesco più a trovarlo. Sento il bisogno di andare a prendere una boccata d'aria.

«Esco un attimo» dico.

«Ti accompagno» fa Cam.

Ed ecco che Susan ci si pianta davanti. Cameron cambia espressione.

«Dove vai?» gli chiede ignorandomi completamente.

«Fuori» risponde lui.

«Con lei?»

«Sì. Problemi?»

Susan mi lancia un'occhiata, poi torna a concentrarsi su di lui e, avvicinandosi, con una mano gli accarezza il petto.

«Non ti va di fare un giretto con me? Secondo me ti diverti di più.»

Cameron la guarda per qualche secondo, poi si volta verso di me e mi prende la mano per portarmi fuori.

«Perché deve fare sempre la stronza?» chiede arrabbiato. «Non la capisco proprio.»

«Non ci pensare. Non lasciarti rovinare la serata.»

Passeggiamo in silenzio per alcuni minuti.

«Cam» dico dopo un po'. Probabilmente ciò che sto per chiedergli lo farà arrabbiare, ma devo saperlo. «Hai intenzione di tornare con lei?»

«Sam ti ha detto che ogni tanto ci vediamo?»

Annuisco.

«Non lo so... È stata l'unica ragazza di cui mi sia mai veramente innamorato... Ammetto che l'idea di tornare con lei non mi dispiacerebbe... se solo fosse la Susan che ho conosciuto all'inizio...»

La sua risposta m'infastidisce, soprattutto perché è ovvio che meriterebbe una ragazza mille volte migliore di lei.

«Perché me lo chiedi?»

«Semplice curiosità.»

«O semplice gelosia» ribatte sorridendo.

«Come, scusa?»

Alza le spalle fingendo di non aver detto nulla.

«Ti ho sentito.»

«Ma se non ho aperto bocca!»

Stiamo in silenzio per qualche secondo, poi ci sediamo su una panchina del campo.

«Ammettilo, sei un po' gelosa.»

Ancora? Perché insiste con questa storia? Sì, sono gelosa, ma non lo ammetterà mai.

«E perché dovrei? Se tornassi con lei per me non farebbe alcuna differenza» replico.

Lui ride e si alza in piedi. «Vuoi dire che se adesso andassi a baciarla, tu te ne staresti qui, impassibile?»

Silenzio.

Cam ridacchia e si siede di nuovo accanto a me.

«Dico solo che meriteresti una ragazza migliore di Susan.»

Mi guarda. «Lo so... e ne avrei anche in mente una.»

Continua a fissarmi, e io distolgo lo sguardo. Poi si rialza, e porgendomi le mani aggiunge: «Peccato sia già fidanzata con un certo Espinosa.»

Afferro le sue mani e mi tiro su.

«Lo conosci?» scherza.

«Dài, smettila di prendermi in giro» rispondo.

Riprendiamo a camminare in silenzio, e quando siamo quasi arrivati alla sala del buffet, Cameron guarda alla sua destra e si ferma.

«Aspetta» dice.

Mi fermo per voltarmi anch'io, ma lui mi fa girare nella direzione opposta.

«Ehi, cosa c'è?» chiedo.

Mi si para davanti, e dopo aver guardato alle mie spalle, mi fissa preoccupato. «Niente.»

Faccio di nuovo per girarmi, ma lui mi afferra le spalle e mi abbraccia.

Mi sta nascondendo qualcosa, ne sono sicura.

«Dài, torniamo dagli altri» dice.

Mi libero dalla sua stretta, ma dietro di me non vedo niente di strano.

«Andiamo?» insiste lui.

Ancora turbata per la sua reazione, annuisco e lo raggiungo.

34

La settimana non comincia proprio bene. La sveglia non suona e io, come al solito, arriverò a scuola conciata malissimo. Come se non bastasse, diluvia.

Ieri, appena Cameron e Sam mi hanno riaccompagnata a casa, ho chiamato Matt, ma non mi ha risposto. Dopo la partita è scomparso... volatilizzato senza neanche salutare. Dovrei essere arrabbiata con lui, ma non ho voglia di litigare. Mi limiterò a chiedergli dov'è stato e cos'ha fatto, e basta.

Esco di casa e scivolo sulle scale bagnate. Odio la pioggia.

Subito dopo mi arriva un messaggio. 'Attenta a non scivolare sui gradini.' È di Cameron. Mi ha vista?

Sollevo lo sguardo e scorgo la sua auto dall'altra parte della strada. Fantastico.

Quando entro in macchina sta ancora ridendo per la mia caduta. Gli faccio segno di smetterla.

Mette in moto. «Bella la pioggia» dice.

«No, per niente.»

«Perché?»

«La detesto.» Mi strofino le mani per scaldarle.

«Hai freddo?» mi chiede.

Annuisco, e lui ne prende una nel suo palmo caldo.

«Va meglio?» domanda distogliendo per un attimo lo sguardo dalla strada e sorridendomi.

Con la testa faccio cenno di sì, e rimango in silenzio.

Una volta nel traffico, mi maledico per aver dimenticato ancora di impostare la sveglia.

Mi fa segno di porgergli anche l'altra mano, e le riscalda entrambe portandosele davanti alla bocca e soffiandoci sopra. Un gesto tenero che migliora immediatamente la qualità della mia giornata.

«Cam...» dico a un tratto.

«Sì?»

«Cos'hai visto ieri quando stavamo tornando al buffet?»

Ci ho rimuginato su tutta la notte. Continuava a tornarmi in mente la sua espressione preoccupata nel tentativo malcelato di nascondermi qualcosa.

«Io? Niente» risponde irrigidendosi.

«Niente? Hai fatto di tutto per non farmi girare. Cosa volevi nascondermi?»

«E va bene... C'era Susan che stava baciando un ragazzo, e la cosa mi ha dato fastidio. Vederla con un altro mi ha fatto uno strano effetto, e non volevo la vedessi anche tu.»

Mmm... non mi convince. Osservo le piccole gocce che rigano il finestrino. Spero che smetta di piovere.

Non apriamo più bocca per il resto del tragitto. Cam sembra infastidito dalla mia domanda di prima, e non ne capisco il motivo.

Quando entriamo a scuola la campanella non è ancora suonata. Ci dividiamo, e io vado al mio armadietto. Poi entro in classe e mi siedo al solito posto. Entra anche il prof, e comincia la lezione.

In aula non ci sono né Cameron né Matt, e la cosa mi preoccupa. Mi chiedo dove si siano cacciati, quando a un tratto bussano alla porta, ed entra la preside seguita da entrambi.

«Mi scusi per il disturbo, professore, ma questi due studenti si sono picchiati nel corridoio.»

Non posso credere che siano arrivati alle mani.

«Ho chiamato le famiglie per avvisarle della sospensione» continua la preside, e a me quasi scendono le lacrime.

«Capisco» dice il prof. «Restate qui finché non arrivano i vostri genitori.»

Cam e Matt vanno a sedersi ai propri posti. Il primo mi passa accanto senza prestarmi alcuna attenzione.

Al cambio dell'ora mi volto subito verso di lui per chiedergli cosa sia successo. Evita di guardarmi, e non capisco perché. Va bene, è arrabbiato con Matt per chissà quale ragione, ma io non gli ho fatto niente... Potrebbe evitare di fare lo stronzo anche con me. Insisto.

«Chiedilo a Matt!» sbotta.

Mi alzo con l'intenzione di farlo, ma, a quanto pare, Susan mi ha preceduta. Per fortuna Matt la caccia via in malo modo.

«Cos'è successo?» gli chiedo avvicinandomi.

Lui, ancora furioso, si alza di scatto. «Quel coglione è venuto da me e ha cominciato a picchiarmi, ecco cos'è successo. Se non ci avesse fermati la preside saremmo finiti entrambi in ospedale.»

Non ce lo vedo Cameron che si mette a picchiare qualcuno senza motivo. Una ragione dev'esserci, e Matt sta cercando di nascondermela. Perché?

«Non penso ti abbia aggredito senza motivo. Ora, o mi dici perché l'ha fatto, o lo chiederò a lui, e sono sicura che alla fine me lo dirà.»

«Cris, non ti ci mettere anche tu, adesso. Non ho voglia di discutere con te.»

«Allora?» insisto.

Sbuffa e si passa una mano fra i capelli. «Mi ha picchiato perché gli sono finito addosso un'altra volta.»

Non ci credo. Mi volto e vedo Cameron uscire dalla classe. «Vado a parlargli.»

«Sì, e già che ci sei... cerca di fargli capire quant'è idiota» mi urla dietro.

Cameron cammina rapidamente verso il bagno.

«Ehi, aspetta!» grido nella speranza che si fermi.

Quando imbocca la porta del bagno dei ragazzi mi blocco all'entrata. Devo parlargli, non posso certo star qui come una cretina ad aspettare che esca. Mi guardo attorno per vedere se nei paraggi ci sono professori o compagni. Nessuno. Prendo un respiro profondo ed entro.

Cameron è appoggiato al lavandino e tiene la testa bassa.
«Mi spieghi che diavolo è successo?» gli chiedo.

Appena solleva lo sguardo capisco immediatamente che questa discussione finirà male.

«Che ci fai qui? Non puoi entrare!» mi grida contro.

«Come, scusa? Tu puoi intrufolarti nel bagno delle ragazze e io non posso venire in quello dei ragazzi?»

«Cris, vattene!»

«No» dico avvicinandomi. «Devo sapere perché tu e Matt avete litigato.»

Ride. «Non te l'ha spiegato lui il motivo?»

«Mi ha detto che ti è venuto addosso un'altra volta e tu ti sei incazzato... ma io so che non è così.»

«Ah sì? Come fai a sapere che non sono così cretino da picchiare una persona solo perché mi è finita addosso?»

Mi avvicino ancora.

«Ti conosco abbastanza da sapere che non ne saresti mai capace.»

Raddrizza la schiena e mi guarda negli occhi.

«Cris, ti prego, vattene.»

«No. Ho bisogno di sapere.»

«Vorrei dirtelo, ma non posso. Ti raccomando solo una cosa: lascia Matt, è uno stronzo. Dico sul serio, meriti di meglio, e se vuoi essere felice devi lasciarlo.»

Non capisco il significato delle sue parole, e oltretutto non mi ha ancora spiegato perché l'ha picchiato.

«Continuerò a chiederti cos'è successo finché non me lo dirai» insisto.

Fa un passo indietro, e solo adesso noto i lividi che ha sulla mascella. Matt deve avergli tirato un pugno bello forte.

«Cam?»

«E va bene...» si arrende.

Prendo un respiro profondo e lo guardo.

«Allora,» inizia «ho picchiato Matt perché...»

«Eccoti! Ti ho cercato dappertutto» esclama Susan entrando in bagno.

«No, tu adesso te ne vai. Io e lui stavamo parlando» le dico con tono deciso.

«Ascoltami, carina, datti una calmata. Sono l'unica che sa come tirarlo su di morale, non ha bisogno di una mocciosetta come te» fa Susan. «Ti do un consiglio, piuttosto: tieni d'occhio il tuo ragazzo.»

«Smettila, Susan, stai esagerando» interviene Cameron. «Cris, torna in classe» aggiunge.

Che cosa mi sta nascondendo Matt? Cameron mi dice di lasciarlo, Susan di tenerlo d'occhio... Mi scoppia la testa, e mi sembra evidente che non otterrò altre spiegazioni. Me ne vado seguita da tutti e due, ma sono ancora più confusa di prima.

In corridoio assisto all'incontro tra Cam e suo padre.

«Papà» fa Cameron appena lo vede.

«Cosa hai combinato stavolta?» chiede il signor Dallas.

«Niente.»

«Signor Dallas, non si preoccupi. Sono sicura che Cameron ha avuto delle ottime motivazioni per reagire in quel modo» dice Susan.

«Susan, grazie per il tuo sostegno e per la tua presenza al fianco di Cameron» risponde il signor Dallas.

Mi blocco e mi ritrovo immobile in mezzo al corridoio. Non posso credere che Cam sia tornato con Susan e non me l'abbia neanche detto.

Riprendo a camminare per andare a parlare con Matt. Lo trovo accanto al suo armadietto.

«Ehi, cosa mi stai nascondendo? Ti prego, ho bisogno di sapere cosa sta succedendo.» Scoppio in lacrime.

«Sssh» mi fa lui abbracciandomi. «Ma di cosa parli? Non potrei nasconderti nulla, io ti amo.»

Sento che mi sta mentendo. Non mi fido, ma in questo momento ho bisogno di un abbraccio.

Mi asciuga le lacrime e mi guarda. «Adesso però devi spiegarmi perché piangi.»

«Non importa» rispondo.

«A me importa.»

«Non è nulla, tranquillo.»

«Cameron ti ha spiegato perché mi ha picchiato?»

Mi ha detto di lasciarti perché mi ferirai...
«No, è rimasto in silenzio» mento.
Sorride. «Ecco i miei genitori. Ti amo, tesoro.»
Mi bacia e mi guarda aspettando una risposta.
«Anch'io» dico, e lui si allontana.

35

La sveglia suona e la mia voglia di andare a scuola è pari a zero. Chi vorrebbe uscire di casa con il diluvio?

Per fortuna Cameron non sarà fuori ad aspettarmi. Dopo quello che ho scoperto di lui e Susan, non so come reagirei rivedendolo.

Anche se non ho la certezza che siano tornati insieme, dalla confidenza che il signor Dallas ha mostrato nei confronti di Susan mi sembra chiaro che lei e Cam si stiano frequentando di nuovo e che, se non è già successo, torneranno presto a essere una coppia. Metto le cuffiette e m'incammino verso la fermata dell'autobus.

Mi vibra il cellulare.

È un sms di Matt. 'La mia giornata non sarà la stessa senza di te. Ti amo.' A volte la sua dolcezza mi sorprende, forse sbaglio a dubitare di lui.

'Ti amo anch'io. <3' gli rispondo.

La classe senza lui e Cameron sembra vuota. Oggi sarà una giornata noiosa, me lo sento.

E proprio come previsto, le lezioni sembrano non finire più, e quando arriva l'ora di tornare a casa sono la ragazza più felice della terra.

Prendo la borsa e mi dirigo verso l'uscita.

Ha smesso di piovere, e decido di fare una passeggiata fino alla spiaggia.

Il mare è bellissimo in questo periodo dell'anno. Mi fermo un attimo a guardarlo, poi mi volto e vedo Cameron che cammina sulla battigia nella mia direzione.

Oh no. E ora che faccio? Non ho voglia di parlargli.

Mi calo il cappuccio della giacca sulla testa e cammino a capo chino sperando che non mi riconosca. Gli passo accanto e lo supero senza che se ne accorga.

Tiro un sospiro di sollievo.

«È inutile che ti nascondi, capirei che sei tu anche a chilometri di distanza.»

Mi volto a guardarlo.

«Ciao, Cam. Scusa, sono di fretta e non ho molta voglia di parlare.»

«Allora, com'è andata a scuola senza me e Matt? Avete sentito la nostra mancanza?»

«Scusami, devo andare, magari ne parliamo un'altra volta» dico poco convinta.

«Ti do un passaggio, ho la macchina qui vicino.»

«Meglio di no, Cam. Faccio una passeggiata, non ho voglia di finire nei guai.»

«*Finire nei guai?* Che c'è di male se ti do un passaggio fino a casa?» chiede divertito.

«Ti ricordo che hai una fidanzata molto gelosa, e qualsiasi cosa riguardi me per lei è il male assoluto» rispondo. Non nega che Susan sia la sua fidanzata, dunque ecco la conferma ai miei dubbi: è tornato con lei e non me l'ha detto.

Mi rimetto le cuffie e alzo il volume della musica, ma dopo pochi metri sento afferrarmi il polso. Mi volto e mi ritrovo davanti i suoi occhi scuri.

«Sai una cosa? Non m'importa cosa pensa Susan. Dovrà abituarsi all'idea che io e te non possiamo stare lontani. Cris, non voglio rinunciare a te. Non so dirti il perché, vorrei capirlo... ma so che non lo capirò mai se non mi stai accanto.»

È esattamente ciò che penso io, ma questa situazione non ha senso.

«Cameron, è tutto fin troppo chiaro: io sto con Matt e tu

con Susan. Abbiamo fatto le nostre scelte. Cos'altro c'è da capire? L'unica cosa che dobbiamo fare è stare lontani.»

Alza un attimo gli occhi per guardare dietro di me.

«Bene, è meglio che vada a casa. Ho freddo e ho bisogno di un bagno caldo» dico.

Lui annuisce, ma appena mi giro mi afferra per le spalle in modo che mi volti verso di lui, e mi abbraccia.

«Cam, cos'hai?» chiedo a bassa voce. Non risponde, ed è evidente che qualcosa non va.

Mi scosto da lui e mi accorgo che sta ancora guardando alle mie spalle. Mi libero dalla sua presa, ma appena mi volto vorrei non averlo fatto. Il cuore mi si spezza in due: non posso credere a ciò che vedo.

Matt e Tamara si stanno baciando, e io sono qui a sperare come una stupida che sia solo un brutto sogno.

Quello non può essere lo stesso Matt che stamattina mi ha scritto 'Ti amo'... non può essere quello che me l'ha detto tante volte, e che mi ha sempre trattata come nessuno aveva fatto mai.

Più li guardo e più mi rendo conto di quanto sono stata ingenua. Eppure me l'avevano detto che nascondeva qualcosa, e io non ho fatto che convincere me stessa del contrario.

Non so cosa fare, sento solo la rabbia montarmi dentro. Mi asciugo le lacrime e prendo un respiro profondo prima di muovermi verso di loro. Cameron mi afferra il braccio. Cosa vuole fare? Non posso starmene a guardare e far finta di niente.

«Lasciami stare» gli dico.

Lui abbassa lo sguardo e allenta la presa, e io mi dirigo verso Matt e Tamara.

Vorrei trattenere le lacrime, ma non ci riesco.

«E così la tua giornata non sarebbe la stessa senza di me?» chiedo cercando di mantenere la voce ferma.

Matt si allontana da Tamara e con il volto teso si frappone tra me e lei.

«Cris... io...»

«Non posso credere di essere stata così stupida da fidarmi di te.»

«Non è come credi... posso spiegarti.»

«Davvero? Allora spiegami! Spiegamelo, perché io non riesco a capire. Da quanto va avanti questa storia? In tutto questo tempo non hai fatto altro che prendermi in giro!»

«Non è così. *Tu* mi hai preso in giro, Cris! Continui a dire che tra te e Cameron non c'è niente, eppure siete sempre insieme, anche adesso!»

«Non ci provare, Matt! Non tentare di giustificarti! Tra me e Cameron non c'è niente, siamo solo amici. Tu e Tamara vi stavate baciando! Non è la stessa cosa!»

«Non è così diverso... Cerca di essere sincera almeno una volta: cosa ci facevi in spiaggia con lui? Esattamente quello che stavamo facendo io e Tamara! Prima di pretendere spiegazioni da me dovresti darmene tu. Susan ha sempre avuto ragione: mi hai solo usato per arrivare a Cameron.»

«Cosa c'entra Susan? Da quando tu e lei parlate di me? Non posso crederci... Quella vipera è riuscita a plagiare anche te.»

«Cris, allora... cerchiamo di calmarci» dice avvicinandosi e appoggiandomi una mano sulla spalla.

«Vai a farti fottere, Matt!» Mi volto e me ne vado.

Voglio scappare da questo posto, voglio tornare a Los Angeles, dimenticare tutto quello che è successo in questa maledetta città!

Mi metto a correre mentre le lacrime non smettono di scendere, e mi odio per questo. Perché non riesco a fregarmene di tutto e tutti? Perché devo sempre reagire in questo modo?

Dietro di me sento dei passi, e spero con tutta me stessa che non sia Matt, perché stavolta potrei davvero perdere la testa.

«Aspetta, Cris!» È Cameron. Sono sollevata, ma non mi fermo, voglio soltanto tornare a casa, chiudermi in camera e piangere.

«Cris!» ripete a pochi passi da me, ma io salgo sull'autobus un attimo prima che le porte si chiudano. Mi siedo e lascio andare le lacrime.

A casa per fortuna non c'è nessuno. Entro in camera e mi

appoggio alla porta chiusa. Scivolo lentamente sul pavimento.

Vi prego, ditemi che è un incubo, e che adesso mi sveglierò con Matt che mi ama veramente e Susan che mi lascia in pace. Più ripenso a noi due, più non riesco a credere che possa essere così stronzo da pensare che io l'abbia usato per arrivare a Cameron. Che razza di persona crede che io sia? Ero sicura che tra noi ci fosse un legame speciale. Sì, ho avuto dei dubbi, ma dentro di me ho sempre sperato che avremmo sistemato tutto. Ciò che è successo con Cameron è stato un errore, e adesso mi è più chiaro che mai che quello che voglio è Matt.

Sento un rumore, spaventata alzo la testa, e davanti a me vedo Cameron che mi sta guardando.

«La finestra era aperta e... be', ne ho approfittato.»

Mi alzo e corro ad abbracciarlo. In questo momento ho bisogno di qualcuno che mi stia accanto e che mi consoli. Mi stringe forte a sé e io continuo a piangere.

«Sssh, ci sono io. Va tutto bene» sussurra al mio orecchio.

Dopo qualche minuto comincio a calmarmi.

«Vuoi parlarne?» mi chiede.

Mi allontano da lui e mi siedo sul letto.

«È per questo che avete litigato l'altro giorno?» gli domando.

Si siede accanto a me, e spero con tutta me stessa che non sappia nulla della storia di Tamara, altrimenti vorrebbe dire che non posso fidarmi neanche di lui.

«Sì. Domenica sera, in cortile, ho visto Matt e Tamara che si baciavano. La mattina dopo, quando li ho rivisti nel bagno dei ragazzi, non ce l'ho fatta a trattenermi e ho aggredito Matt. Avrei voluto dirti tutto, ma non sapevo come... Non volevo farti soffrire, e ho preferito aspettare.»

«E quanto avresti aspettato? Settimane? Mesi? Chissà da quando va avanti questa storia, e quanto sarebbe durata se non li avessi visti. Avresti dovuto dirmelo subito!»

«Adesso non dare la colpa a me, in questa storia non c'entro niente, okay? Non sapevo neanche che Susan gli avesse messo in testa tutte quelle sciocchezze. E comunque Matt è uno stupido e un insicuro, se crede a tutto quello che lei gli dice. Dovrebbe conoscervi entrambe abbastanza bene da sapere come sei fatta e capire che Susan si comporta in questo modo perché è gelosa di te e ti considera una minaccia, per il suo rapporto con me ma anche con lui.»

Restiamo in silenzio per qualche secondo, e davvero non capisco perché non me l'abbia detto subito. Sì, mi aveva messo in guardia, perfino Kate aveva capito che qualcosa non andava, e delle strane coincidenze le avevo notate anch'io, ma non avrei mai immaginato una cosa del genere.

Sono sicura che Susan abbia architettato tutto: dev'essere stata lei a far avvicinare Matt a Tamara.

«Dio, mi sento una cretina! Come ho fatto a non capire quello che stava succedendo? Come ho fatto a essere così stupida?» dico coprendomi il viso con le mani.

Cameron si alza e si mette in ginocchio davanti a me. Mi toglie le mani dal viso e mi guarda negli occhi. «Non sei stupida. Nessuno se ne sarebbe accorto. Matt ha recitato molto bene la parte del fidanzatino fedele e innamorato. E sta' certa che Susan non la passerà liscia questa volta. Deve smetterla di renderti la vita impossibile. Ora cerca di calmarti, mi occuperò io di lei e di Matt, te lo prometto.»

«Ti chiedo solo una cosa: non picchiarlo.» So che lo meriterebbe, ma non mi va che Cam si metta di nuovo nei guai.

«Non posso promettertelo» replica a bassa voce e sorridendo.

«Ti prego, non voglio che tu abbia altre rogne per colpa mia» lo supplico.

Annuisce. Spero mi dia ascolto.

«Ora ti lascio in pace» dice poi alzandosi. «Immagino tu voglia stare un po' da sola. Cerca di riposare, se ci riesci.»

Mi sforzo di sorridergli e lo seguo fino alla finestra.

«Grazie» gli sussurro prima che esca.

«Per cosa?» domanda sorpreso.

«Per esserci stato quando il mondo attorno a me andava in pezzi.»

Accenna un sorriso e mi dà un bacio sulla guancia. Poi esce dalla finestra, e io mi stendo sul letto a pensare a un modo per cancellare dalla mente e dal cuore tutti i momenti belli vissuti con Matt.

36

È l'ultimo giorno di novembre ed è domenica.

Sono passati cinque giorni da quel terribile martedì in cui ho scoperto Matt e Tamara che si baciavano. Da allora lui non l'ho più visto. Dato che è stato sospeso da scuola per il litigio con Cam, non sarà così facile incontrarlo per caso, e questo è un bene.

Da mercoledì mi ha scritto diversi sms in cui mi chiedeva di parlare, ma non gli ho risposto, e credo che ormai abbia capito che non ho voglia di sentirlo. L'ultimo messaggio l'ho ricevuto venerdì sera, poi solo silenzio, per cui è probabile che in questo preciso istante se la stia spassando con Tamara, mentre io sono qui a leccarmi le ferite...

Dal momento in cui li ho visti insieme non ho fatto altro che piangere e ripensare a quanto sono stata stupida a non vedere e a non capire cosa stava succedendo. Non so quanto tempo ci vorrà per dimenticarlo...

Per fortuna credo di aver finto bene con i miei genitori: sono quasi sicura che non si siano accorti del terremoto che ha stravolto la mia vita.

Kate invece ha capito tutto e mi ha fatto un sacco di domande, e devo ammettere che è stato un sollievo parlarne con la mia sorellina. Anche se è più piccola di me, in alcune circostanze sa essere molto matura e saggia. Ovviamente, però, non ha perso l'occasione per dirmi che mi aveva avvisata, e lì non ho potuto darle torto.

Mercoledì non è stato per niente facile rimettere piede a scuola, e davvero non so come avrei fatto senza il sostegno di Sam. Martedì sera, dopo che Cameron le aveva raccontato ogni cosa, mi ha chiamato e ci siamo accordate per andare a scuola insieme la mattina dopo.

Sam è un'amica preziosa. Per fortuna seguiamo insieme quasi tutti i corsi, e lei non mi ha lasciata sola neanche un minuto.

Se non l'avessi avuta accanto non oso immaginare come avrei reagito quando ho incontrato Susan e Tamara, probabilmente avrei perso il controllo e non avrei più risposto delle mie azioni.

Anche se Susan ha avuto il buongusto di girare al largo da me, e immagino che in questo Cameron abbia giocato il suo ruolo, com'era prevedibile non mi ha risparmiato occhiate derisorie e perfide risatine con la sua amichetta.

Io sono riuscita a mantenere la calma e a reprimere la voglia di avvicinarmi e vomitarle addosso tutta la mia rabbia e il mio odio. Ma non è stato per niente facile.

Ovviamente la notizia della sospensione di Matt e Cameron ha già fatto il giro della scuola grazie a Lexy, che non ha mancato di pubblicarla subito sul giornalino. E a mensa, durante la pausa pranzo, Jack e Carter mi hanno chiesto dell'accaduto. Gli ho confermato la notizia ma non ho detto niente del motivo del loro litigio e della fine della mia storia con Matt. Mi hanno domandato se mi sentissi bene, visto che ero pallida e sembravo molto stanca. In effetti avevo passato la notte insonne, ma dato che non volevo condividere le mie pene ho mentito dicendo che il problema era la matematica e il pessimo voto che avevo preso nell'ultimo test a sorpresa. E così Jack si è offerto di darmi una mano con lo studio.

Anche se era soltanto una scusa per non parlare di me e Matt, alla fine ho accettato la sua offerta, e appena possibile ci vedremo per recuperare la parte del programma in cui mi sento meno ferrata.

Ora che sono tornata single, avrò molto tempo a disposizione per studiare, e chissà, magari anche la testa più libera dai pensieri.

Fortunatamente la settimana è durata poco: non abbiamo avuto lezioni né giovedì né venerdì. Ed è stato un bene per me rimanere qualche giorno a casa e rintanarmi in camera per riflettere sulle cose che sono successe.

La sorte ha voluto che anche il pranzo che i miei avevano organizzato con i Dallas per festeggiare il Ringraziamento sia saltato all'ultimo minuto. E anche questa è stata una fortuna, perché davvero non so come avrei affrontato un'intera giornata in compagnia di Cameron.

Gli sarò sempre grata per tutto quello che ha fatto per me, per essermi stato vicino e anche per aver cercato di proteggermi dalla dolorosa verità del tradimento di Matt, ma in questo momento mi è fin troppo chiaro che il nostro rapporto non può continuare.

Se ripenso all'ultima discussione con Matt mi rendo conto che ha detto una cosa verissima: non sono sempre stata sincera con me stessa e quindi neanche con lui. Non voglio giustificare il suo comportamento, ma so di aver combinato un enorme casino, e adesso è arrivato il momento di guardarmi dentro una volta per tutte.

Per questa ragione, martedì stesso, dopo aver risposto al messaggio di Cam in cui mi chiedeva come stessi, gli ho chiesto di non scrivermi più e di provare sul serio a starmi lontano. Da allora non ci siamo più sentiti. Ed è molto meglio così: lui sta con Susan e io... sono sola.

In questi momenti sento tantissimo la mancanza di Cass e Trevor. Li vorrei accanto a me, o almeno vorrei poter parlare con loro. Avevo deciso di chiamarli ma poi ho ripensato all'ultima telefonata con Trevor e ho capito che non era il caso.

Bisogna che mi rassegni, la mia vita sta andando a rotoli...

37

Appena apro gli occhi il pensiero di avere davanti un'intera settimana di scuola mi spaventa terribilmente. Mi rigiro nel letto per rimandare il momento di alzarmi.

E se fingessi di star male? Potrei saltare le lezioni oggi, ma domani mi ritroverei nella stessa identica situazione... No, devo trovare dentro di me la forza per affrontare la giornata e per dimostrare a Susan e a Tamara che, nonostante tutto, sto bene e non m'importa di Matt e delle loro cattiverie.

Mi alzo e vado a prepararmi, ma la mia immagine allo specchio mi lascia senza fiato. Ho delle occhiaie enormi, non ho fatto altro che piangere.

Cerco nei cassetti il correttore e il fondotinta, e per fortuna riesco a fare un mezzo miracolo.

Salto la colazione, esco di casa di corsa e raggiungo la fermata un minuto prima che l'autobus riparta.

Una volta a scuola vado dritta verso il mio armadietto e comincio a tirare fuori il libro e i quaderni che mi serviranno per l'ora d'inglese.

«Cris» dice una voce dietro di me, e appena mi volto vedo Matt. Che ci fa qui? Non era stato sospeso?

Senza dire una sola parola, chiudo l'armadietto e faccio per andarmene. Non ho nessuna voglia di parlare con lui e sento le lacrime affiorarmi agli occhi.

«Fermati» mi dice, ma io allungo il passo per seminarlo.

Come può pensare di parlarmi come se non fosse successo nulla? Perché non capisce che ho bisogno di rimanere sola e che in questo momento non ho voglia né di vederlo né di sentirlo?

Mi afferra il polso. «Dobbiamo parlare.»

Ma come si permette? Che gran faccia tosta!

Mi volto di scatto. «Matt, lasciami stare.» Mi sforzo di mantenere la voce più bassa e calma possibile perché proprio non mi va di dare spettacolo davanti a tutto l'istituto per poi finire in prima pagina sul giornalino.

Cerco di divincolarmi, ma la presa di Matt è troppo forte, e giuro che se non mi lascia subito mollo i libri a terra e gli tiro uno schiaffo.

«No, io e te dobbiamo chiarire delle cose, e visto che non rispondi al telefono sono venuto a cercarti.»

Mi guarda dritto negli occhi, e sembra determinato a ottenere quello che vuole. Ma cos'altro c'è da chiarire? Ormai penso di sapere tutto, e comunque non ho voglia di sentire altre parole inutili.

«Parleremo in un altro momento. Ora devo andare.»

«Ho bisogno solo di cinque minuti» replica.

Mi lascia libero il polso. È evidente che non si arrenderà facilmente, e a questo punto sono anche un po' curiosa di sapere cosa è capace di inventarsi per giustificare il suo comportamento. Annuisco e lo seguo in giardino.

Si mette a sedere sulla nostra panchina, quella su cui abbiamo sempre risolto i nostri problemi, quella su cui ci siamo chiesti tante volte scusa con un bacio.

Se ripenso a quei momenti mi viene da piangere. Non posso credere che mi abbia portata proprio in questo posto. Me ne sto in piedi senza dire una parola. Non mi siederò mai più lì.

«Vieni?» chiede indicandomi lo spazio accanto a sé.

Ma mi prende in giro?

«Matt, perché mi hai portato qui? Questo luogo è pieno di ricordi... e se pensi che risolveremo tutto con un semplice 'mi dispiace' e con un bacio ti sbagli di grosso.»

Mi guarda. «Voglio solo parlarti, e staresti più comoda sulla panchina.»

Sbuffo e prendo posto accanto a lui, concentrandomi sui ragazzi che stanno entrando a scuola.

«Cris, quando martedì te ne sei andata con Cam ci sono rimasto male.»

Mi volto subito a guardarlo. Non posso crederci: *lui* ci è rimasto male? *Lui?*

«Vederti andar via in quel modo con Cameron mi ha fatto provare una sensazione strana che non so spiegare... Ma alla fine ho capito: io sono ancora innamorato di te.»

Mi prende una mano.

Lo guardo stupita e penso che sia tutto un sogno.

«Ero accecato dalla gelosia» continua. «Quello che è successo con Tamara non ha nessun significato. Se tornerai con me, sarò il ragazzo più felice della terra.»

Resto immobile, scioccata per le sue parole. Ma come può pensare che io voglia ancora credergli? Scommetto che Susan lo ha convinto a dirmi tutto questo per continuare a prendermi in giro. Mi dispiace ma non sono così stupida da cascarci un'altra volta.

Con l'altra mano mi accarezza il viso. «Sei così bella» dice mentre si avvicina.

Non starà provando a baciarmi, vero?

Sento la rabbia montarmi dentro e, non so dove, trovo il coraggio per alzare una mano e tirargli un sonoro ceffone. Perfino io ne rimango stupita.

Scatto in piedi per andarmene via, sento gli sguardi di tutti i presenti puntati addosso, ma non m'importa. Matt mi afferra di nuovo la mano e, quando mi volto, noto che ha un'espressione incazzata e il calco della mia mano impresso sul viso.

Se l'è meritato! Come può pensare di cancellare con un semplice bacio tutto il male che mi ha fatto?

«Lasciami» dico cercando di liberarmi dalla sua presa, ma lui stringe più forte.

«Lasciala stare!» interviene un ragazzo poco più alto di lui che non ho mai visto prima.

«Che cosa vuoi, Austin?» gli chiede Matt ad alta voce.

«Ti ho detto di lasciarla stare. Ed è esattamente ciò che farai» ribadisce quello con tono deciso.

Faccio qualche passo indietro e ne approfitto per andarmene. Non ho intenzione di starmene qui fuori a vedere Matt e questo tipo che litigano.

Affrettando il passo riesco a entrare a scuola proprio mentre suona la campanella.

Mi dirigo verso l'aula d'inglese, mi siedo al mio posto, e al pensiero di quanto coraggio sono riuscita a tirare fuori per dare uno schiaffo a Matt lì, davanti a tutti, mi sento piena di energia.

38

La campanella dell'ultima ora suona, e io mi alzo subito per prendere le mie cose e filare via. Per fortuna è venerdì, e con questa giornata termina anche la prima settimana di lezioni di dicembre.

Prendo lo zaino ed esco dalla classe per andare a riporre i libri nell'armadietto.

Mentre cammino penso a quanto sia vicino il Natale. Manca così poco, e io sono davvero emozionata per la festa di Nash.

Stamattina mi ha consegnato l'invito. La festa sarà tra quindici giorni, il fine settimana prima delle vacanze natalizie, e scommetto che sarà divertente come quella di inizio anno.

Ricordo che allora avevamo fatto il gioco della bottiglia, ed ero finita in bagno con Cameron, e tutti avevano pensato che ci fossimo baciati veramente.

Sorrido e apro l'armadietto. Poso i libri e rivedo una foto di me e Matt attaccata sull'anta. La tolgo e la riduco in mille pezzettini.

Matt non vuol dire più niente per me, rappresenta solo il passato, e può star certo che non torneremo mai insieme. *Mai.*

«Arrabbiata?» chiede dietro di me una voce che non riconosco.

Mi volto spaventata. «Mi hai fatto prendere un colpo.»

È lo stesso ragazzo che lunedì è intervenuto mentre discutevo con Matt. Come si chiama...?

«Scusa» dice sorridendo e avvicinandosi.

«Fa niente.» Chiudo l'armadietto e mi volto di nuovo verso di lui. «Grazie per l'altro giorno.»

«Oh, figurati, Matt è sempre stato un cretino.»

«Già, a quanto pare lo sapevano tutti tranne me.»

«Se ho capito bene, voi due siete stati insieme...»

«Sì. È una storia lunga...» dico. «Comunque grazie ancora, ora devo andare.»

Annuisce e sorride.

Spero solo di non essergli sembrata scontrosa, ma non ho proprio voglia di parlare di me e Matt.

Appena esco da scuola metto le cuffiette, faccio partire la musica, e decido di fare il tragitto fino a casa a piedi invece che in autobus.

Mezz'ora dopo sono già in zona, e dentro di me spero di incontrare casualmente Cameron. Non so perché, ma vorrei vederlo anche solo per un minuto. Ero abituata a incontrarlo tutti i giorni, e adesso è un bel po' che non succede. Chissà dove sarà e cosa starà facendo...

Come se dal cielo avessero ascoltato i miei pensieri, in lontananza scorgo un ragazzo che me lo ricorda moltissimo. È lui, senza ombra di dubbio.

Comincio ad agitarmi. Lo saluto? O abbasso lo sguardo e vado avanti? Mi saluterà? Tremila domande mi affollano il cervello mettendomi ancora più ansia.

Senza accorgermene ho iniziato a camminare più velocemente, quindi prendo un respiro profondo e rallento.

Pochi metri e mi vedrà. Che faccio? Tranquilla, andrà tutto bene, mi ripeto. Non ha senso che mi agiti.

Eccolo davanti a me, sollevo la testa e incontro il suo sguardo. Mi sorride.

«Ciao» lo saluto.

«Eccola, la bulla!» risponde lui ridacchiando.

«*La bulla?*»

Tira il cellulare fuori dalla tasca e mi fa vedere la notizia di qualche giorno fa.

> Cris tira uno schiaffo a Matt, il suo ex. Secondo fonti attendibili, i due si sarebbero lasciati per un piano messo in atto da Susan. A presto i dettagli. *Lexy*

Non posso credere che quella ficcanaso di Lexy sia a conoscenza di tutte queste cose.

«Cos'è successo?» mi chiede lui con il sorriso più bello della terra.

«Bah... Matt ha provato a baciarmi e a chiedermi scusa» spiego.

«Cosa?» commenta ridendo, e cominciamo a camminare verso casa mia.

«Già, lunedì mattina è venuto a scuola perché voleva parlarmi, e alla fine ho accettato di ascoltarlo.»

«Ovvio» fa Cam.

«Volevo solo sapere cos'altro aveva da dire. Poi ci siamo seduti su una panchina in cortile, e mi ha chiesto scusa.»

«Avevi intenzione di perdonarlo?» chiede con aria seria.

«No! Quello che mi ha fatto è intollerabile, non voglio perdonarlo, anche se ha ammesso di provare ancora qualcosa per me.»

Cam si ferma e mi guarda.

«L'ha detto davvero? Che idiota...»

«Poi ha provato a baciarmi, e dopo che gli ho tirato uno schiaffo mi ha afferrato forte il polso. Mi ha lasciata andare solo perché è intervenuto un ragazzo che non conoscevo... mi sembra si chiamasse Austin.»

«Austin? Austin Miller? Quello della squadra di basket?»

«Non saprei, non l'avevo mai visto prima. Ora che ci penso, non ci siamo neanche presentati.»

Restiamo in silenzio per qualche istante, finché non gli chiedo come va con Susan.

Mi pento subito di questa domanda. A me non dovrebbe interessare, e invece...

«Non male» risponde. «Ieri pomeriggio è venuta a casa

mia, e si è comportata molto bene con Sam. La cosa mi ha sorpreso, spero che anche tu non avrai più problemi con lei. Sta tornando la Susan di un tempo, e stiamo di nuovo bene insieme.»

Mentre lo dice non sembra né emozionato né felice.

«Sono contenta per te» sussurro.

Non lo penso veramente. Susan non merita di stare con lui, e non credo neanche nel cambiamento di cui parla Cam: è impossibile che si sia improvvisamente trasformata in una persona carina e gentile.

«Non è vero» fa lui.

Rimango impietrita. Ma cos'ha in quella testa? Una macchina della verità che capisce quando le persone mentono?

«Sì che è vero, perché non dovrei essere contenta per te?» ribatto.

«Non lo so, dimmelo tu» risponde sorridendo.

Lo guardo, poi mi volto scuotendo il capo, e affretto il passo. Perché deve sempre rovinare tutto tirando fuori certi discorsi?

«E dài, aspetta» mi dice seguendomi.

Mi volto e siamo vicinissimi, sento il suo respiro sulla mia pelle, e non posso evitare di guardare i suoi occhi profondi.

«Cosa vuoi?» sussurro.

Mi posa una mano sotto il mento, mi solleva delicatamente il viso e mi bacia. Un bacio così bello e inaspettato che mi provoca nuove e incredibili sensazioni.

Sono confusa... Prima mi dice che la sua storia con Susan va a gonfie vele, e ora... mi bacia?

«Perché l'hai fatto?» La mia voce è debole.

«Non lo so, sentivo di desiderarlo...» Probabilmente è sorpreso quanto me per il suo comportamento.

Faccio un passo indietro.

«Comunque sia, non puoi negare di provare qualcosa per me» aggiunge continuando a fissare le mie labbra. «Se non avessi voluto baciarmi, avresti potuto darmi una sberla.»

Quanto lo odio.

«Be', nemmeno tu mi avresti baciata se provassi veramente qualcosa per Susan.»

Sorride, mi guarda negli occhi e dice: «Il mio era solo un modo per provocarti.»

Sta mentendo. Pochi secondi fa mi ha confidato di averlo fatto perché sentiva di desiderarlo.

«Povero illuso» dico, e faccio per andarmene. «Io non provo nulla per te, e te lo dimostrerò.»

Quando mi volto per vedere la sua reazione, al posto del solito sorriso vedo un'espressione preoccupata, e la cosa mi fa stare terribilmente bene.

39

Per tutta la lezione non ho fatto altro che ripensare al bacio di Cam. In realtà non ho mai smesso di pensarci da venerdì... e oggi siamo a mercoledì. Devo assolutamente fare qualcosa per togliermelo dalla testa, non posso continuare a tormentarmi in questo modo.

Il fatto è che non riesco ancora a credere che mi abbia baciata nonostante sia tornato con Susan. E non posso neanche credere di averglielo permesso... La prossima volta dovrò cercare di allontanarlo, perché non può continuare a giocare con me quando gli pare e piace.

La cosa, poi, mi preoccupa ancor di più dopo aver saputo che io e la mia famiglia trascorreremo le vacanze natalizie con i Dallas al gran completo in Colorado, ad Aspen. Non so come sarà passare un'intera settimana con Cam. Per allora, le cose tra noi due dovranno essere chiarite una volta per tutte.

Mentre attraverso il cortile immersa in questi pensieri, mi sento chiamare.

«Ehi!»

Sollevo lo sguardo per vedere chi è.

«Austin!»

Lui sorride e si allontana dal suo gruppo di amici per parlarmi.

«Come stai?» fa lui.

«Bene. Tu?»

«Tutto okay. Sai che non mi hai mai detto il tuo nome?»
«Hai ragione! È successo tutto così velocemente...» Rido. «Allora, facciamo le cose come si deve. Piacere, io sono Cris.» E gli porgo la mano.
«Piacere di conoscerti, Cris» dice baciandomela e facendo un piccolo inchino. Ridiamo entrambi. «Ti ha più dato fastidio Matt?» chiede poi tornando serio.
«No, per fortuna. Grazie ancora, se non ci fossi stato tu non so come me ne sarei liberata.»
«Non è un tipo che si arrende facilmente.»
«Già.»
«Comunque non mi accontento di un semplice grazie.»
«Ah no?»
«No no.»
«E allora cosa dovrei fare?»
«Mmm... se ti va, potremmo uscire insieme un pomeriggio» dice facendomi l'occhiolino.
La sua proposta mi sorprende e mi strappa un sorriso. Austin è davvero carino... ha degli occhi bellissimi, di un verde intenso.
«Mmm... va bene.»
«Scrivimi il tuo numero allora» dice passandomi il telefonino.
Dopo averlo fatto, lascio che anche lui mi scriva il suo.
«Allora ci messaggiamo per metterci d'accordo.»
«Va bene... adesso devo andare! Ci sentiamo presto.»
«A presto, Cris.» Sorride.
Rimetto il cellulare nello zaino e m'incammino verso casa. Mi sento chiamare di nuovo, e questa volta è Sam che mi corre incontro.
«Ehi, Cris! Aspetta, torno a casa con te!»
Sono felice di fare la strada con lei, così possiamo chiacchierare un po'. Ovviamente parliamo della settimana bianca ad Aspen. Siamo entrambe emozionate all'idea... Io in realtà ho un po' di perplessità legate a Cameron, ma a Sam non dico niente.
«Sai che forse verrà anche Nash con noi?» fa lei a un tratto.
«Davvero? No, non ne sapevo niente! Ma è fantastico!»

«Sì, be'... non è ancora sicuro. Nash ne ha parlato ieri con la sua famiglia... Questo fine settimana i suoi saranno a Miami e verranno a cena a casa nostra. Credo che solo allora sapremo la risposta.»

«Allora incrociamo le dita!»

«Sì, Cris! Ma te lo immagini? Sarebbe romanticissimo... Al solo pensiero non sto nella pelle!»

«Sì, anch'io non vedo l'ora di partire.» Mento per non rovinare il suo entusiasmo. Poi, all'improvviso, mi balena in testa un'idea che mi fa rabbrividire. «Ti immagini se decidesse di venire anche Susan?»

«Oh mio dio, no! Come ti viene in mente?»

«Cameron mi ha detto che le cose tra te e lei vanno molto meglio...»

«Sì, apparentemente. Non credo affatto alla sua improvvisa gentilezza. Sta fingendo soltanto perché adesso io e Cam andiamo d'accordo, e lei vuole convincerlo di essere cambiata. Ma io non ci casco.»

Mi vibra il cellulare nello zaino. Lo tiro fuori e leggo ad alta voce il messaggio che ho appena ricevuto: «'Sabato pomeriggio da Starbucks. Okay? ;-)'»

«Chi è?» chiede Sam incuriosita.

«Jack. Mi darà qualche ripetizione di matematica. Dopo le vacanze di Natale avremo il test, e devo prendere un bel voto.»

«Be', Jack è molto carino e ha anche diciotto anni...» fa Sam con aria sognante.

«No, ti prego, non iniziare. Siamo solo amici e ci vediamo per studiare. Per il momento non voglio saperne di ragazzi.»

«Mmm... Vedremo...»

Scuoto la testa, abbraccio Sam davanti al suo cancello, e ci diamo appuntamento per domani.

«Sono arrivata!» grido entrando in casa e andando dritta in camera. Appena chiudo la porta sento un leggero bussare.

Appena apro, spunta Kate seguita dal suo fidanzatino. Ormai lei e Hayes fanno coppia fissa, sono sempre insieme. Kate ne è strainnamorata e anche i miei genitori lo adorano.

«Ehi, ciao ragazzi» dico sorridendo.

«Cris, tutto bene?» mi chiede lei con sguardo indagatore. Continua a preoccuparsi per me.

«Sì, tutto okay. Voi cosa fate?»

«Stiamo andando a fare un giro. Ma prima volevo dirti una cosa: domenica Hayes e la sua famiglia saranno a cena da noi» annuncia emozionata.

«Quindi conoscerai i suoi genitori?» Mi scappa un sorriso. Prende davvero sul serio la sua storia con Hayes.

Kate annuisce. «Cris, devi aiutarmi a scegliere cosa mettere. Okay?»

«Certo, non preoccuparti. Farai un figurone» assicuro, ed escono dalla stanza.

Io non ho avuto neanche il tempo di conoscere i genitori di Matt... ma forse è stato meglio così.

Prendo il cellulare e rispondo al messaggio di Jack. Poi mi siedo sul letto e il mio sguardo finisce sulle foto di Cass e Trevor.

Dopo quella brutta litigata, a parte la mail di Cass, non ci siamo più sentiti, e la cosa mi fa parecchio male. Loro due hanno sempre fatto parte della mia vita...

Riprendo il telefono e dopo un respiro profondo compongo il numero di Trevor.

Segreteria telefonica.

Decido di lasciargli un messaggio vocale: «Ciao Trevor, sono Cris. Ho provato a chiamarti ma non mi hai risposto, quindi eccomi qui... Volevo solo dirti che tu e Cass mi mancate tantissimo e che mi dispiace un sacco se vi sono sembrata distante, ma la mia vita qui è un tale casino... So che può suonare come una scusa ma ti assicuro che non è così. Voglio ancora far parte della vostra vita e tornare a essere vostra amica come prima. Ti prego, anzi, *vi prego*, scusatemi. Non era mia intenzione ferirvi.»

Ed ecco il segnale acustico: per fortuna sono riuscita a dire tutto.

Spero dal profondo del cuore che Trevor ascolti il messaggio, e che non lo ignori solo perché gliel'ho lasciato io.

40

È domenica sera, e tra non molto arriverà la famiglia Grier al gran completo per cenare da noi.

Ieri sera sono stati a casa dei Dallas, e i genitori di Nash hanno conosciuto la famiglia di Sam. So che la serata è andata benissimo e Sam era al settimo cielo soprattutto perché adesso la notizia è confermata: Nash trascorrerà le vacanze natalizie con noi ad Aspen! Questo renderà il Natale ancora più bello, ne sono sicura. E compenserà almeno in parte il disagio che proverò per la presenza di Cam.

Lui l'ho rivisto ieri pomeriggio da Starbucks. Ero finalmente riuscita a togliermi dalla testa il ricordo del suo bacio inaspettato, quando me lo sono ritrovato nello stesso locale dove stavo studiando matematica con Jack.

Jack e io eravamo già seduti a un tavolo vicino alla vetrina quando lui è entrato. Ci ha visti subito e si è avvicinato per salutarci. Poco dopo è arrivata Susan, e anche lei è venuta a salutarci mostrandosi insolitamente gentile. So che fingeva, anche se Cam sembrava crederle... mi è parso addirittura orgoglioso del suo nuovo atteggiamento.

Per il resto del pomeriggio ci siamo ignorati. O meglio, io e Jack abbiamo studiato tantissimo mentre Cam seguiva con la coda dell'occhio ogni nostro movimento. Aveva un'espressione tra l'infastidito e il curioso.

Avrei potuto fare la stronza e flirtare con Jack per dimostrare a Cameron che non m'importa nulla di lui e Susan, ma ovviamente non l'ho fatto.

Mi sono comportata normalmente e ho cercato di concentrarmi il più possibile sulle spiegazioni di Jack.

Fino a qualche settimana fa non avevo chissà quale confidenza con lui, così che per Cam dev'essere stato strano vederci improvvisamente insieme di sabato pomeriggio in un locale del centro.

«Cris, allora come sto?»

Kate irrompe nella mia stanza strappandomi ai miei pensieri e fa un giro su sé stessa per mostrarmi l'abito che abbiamo scelto per questa serata così importante.

È un vestitino verde a pois bianchi, con la gonna a palloncino lunga fino al ginocchio. Le sta molto bene.

«Sei bellissima, Kate! Si innamoreranno di te.»

Suonano alla porta e la mia sorellina si precipita all'ingresso per andare ad aprire.

Io finisco velocemente di prepararmi mentre la famiglia di Hayes entra in casa e fa conoscenza con i miei genitori e con Kate.

Sono davvero curiosa di incontrarli. Per ragioni di lavoro i signori Grier sono spesso in giro per gli Stati Uniti, e per questa ragione Nash e Hayes vivono nel dormitorio della scuola. Dai racconti di Sam, però, so che la loro è una famiglia molto unita e che i signori Grier sono persone molto interessanti e carine. Nash e Hayes hanno anche una sorellina più piccola per la quale hanno un debole.

Apro la porta e vedo subito un uomo molto affascinante con gli stessi incredibili occhi azzurri di Nash e Hayes. Adesso so da chi hanno preso.

Accanto a Hayes c'è una bimba con due codine bionde.

«Ehi» dico avvicinandomi a Nash. «Ho saputo che sarai dei nostri questo Natale!» Lo abbraccio felicissima.

Dopo che le due famiglie si sono conosciute, i genitori si spostano nella sala da pranzo mentre noi ce ne andiamo in salotto. Mette allegria vedere così tante persone in casa.

Osservo Kate e mi accorgo che è agitatissima.

«Avete dei pony?» chiede la piccolina.

Guardo Nash e lui sorride.

«Lasciala stare, ha la fissa per i pony. Skylynn, le persone normali non hanno pony in casa, quante volte te lo devo dire?»

«Io chiedo per sicurezza» risponde lei, e si guarda intorno.

«Ho saputo che ti sei vista con Jack ieri pomeriggio» fa Nash.

Le news girano in fretta.

«Chi te l'ha detto?»

«Cam.» Sorride.

Non poteva starsene zitto per una volta?

«Ovvio...» replico.

«Lo so solo io. Sai com'è, è il mio migliore amico, è normale che mi racconti certe cose! Quindi stai con Jack?»

Ma perché basta che una persona esca con qualcuno perché gli altri dicano che stanno insieme?

«No, mi ha solo dato ripetizioni di matematica.»

«Allora la matematica è un problema di famiglia» commenta Hayes guardando mia sorella.

Ridiamo tutti, e Kate gli dà un colpetto sul braccio. In effetti io e lei abbiamo sempre avuto poca dimestichezza con i numeri, e da quel che so anche i miei genitori... quindi Hayes non ha tutti i torti.

«Mmm... Sei sicura che tra te e Jack non ci sia nulla? Cam aveva immaginato tutt'altro...» fa Nash.

Scuoto il capo. «Ma che domanda è? Certo che sono sicura. E Cameron farebbe bene a pensare agli affari suoi.»

«Già... Allora, con chi verrai alla mia festa? Non manca molto.»

«Non lo so ancora, forse con Austin.»

«Austin Miller?! E da quando vi frequentate?»

«Ci sentiamo da un po', e la settimana scorsa mi ha accompagnata a casa due volte.» Ma perché sembrano tutti sorpresi dalla mia amicizia con Austin?

«Ehi, ragazzi, giochiamo a nascondino?» chiede Skylynn tirando la gonna di Kate.

«Che ne dici di giocare alla Wii?» propone mia sorella.

Skylynn saltella emozionata e Kate prepara tutto.

«E come va tra te e Sam, invece?» chiedo a Nash per cambiare argomento.

«Hanno fatto parecchio casino ieri pomeriggio!» dice Hayes ridacchiando.

Non posso trattenermi dal ridere con lui mentre Nash arrossisce. «Fanculo, Hayes» esclama.

Skylynn si gira subito con la manina davanti alla bocca e dice: «Nash! Non si dicono le parolacce!»

Sorrido per la sua reazione e per il suo modo di sgridare Nash.

«Scusa, Sky, non lo farò più» risponde lui fingendo un'espressione seria.

Lei lo guarda con aria di rimprovero, quindi si volta e afferra il telecomando della Wii.

Spero che l'intera serata proceda così, perché in questo momento sembra che tutti i miei problemi siano scomparsi.

41

Mancano tre ore alla festa di Nash e io sono ancora a letto a leggere *Divergent*.

In genere non amo la lettura, ma questo libro mi ha stregata, non vedo l'ora di scoprire come finirà.

Il cellulare vibra. È un messaggio di Austin: 'Alle nove in punto sono da te.'

In questi ultimi giorni io e Austin abbiamo legato parecchio e siamo diventati buoni amici. Ieri pomeriggio siamo usciti insieme e sono stata davvero bene in sua compagnia, non mi divertivo così da moltissimo tempo. Abbiamo scherzato tanto, prendendo in giro Susan e i professori, e abbiamo parlato delle nostre vite. Alla fine mi ha proposto di andare alla festa di Nash con lui, e io ho accettato subito: non avevo voglia di presentarmi da sola, sarebbe stato deprimente. E se non lo avesse fatto prima lui, gli avrei chiesto io stessa di andarci insieme.

'Va bene. A dopo' rispondo, e riappoggio il cellulare sul comodino.

Torno a leggere il libro, e quando suona la sveglia mi dispiace doverlo abbandonare.

Passo in rassegna i vestiti nell'armadio e decido di indossare un abito rosso molto carino che non ho mai messo prima. È senza spalline e corto fino a metà coscia. Ha la vita stretta mentre la gonna scende morbida. Vado in bagno a truccarmi.

«Cris» sento chiamarmi dall'ingresso.

Esco dalla stanza e in salotto trovo Austin. Ma è venuto in anticipo o sbaglio?

«Tesoro, è arrivato il tuo amico» dice mia madre.

«Ciao, Austin. Vado a prendere la borsa e andiamo.»

Mi sorride. È davvero elegante. Prendo borsa e giacca e lo raggiungo.

«Allora ci vediamo domattina, mamma.»

Sono riuscita a ottenere dai miei il permesso di rimanere a dormire a casa di Sam, con la scusa che torneremo in macchina con Cam. Questa cosa li rassicura.

«Va bene, Cris. Ma ricordati di mandarmi un sms quando sarete a casa. Divertitevi.»

La saluto con un abbraccio e usciamo.

Austin mette in moto e ci avviamo verso il locale dove si terrà la festa. Dallo stereo risuonano le note di una canzone che mi piace molto: *Black Widow* di Iggy Azalea.

Austin muove la testa a ritmo di musica, e io gli sorrido. Sento che stasera ci divertiremo.

Arriviamo davanti al locale, che sembra davvero enorme! Nash deve aver invitato tantissime persone.

«Non è male» dice Austin.

«È gigantesco» commento guardando il posto.

«Nah, ce ne sono di più grandi.»

Sorrido e scendiamo dall'auto, e sempre insieme ci avviciniamo all'entrata.

Mi dico che sono venuta qui per divertirmi, e che qualche drink non mi farà male. C'è tantissima gente e le ragazze sono tutte vestite con abiti così corti che il mio al confronto è lunghissimo.

«Ti va di ballare?» mi chiede Austin.

Annuisco e lui mi prende per mano e andiamo al centro della pista. Mentre cammino mi guardo attorno per vedere se c'è qualcuno che conosco. Vedo solo Carter che balla con una tipa e Aaron che chiacchiera con Mahogany.

Nessuna traccia di Matt e Cam. Meglio così.

Poggio una mano sulla spalla di Austin, lui mi cinge la

vita con un braccio e cominciamo a ballare. Mi guardo attorno e vedo tante coppiette che si baciano... e non posso fare a meno di immaginare come sarebbe stata la serata se fossi ancora fidanzata con Matt... Sarebbe stata un fiasco totale, perché sicuramente si sarebbe arrabbiato per qualcosa.

«Sei davvero carina stasera» fa Austin.

«Grazie» dico sorridendo.

«È strano che nessuno ti abbia invitata.»

«Sono contenta che me l'abbia chiesto tu.»

«Posso?» sento dire dietro di me, e Austin annuisce.

Appena mi volto vedo Cam.

Sono senza parole. È assolutamente perfetto...

«Co... cosa...» balbetto, e lui mi mette un indice sulle labbra.

Poi mi appoggia le mani sulla vita.

Devo mantenere la calma e ragionare. Appoggio le mani sulle sue spalle e resto abbastanza distante.

Lui sorride e scuote la testa.

«Più vicina» dice, e mi attira a sé.

Cominciamo a ballare.

«Come mai non sei con Jack?» domanda.

«Come mai non sei con Susan?» chiedo di rimando senza allontanarmi, e continuando a guardare dietro di lui.

Ridacchia e scuote la testa. «Mi farai diventare pazzo.»

«Bene allora.»

«Quindi tu e Miller...» e lascia la frase in sospeso.

«Cameron, non sono affari tuoi» ribatto.

Stringe la presa sui miei fianchi e mi tira più vicina a sé.

«Sì che lo sono! Siamo amici. Non dovremmo raccontarci tutto?»

«Oh, smettila.»

Fa spallucce e continuiamo a ballare senza dire niente.

«Ti sta davvero bene questo vestito.»

Sorrido e continuo a ballare. «Grazie» sussurro.

«Lo so che non sono affari miei, ma tu e Austin state insieme?»

Ovviamente mi ha fatto il complimento solo per addolcirmi, ma io non ci casco e resto zitta.

«Chi tace acconsente» dice.

«Smettila. Non dovrebbe importarti di me e delle persone con cui esco. Non ha senso» replico continuando a ballare per non attirare l'attenzione degli altri su di noi.

«Infatti, come avevo già detto, non m'interessa nulla delle persone con cui esci. Volevo solo sapere se ti sei già fatta portare a letto da qualcuno da quando hai lasciato Matt.»

Non credo alle mie orecchie.

«Pensi davvero che sia il genere di ragazza che si fa portare a letto dal primo che capita?» chiedo allontanandomi da lui.

Mi guarda preoccupato. «No, dài Cris, sai che non intendevo...»

«Lasciami stare» lo interrompo, e me ne vado.

Pensavo mi conoscesse meglio.

Mi avvicino rapidamente al bancone dei drink, nella speranza di trovare qualcosa di forte che mi faccia dimenticare le cose che ha detto.

Ne prendo uno a caso e lo butto giù, poi ne afferro un altro.

«Ciao, Cris» dice Sam avvicinandosi.

È seguita da Nash. A quanto pare, si sono messi d'accordo: Sam ha un vestito corto azzurro, molto attillato, e Nash ha la giacca dello stesso colore.

«Ehi» dico prendendo un altro sorso.

Gli occhi di Sam passano dalla mia faccia al bicchiere vuoto accanto a me.

«Allora, ti stai divertendo?» mi chiede Nash.

Annuisco e prendo un altro drink.

Sam mi guarda sospettosa. «Cam ti stava cercando. Fossi in te lo raggiungerei.»

Con il bicchiere in mano mi allontano da loro nella speranza di non imbattermi in Cameron mentre cerco Austin.

«Questo lo tengo io» dice Sam prendendomi il bicchiere di mano. Tanto ne prenderò un altro più tardi.

La musica comincia a essere troppo alta, mi gira un po' la testa. Cammino tra le persone alla ricerca di Austin, ma non lo trovo. Dove sarà finito?

Eccolo! Finalmente lo vedo, circondato da un gruppo di

amici. Mi nota e mi fa cenno di raggiungerlo. Sorrido e mi unisco al gruppetto.

«Ragazzi, questa è Cris, una mia amica. Cris, loro sono Alex, Robin e Camila.»

«Piacere di conoscervi» dico.

«Da quanto tempo vi conoscete tu e Austin?» chiede Alex.

«Da poco» risponde Austin sorridendo.

«Sei in classe con Cameron Dallas e Nash Grier?» domanda Camila.

«Sì» rispondo.

«Che fortuna!» commenta lei.

Sorrido e ammetto di essere veramente fortunata ad aver conosciuto subito Nash – ma vorrei non aver mai incontrato Cameron e Matt.

«Che c'è, Cami? Non ti piace essere amica dei ragazzi della squadra di basket?» le chiede Robin scherzando.

«Lo sai che non intendevo questo» replica Camila.

«Torniamo a ballare?» chiede Austin.

«Sì, andiamo.»

Ci portiamo al centro della pista e io inizio a scatenarmi al ritmo della musica. Finalmente mi sto divertendo, e grazie a qualche drink in più ho anche il coraggio di esibirmi in questo modo davanti a tutti.

Austin sorride e balla.

Sento le mani di qualcuno attorno ai miei fianchi, e sono sicura che non sia lui, dato che è davanti a me.

Mi volto e non rimango sorpresa di vederlo.

42

«Ti ho detto di lasciarmi stare» ripeto.

È possibile che sia così insistente?

«Dài, non intendevo dire ciò che ho detto.»

«A me sembra proprio di sì.»

Austin ci guarda, e ovviamente non riesce a capire quel che sta succedendo. «Vuoi che gli dica di allontanarsi?» mi chiede.

Cameron ridacchia. «Ma che vuole questo? È Matt 2 La Vendetta, per caso?»

Non può trattare così tutti i ragazzi con cui mi faccio vedere in giro.

«Come, scusa?» domanda Austin facendosi avanti.

«Non serve, me la cavo da sola» gli dico forzando un sorriso.

Anche Cameron sorride e annuisce. Che stronzo. Poi allunga le mani e le posa sulla mia vita attirandomi a sé. Fa tutto in modo talmente rapido che la testa comincia a girarmi, e perdo l'equilibrio per qualche secondo. Lui mi afferra e mi aiuta a stare su.

Scuoto la testa per cercare di riprendermi.

«Hai bevuto?» mi chiede.

«No» rispondo senza guardarlo negli occhi.

Mi solleva il mento e si avvicina lentamente. Ma che intenzioni ha? Faccio un passo indietro e mi allontano.

«Hai bevuto» afferma. «Vieni, andiamo a prendere una boccata d'aria.»

Mi afferra il polso e mi tira via.

«No, tu non mi dici cosa devo fare!» Strattono il braccio e mi allontano da lui.

Vado a un tavolo e prendo un bicchiere pieno di un liquido trasparente. Appena lo porto alla bocca Cameron mi afferra il braccio.

«Cam, smettila!» dico.

«Starai male» replica prendendomi di mano il bicchiere.

«Cosa te ne importa? Voglio che mi lasci stare!»

«Va bene, ma ho assicurato ai tuoi genitori che ti avrei riportata a casa sana e salva e non...»

Me ne vado prima di sentire ciò che sta per dirmi. Non so dove mi sto dirigendo, so solo che voglio stare lontana da lui. Non lascerò che mi rovini la serata con le sue paranoie.

Passo davanti al bagno e qualcuno mi viene addosso. Di proposito, credo, dato che non mi chiede neanche scusa.

«Ehi, stai attento!» dico.

«Cris.» È Susan.

«Scusa... pensavo fosse qualcun altro.»

«Tranquilla, ti stavo appunto cercando.»

Il tono della voce e l'espressione sul suo viso sono così diversi... sembra addirittura una ragazza buona e indifesa.

«Ehm... dimmi.»

«So che tra te e Cameron non c'è mai stato niente...»

Sta scherzando?

«Meno male! Non ho intenzione di portartelo via» rispondo.

Lei sorride. «Meglio così. Ti conviene non provarci neanche. Trascorrerete insieme le vacanze di Natale, perciò, per il tuo bene... ti consiglio di continuare a stargli lontana. Chiaro? Sarà la millesima volta che te lo dico, non ho intenzione di ripeterlo ancora. Spero che la lezione di Matt e Tamara ti sia bastata... in caso contrario, sappi che è stato solo un assaggio di quello che posso farti. Non provare mai più a metterti contro di me! Intesi?»

«Lo sapevo che non eri cambiata! Ma come fa Cameron a non capire che razza di persona sei?»

«Non sono affari tuoi. Lui sta con me perché mi ama, e tu...»

«Che sta succedendo?» chiede Cameron arrivando alle mie spalle.

«Stavo avendo una bella conversazione con la tua fidanzatina. Fossi in te la terrei d'occhio» dico, e me ne vado.

Comincio a vedere tutto sfocato. Ho bisogno d'aria. Decido di uscire e di andarmi a sedere su una panchina fuori.

Dopo qualche minuto vedo Sam correre via con le lacrime agli occhi! Ma che succede stasera?

La seguo per capire cosa le sia accaduto, e appena vedo Nash uscire con il fiatone dal locale capisco che ha combinato qualcosa.

«Cosa le hai fatto?» gli chiedo avvicinandomi.

«Niente! Stavo ballando da solo, e lei a un tratto è corsa via! È ubriaca! Devi fermarla perché io non posso andarmene da qui. La responsabilità di ciò che succede all'interno del locale è solo mia, quindi...»

Annuisco e corro verso di lei. Spero di non perdere i sensi proprio adesso.

Di colpo, la vedo fermarsi e cadere a terra a poche decine di metri davanti a me.

«Sam!» grido. «Sam!» dico di nuovo toccandole la spalla.

Sta piangendo.

«Che hai?» le chiedo.

«Nash stava ballando con una. Mi ha lasciata lì da sola, come una cretina» spiega tra le lacrime.

L'aiuto a tirarsi su. «Dài, chiamo un taxi e ce ne andiamo. È proprio una serata da dimenticare.»

Quando il taxi ci lascia davanti casa sua, sento che la sbronza comincia a passarmi, ma ho comunque un forte mal di testa e tanto sonno. Se potessi mi metterei a dormire anche in strada.

Sam apre la porta e saliamo le scale per andare in camera sua.

«L'ho lasciato quello stronzo» ripete per la decima volta.

«Okay» faccio io, e l'aiuto a spogliarsi e a stendersi sul letto.

Mentre le rimbocco le coperte continua a dire cose senza senso, poi all'improvviso smette di parlare e si addormenta.

Sbadiglio e scrivo un sms a mia madre per avvertirla del fatto che sono a casa dei Dallas. Quindi vado a cercare un posto dove stendermi, perché non mi reggo più in piedi.

Esco dalla camera di Sam ed entro in un'altra in cui non c'è nessuno. Mi infilo sotto le coperte, chiudo gli occhi e mi addormento in pochi secondi.

43

Aprire gli occhi mi risulta quasi impossibile, e il letto stamattina sembra più comodo del solito. Mi rigiro tra le lenzuola, e il respiro caldo di qualcuno investe dolcemente il mio volto.

Spalanco gli occhi e vedo la bocca socchiusa di Cameron.

Mi trattengo dal gridare per lo spavento. Oh no, non di nuovo! Ma che ci faccio qui?

Ricordo di essere entrata in una stanza ieri sera, con la certezza che non fosse quella di Cam.

Prendo respiri profondi e cerco di mantenere la calma. Mi muovo lentamente per uscire dal letto senza svegliarlo, ma capisco che è troppo tardi quando lo sento lamentarsi e muoversi.

Abbozza un piccolo sorriso, si solleva appoggiandosi sui gomiti, e si stropiccia con pigrizia gli occhi assonnati.

Mio malgrado resto incantata davanti a lui che, anche appena sveglio, nonostante i capelli arruffati e le occhiaie, riesce comunque a essere perfetto.

«Buongiorno» sussurra continuando a sorridere come se la situazione fosse delle più normali.

«Perché sei qui?» domando a bassa voce.

Mi pento subito di questa stupida domanda.

Ridacchia e torna ad affondare la testa nel cuscino: «È la mia camera, dovrei chiedertelo io.»

Alla sua risposta sbuffo e scendo dal letto. È solo quando mi alzo in piedi che mi accorgo che sto indossando una sua maglietta. Di nuovo.

«Non eri messa molto bene, ieri sera» dice alzandosi anche lui e facendomi arrossire. Indossa solo i boxer.

«In che... in che senso?» domando, mentre lo guardo passarmi davanti e aprire l'armadio per scegliere qualcosa da indossare.

«Non ti ricordi niente?»

«Ricordo che ho accompagnato Sam a casa e che poi mi sono messa a dormire.»

«Solo questo?» Scoppia in una buffa risata.

Sento salire l'ansia e cerco di concentrarmi per qualche secondo sugli ultimi ricordi che ho di ieri sera, ma invano.

«Vuoi che ti racconti?» chiede.

In realtà non vedo l'ora che lo faccia solo per poter uscire da questa stanza. Mi è quasi impossibile stargli accanto. Ogni volta che incontro il suo sguardo, che vedo il suo sorriso, il mio corpo, il mio respiro e il mio cervello si bloccano. L'unica cosa che sento è il cuore che batte talmente forte da rischiare di uscirmi dal petto.

Annuisco e aspetto di sapere.

«In realtà, non c'è molto da raccontare» dice continuando a ridere e facendomi salire il nervoso. «A un certo punto io e Susan ci siamo allontanati dalla festa perché volevamo stare un po' per i fatti nostri. Dato che i miei sono fuori città, siamo venuti qua per... be', credo tu abbia capito... ma quando siamo entrati in camera Susan ti ha vista nel mio letto. Ovviamente ha subito pensato male e ha dato di matto. Sentendola urlare, ti sei svegliata, e hai cominciato a gridarle contro degli insulti incredibili. Per fortuna sono riuscito a mandarla via, e tu...»

Sollevo lo sguardo per cercare di farlo continuare. Perché si è fermato?

«E io... cosa?» chiedo.

«...ti sei rimessa a dormire e basta» risponde distogliendo lo sguardo.

La preoccupazione per le cose che ho detto a Susan, unita

al pensiero della sua reazione appena mi rivedrà a scuola, cominciano ad avere la meglio su di me.

«Cosa le ho detto?» chiedo sedendomi sul materasso.

«Insulti un po' pesanti, sicuramente dettati dall'alcol» ironizza.

«Stai scherzando, vero?» chiedo nella speranza che confermi, ma lui si limita a scuotere la testa e a sedersi accanto a me.

«Mi ha lasciato» dice.

Ah! Fantastico! Quindi ieri sera sono successe tantissime cose. Quanto vorrei ricordare tutto.

«Perché?» chiedo.

«Perché l'ho mandata via mentre cercava di risponderti e perché credeva che volessi andare a letto con te.»

«Io... mi dispiace» mento. In realtà, anche se non dovrei, sto implodendo dalla gioia.

«Oh, fa niente... Conoscendola, tornerà da me strisciando.»

«Poco sicuro di te, insomma» scherzo.

Ride, ed è così bello sentire la sua risata di prima mattina che credo potrebbe tranquillamente rimpiazzare la mia canzone preferita.

«Finalmente! Cameron ha provato a svegliarti per ben cinque volte senza riuscirci!» Sam irrompe nella stanza.

Il mio sguardo si appunta immediatamente su Cam, che si limita a farmi l'occhiolino. Mi sembra ovvio che non ha neanche provato a svegliarmi.

«Vieni a fare colazione» mi dice poi. «Forse ti conviene cambiarti, i miei genitori potrebbero arrivare da un momento all'altro.»

Mi vesto velocemente e li raggiungo in cucina.

«Cris, caffè?» fa Sam appena mi vede varcare la soglia.

Annuisco e mi siedo su uno sgabello.

«Che mi dici di Nash?» le chiedo.

Dal suo sorriso capisco che hanno sistemato tutto.

«Be', stamattina mi ha chiamata e ci siamo chiariti. Non so cosa mi sia preso ieri sera... sembravo posseduta! Ricordo poco o niente.»

«Voi due dovreste bere di meno e riflettere di più prima

di parlare» dice Cam guardandomi. Ovviamente si riferisce alla mia reazione con Susan.

«Che saggio!» fa Sam ridacchiando.

«Fanculo» risponde Cameron. «Scherzo» si affretta ad aggiungere appena nota la mia occhiataccia.

Finisco di fare colazione, e dopo aver salutato Sam e Cam torno a casa.

Martedì mattina partiremo per il Colorado, e ho solo due giorni per fare gli ultimi acquisti e preparare tutto per la partenza.

44

Il volo fino a Denver è stato breve, o così mi è sembrato perché per fortuna ho dormito tutto il tempo. Adesso non resta che raggiungere Aspen in macchina.

I nostri genitori hanno noleggiato due auto, una per famiglia. Afferro il manico del trolley e mi dirigo verso la macchina dei miei.

«Dove stai andando?» mi chiede Cameron.

«In auto con la mia famiglia, forse?» rispondo ironicamente.

«No» fa lui.

«Sì» ribatto.

«No. I nostri genitori stanno in un'auto, mentre io, te, Sam e Nash nell'altra.»

«E chi l'ha deciso?»

«Kate» risponde indicandola.

Le rivolgo un'occhiataccia, e lei, intuendo la situazione, distoglie lo sguardo e s'infila rapidamente in macchina con gli adulti.

Sistemo la valigia nel bagagliaio e mi siedo sul sedile accanto a Cameron, un po' infastidita dal fatto che mi toccherà stargli vicina per più di tre ore, prima di arrivare a destinazione.

Ci sistemiamo tutti ai nostri posti e partiamo.

«Pronti per la miglior vacanza della vostra vita?» esclama Cameron.

«Sììì, wow, che bello» dico senza alcun entusiasmo e guadagnandomi subito un suo sguardo assassino.

Il tempo passa lentamente, e non solo perché non faccio altro che guardare l'ora, ma anche perché c'è un silenzio imbarazzante. Si sentono solamente Sam e Nash che ogni tanto sghignazzano per qualche foto trovata su internet.

Sbuffo e appoggio la testa al finestrino.

«Qualcosa non va?» chiede Cam allungando la mano verso i pulsanti del riscaldamento.

«No, sono solo stanca. Credo di pagare ancora la sbronza di sabato.»

«Sì, in effetti eri messa male... Continui a non ricordare niente di quella sera?» Mi osserva per qualche secondo prima di tornare a guardare la strada.

«No» rispondo. «Poi avete fatto pace?»

Resta in silenzio per qualche secondo. Lo so che ha capito di chi sto parlando.

«Non ancora, ma sono sicuro che prima o poi mi chiamerà chiedendomi scusa» dice sicuro di sé.

Sinceramente spero che resti arrabbiata con lui per tutta la durata della settimana bianca, perché ho paura di ritrovarmela ad Aspen.

«Perché me lo chiedi?» domanda curioso, e dal tono capisco che è convinto che io sia gelosa.

«Non so... Ho paura di averle detto cose troppo pesanti, e non vorrei che tra voi finisse tutto per colpa mia.»

Ridacchia.

«Cosa c'è da ridere?» gli chiedo con fare nervoso.

«Da quando in qua ti importa di me e Susan? Non eravate tipo nemiche o qualcosa del genere?»

«Non siamo nemiche... non so neanche come spiegarlo! Semplicemente lei mi odia per ragioni che non capisco.»

«Comunque, non dovresti preoccuparti per me e Susan. Piuttosto, pensa a Austin. Riuscirai a stargli lontana per una settimana intera?» ironizza.

«Io e Austin siamo solo amici» rispondo alzando la voce.

«Scusate, potete parlare più piano? Io e Sam stiamo cercando di guardare un film» dice Nash, togliendosi gli auricolari e sporgendosi leggermente in avanti.

«E allora perché sei venuta alla festa con lui?» continua Cameron, ignorando la richiesta dell'amico.

«Con chi ci sarei dovuta venire? Da sola?»

Non risponde. Si limita solo ad allungare la mano per alzare il volume della musica, e io faccio la stessa cosa per abbassarlo.

Il nostro litigio va avanti per qualche secondo, finché, dopo uno sbuffo sonoro, Cameron si arrende.

«Scusa, ma ho mal di testa» sussurro, e non so nemmeno perché gli stia chiedendo scusa.

«Non ti preoccupare» risponde sorridendo.

Quando mi volto, noto con grandissimo piacere che stiamo per raggiungere Aspen.

Ci inerpichiamo su per la montagna, e a ogni tornante sento aumentare la nausea. Chiudo gli occhi e cerco di controllare il respiro.

«Tutto bene?» mi chiede Cameron.

Li riapro e vedo il suo sguardo preoccupato puntato su di me.

«Insomma... diciamo che non amo le curve.»

Mi afferra la mano. «Dormi un po'. Quando ti sveglierai saremo già a destinazione.»

Faccio esattamente come mi dice, e mi sveglio solo quando sento scuotermi il braccio.

«Siamo arrivati» mi sussurra Cam.

Mi guardo attorno. Davanti a noi, in un silenzio surreale, vedo una fila di cottage circondati da alberi ricoperti di neve. Il paesaggio è bellissimo, sembra di essere in una fiaba.

Scendo dall'auto e mi trattengo dall'urlare per il freddo pungente. Di certo la montagna non è il mio habitat naturale.

Recupero il trolley e lo trascino a fatica fino al nostro cottage. Cameron mi guarda divertito e non muove un dito per aiutarmi.

Appena entro, mi ritrovo in un enorme salotto, molto caldo e accogliente, con un grande camino in cui mio padre sta già cercando di accendere il fuoco.

45

Il pranzo si è concluso rapidamente ed è andato tutto bene, tranne per una cosa: i nostri genitori non smettevano di fissare me e Cameron, che ogni tanto mi lanciava qualche occhiata o mi sussurrava cose stupide all'orecchio facendomi ridere.

«Allora, cosa facciamo nel pomeriggio?» chiede John, il padre di Sam e Cam.

«Perché? Dobbiamo necessariamente fare qualcosa dopo sette ore di viaggio? Non credo sia una buona idea» commenta Sam.

Sono d'accordo con lei. La mattinata è stata stancante, e con il freddo che fa preferirei decisamente starmene in casa davanti al fuoco.

«So che c'è un villaggio molto carino qui vicino. Si potrebbe andare a fare un giro» suggerisce Cam, e io vorrei solo tirargli un piatto in testa.

Mio padre si alza dalla sedia e rivolgendosi a tutti dice: «Ognuno faccia ciò che vuole. Se qualcuno ha voglia di visitare i dintorni venga con noi, gli altri possono tranquillamente stare a casa.»

Grande papà! Io e Sam ci scambiamo subito un'occhiata d'intesa.

«Sì, mi sembra giusto. Se volete venire con noi, vi conviene mettervi qualcosa di più pesante addosso» suggerisce il signor Dallas.

Ci alziamo da tavola. Io, Sam e Kate prepariamo il salotto per un pomeriggio dedicato a film natalizi e horror... Già, non so perché, ma Sam ha deciso di portare anche una selezione di film *horror*.

«Abbiamo bisogno di più cuscini, coperte, e di qualcosa da bere e da sgranocchiare» suggerisce Sam.

Ci dividiamo i compiti. A me tocca preparare il tè e recuperare qualche pacchetto di patatine avanzato dal viaggio. Accendo un fornello e ci poggio sopra il bollitore pieno d'acqua.

«Siete delle scansafatiche» commenta Cameron raggiungendomi in cucina.

«Può darsi, ma mentre io me ne starò al calduccio, stesa sul divano a sorseggiare tè bollente, tu starai fuori a morire di freddo.»

«Esistono le giacche pesanti, i cappellini di lana, gli anfibi che tengono più caldo di una coperta, sai?» mi prende in giro.

«Credimi se ti dico che ci vuole ben altro per tenermi al caldo!»

Alza un sopracciglio e sorride malizioso.

Lentamente si sposta davanti a me e mi afferra per la vita.

I nostri volti sono vicini, i respiri quasi si confondono, e devo fare di tutto per non lasciarmi prendere dal panico.

«Conosco un metodo per scaldarti subito» sussurra avvicinandosi lentamente alle mie labbra, con il suo solito e perfetto sorriso.

La sua bellezza è disarmante, perciò sto ferma e aspetto che le sue labbra si posino delicatamente sulle mie.

«Cam! Simon propone... Ops...» ci interrompe Nash.

Con finta disinvoltura torno ai fornelli.

«Cosa vuoi?» chiede Cameron infastidito.

«Siccome siamo solo noi maschi a voler fare un giro, Simon suggerisce di andare a prendere qualcosa da bere in un pub. Voleva sapere se per te andava bene» spiega Nash balbettando per l'imbarazzo.

Guardo Cam, che in questo momento sta prendendo dei respiri profondi. «Spiegami una cosa: tu sei venuto qui solo per dirmi questa stro...» Si prende qualche secondo per far decantare la rabbia e termina il discorso dicendo: «Sì, va bene.»

Per fortuna, lo squillo del suo cellulare rompe il silenzio. Cameron, senza esitazione, esce dalla stanza per rispondere.

Come immaginavo, Susan non ha alcuna intenzione di lasciarlo in pace.

«Non le darà un'altra opportunità» dice Nash come se mi avesse letto nel pensiero.

Mi limito ad annuire e torno a concentrarmi sul bollitore.

«Mi dispiace... per prima, intendo» sussurra Nash.

«Non preoccuparti. Non stava succedendo nulla di importante» rispondo, e dal suo sguardo comprendo che ha capito.

«Non mentire, Cris. L'hanno intuito tutti che tra voi due c'è qualcosa. Personalmente, credo anche che sareste perfetti l'uno per l'altra.»

«Potremmo anche essere perfetti l'uno per l'altra, ma questo non vuol dire che staremo insieme. La verità è che lui ama ancora Susan, e finché ci sarà lei tra noi non potrà mai esserci niente» gli spiego.

«Mmm... ne sei proprio convinta? Io non sarei così sicuro. Credo però che dovresti fare un passo avanti e dirgli ciò che provi per lui.»

Apro bocca per rispondere, ma Cameron torna in cucina e mi si avvicina rapidamente per darmi un piccolo bacio sulla guancia, lasciandomi senza parole. Certo, non è la prima volta che fa una cosa del genere, ma adesso... c'è qualcosa di diverso.

«È ora di andare» dice rivolgendosi al suo amico.

«Pensaci bene» mi suggerisce Nash uscendo dalla cucina.

Ed ecco che, come per magia, per il resto del pomeriggio mi ritrovo a pensare a Cam, a quello che provo per lui e alla situazione che si è creata tra noi.

«Nooo!!!» grida Sam all'improvviso, facendomi trasalire.

Da quando abbiamo iniziato a vedere *The Calling*, sia lei che Kate non fanno altro che gridare di paura e fare congetture sul finale. «Oh, mio dio, Cris, non ci credo! Te lo saresti mai aspettata?»

Quando alzo lo sguardo verso il televisore mi accorgo che il film è già finito. Rimango in silenzio. Non ho seguito praticamente nulla.

«Ma che te lo chiedo a fare, non sai nemmeno di cosa sto parlando! Cris, che succede?» mi chiede Sam preoccupata.

«Nulla.»

«E certo, *nulla*. Nash mi ha detto di starti accanto perché non stai bene. So che Matt ti ha fatto soffrire, ma credimi, prima te lo togli dalla testa meglio è» mi consiglia fraintendendo completamente il mio stato d'animo. «Lo so che è difficile, ma dovresti focalizzarti su persone che potrebbero veramente renderti felice, e credo tu abbia capito di chi sto parlando.»

Lo capirebbe chiunque che sta parlando di suo fratello.

Quel ragazzo è il mio grandissimo dilemma, è riuscito a farmi perdere la testa dal primo giorno che l'ho incontrato. Forse Nash ha ragione. Dovrei dirgli quello che provo.

La porta si spalanca e finalmente sento le voci degli uomini di ritorno dal loro giro. Mi volto a guardarli. Ci sono tutti tranne Cameron.

«Tesoro! Tutto bene? Vi siete divertite?» chiede papà, togliendosi il giaccone.

«Sì, abbiamo guardato qualche film» rispondo continuando a tenere gli occhi puntati sulla porta d'ingresso nella speranza che si riapra presto.

«Non c'è. È rimasto al bar con una biondina che sembrava conoscere molto bene» mi informa Nash appena mio padre si allontana.

«*Con una biondina? Un'altra?* Ha sempre avuto solo fidanzate bionde... ma è possibile?» chiede Sam alzando gli occhi al cielo.

«Carly non era bionda» la corregge Nash.

«E non era neanche la sua fidanzata, se è per questo» aggiunge Sam spazientita.

Non è la prima volta che sento nominare questa ragazza. Ammetto che la sua storia con Cameron mi incuriosisce parecchio. «Chi sarebbe questa Carly?»

«Una ragazza che Cameron non si toglierà mai dalla testa» risponde Nash chiudendo immediatamente il discorso e rivolgendo a Sam un'occhiata complice. Il modo in cui lei abbassa lo sguardo non mi fa pensare a nulla di buono.

Frattanto, continuo a ripetermi che Cameron è ancora fuori con un'altra ragazza, perciò decido di andare in camera mia e di mettermi a letto per distrarmi ascoltando un po' di musica.

Mi infilo sotto le coperte, prendo il cellulare... e trovo un aggiornamento di Lexy:

NEWS NATALIZIE

Le vacanze sono cominciate da poco, eppure ci sono già tantissime novità. A quanto pare la coppia Matt e Cris è giunta al capolinea, ma la nuova arrivata non ha perso occasione per fare nuove conquiste. È stata avvistata infatti in compagnia del bell'Austin Miller, senza contare che, proprio in questi giorni, lei e Cameron trascorreranno una fantastica vacanza in montagna.
Cari lettori, cosa ne pensate? Non trovate strano che, per la seconda volta, Miller e Dallas stiano condividendo la stessa ragazza? Si ripeterà forse la storia della nostra povera Carly?
A presto i dettagli. *Lexy*

Certa che lo leggerà, digito rapidamente un commento: 'FATTI I CAVOLI TUOI!'

Spengo il cellulare e lo appoggio sul comodino.

I miei pensieri vengono interrotti dai rumori al piano di sotto. Immagino che Cameron sia appena rientrato. Non ha tardato poi molto.

Mi accoccolo al calduccio tra le coperte e chiudo gli occhi nella speranza di addormentarmi il prima possibile. Domani sarà una giornata moooltо lunga.

Purtroppo, però, ogni buon proposito va presto a farsi benedire. «Dormi?» mi chiede Cam irrompendo nella stanza.

Riemergo dalle lenzuola e abbozzo un sorriso. Lui si chiude la porta alle spalle e si siede sul letto. «Hai ricevuto il messaggio?»

Annuisco. «Mi chiedo perché continui a torturarci in questa maniera... in fondo cosa le importa se mi presento al ballo con Austin o se le nostre famiglie vanno in vacanza insieme?»

«A quanto pare la sua vita è talmente noiosa che deve rompere le scatole a noi per divertirsi un po'.»

«C'è solo una cosa che non capisco... sul finale della news, quella parte su te, Austin e Carly... Che cos...» cerco di chiedergli spiegazioni, ma lui mi ferma.

«Non è nulla d'importante. È storia vecchia, e tutti l'hanno ormai superata» dice.

Sorrido e lui ricambia.

«Susan mi ha chiamato e mi ha chiesto scusa.»

Dal tono della voce comprendo che non sta scherzando. E capisco anche che la sua risposta a quelle scuse dev'essere stata 'Va bene, torniamo insieme perché ti amo'.

«Sono contenta per te» dico distogliendo lo sguardo.

«Le ho detto che devo pensarci, perché la relazione con lei mi sta stancando e non voglio andare avanti in questo modo.»

«Sono sicura che riuscirai a fare la scelta giusta.»

Per qualche secondo resta con lo sguardo nel vuoto, come se stesse riflettendo su cosa fare, poi allunga la mano verso la mia e, stringendola, risponde: «Sì, lo credo anch'io.»

Si alza in piedi e si china per darmi un bacio sulla guancia e sussurrarmi: «Buonanotte.»

«Come mai ti sei trattenuto al pub?» gli chiedo quand'è ormai sulla porta.

«Mia cugina Cara. Non la vedevo da tanto, e mi sono fermato a parlare con lei per un po'. Perché?» chiede con un sorrisetto furbo in volto.

«Non ti ho visto tornare con gli altri, ed ero curiosa di sapere cosa fosse successo» rispondo con finta nonchalance.

«Certo... come no» ridacchia.

«Vai a dormire, Cameron» dico divertita.

«Buonanotte, gelosona.»

Afferro un cuscino e glielo lancio addosso. Lui lo schiva ed esce dalla stanza.

Torno a sistemarmi sotto le coperte, e mi addormento con un gigantesco sorriso stampato sulla bocca e un'inspiegabile felicità.

46

La luce del sole filtra attraverso la finestra disturbando il mio sonno. Dopo aver guardato la sveglia sul comodino decido che è meglio darmi una sistemata e scendere al piano di sotto per fare colazione.

In cucina trovo Nash, Sam e Cam che mangiano e chiacchierano.

«Buongiorno» fa Nash sorridendo.

«Ehi» dico.

«C'è della cioccolata calda» mi informa Sam indicandomi il bancone.

Annuisco e mi avvicino per prendere una tazza pulita e versarmene un po'.

Quindi vado a sedermi davanti a lei e accanto a suo fratello.

«Dormito bene?» mi chiede Cam.

Annuisco mentre soffio sulla tazza. Nel farlo mi accorgo del suo cellulare che vibra sul tavolo, e leggo immediatamente il nome della persona che gli ha appena inviato un messaggio.

«Susan?» chiede Nash guardandolo.

«Sì, non la smette più. Continua a chiedermi che cosa ho deciso.»

«Evidentemente non ha capito che quando hai detto 'Ho bisogno di un po' di tempo per pensarci' non intendevi qualche ora.» Sam ridacchia e io mi unisco a lei.

Cameron blocca lo schermo del cellulare e appoggia il braccio sullo schienale della mia sedia, poi mi posa la mano sulla spalla e mi avvicina leggermente a sé.

Sento che la giornata sta iniziando bene.

«Già svegli?» dice mio padre facendo il suo ingresso in cucina.

«Allora, pronti per una splendida giornata sulle piste da sci?» chiede il signor Dallas, facendomi andare la cioccolata di traverso.

Non amo sciare, o meglio, non più... Dopo la brutta caduta che ho avuto da piccola, non ho mai più voluto farlo e non ricomincerò certo oggi.

«Sì, è tutto l'anno che aspetto di fare snowboard!» esclama Cameron emozionato.

«Sììì!!!» gli fa eco Nash dandogli il cinque.

«Io mi limiterò a scattar foto» dico.

Cameron si volta di scatto verso di me. «*No. Tu scierai con noi.*»

«È escluso.»

«Tutti a prepararsi!» grida mia madre.

Una volta pronti, entriamo nelle auto. Io, Sam e Nash ci sistemiamo ai nostri posti. Mi allaccio la cintura in attesa di Cameron, che non si sa dove sia finito.

Quando finalmente entra in auto, mi rivolge un dolcissimo sorriso.

«Cosa c'è?» chiedo curiosa.

«Fai tenerezza vestita in quel modo» risponde, e non smette di squadrarmi.

«Non vorrei interrompere qualcosa... ma i vostri genitori sono appena partiti» commenta Nash agitando una mano davanti agli occhi di Cameron per farlo tornare con i piedi per terra.

«Allora, pronti a sciare?» chiede Cam tornando in sé e mettendo in moto.

«Sììì!» esultano Sam e Nash.

Io intanto tiro fuori la macchina fotografica per fare qualche scatto di prova.

Mi giro verso di loro. «Sorridete!»

«Non mi dire che non farai altro per tutta la giornata» dice Cam con lo sguardo rivolto alla strada.

Torno a mettermi composta sul sedile. «Sì, dato che non scio» rispondo puntando l'obiettivo verso di lui.

«Oh, andiamo, sarà divertente» insiste.

Il profilo di Cameron ha qualcosa di particolare e affascinante... Gli scatto una serie di foto mentre è impegnato alla guida.

«Non credo proprio. Il mio unico divertimento oggi sarà questa macchinetta... o al massimo lo slittino» dico ridendo.

«Lo slittino è per i bambini» ribatte lui prendendomi in giro.

«Be', allora farò solo le foto.»

Sorride e scuote la testa.

La pista non è lontana, e in pochi minuti siamo lì.

Quando scendiamo rimango stupita dalla bellezza del paesaggio. «Wow» sussurro.

«Ma quello... è enorme!» osserva Sam indicando un gigantesco abete poco distante da dove abbiamo parcheggiato.

Ma certo! Domani è Natale, me n'ero quasi dimenticata.

«Dài, andiamo!» grida Nash rivolto a Sam.

Mentre gli altri sciano, io immortalo il paesaggio, le decorazioni natalizie e tutto ciò che ritengo un buon soggetto. Faccio qualche scatto anche a Kate, che mi ha scongiurata di scattarle delle belle foto per poterle caricare sui vari social e mostrarle ai suoi amici.

Tra una discesa e l'altra, mi si avvicina Cameron. «Sei sicura di non volerci nemmeno provare?»

«Sicurissima.»

«Bene, allora preparati almeno per i pattini» dice.

«I pattini? Perché?»

«Credevi che ti avrei lasciato scattare foto tutto il giorno senza vederti cadere almeno una volta?» chiede allontanandosi.

Non faccio in tempo a pensare che questa è una delle idee più malsane che gli siano mai venute in mente, che mi ritrovo dentro il palazzetto del ghiaccio, a contare i minuti che passano... lenti, quanto le ore in una giornata di scuola.

È la mia prima volta sui pattini. Gli altri sembrano esperti, e scivolano sul ghiaccio con grande disinvoltura e sicurezza. Io, invece, ho perso il conto delle volte in cui mi sono schiantata a terra.

La cosa più fastidiosa sono le persone che ridono senza ritegno a ogni mia caduta. Ho male dappertutto, e sto morendo di vergogna! Rivoglio il caldo e il mare di Miami Beach!

Quando finalmente la signora Dallas dice che sarebbe meglio tornare a casa, sento il coro degli angeli intonare l'*Alleluia* per quanto sono felice.

«Non è andata poi così male» fa Cameron, cercando di trattenere le risate insieme a Nash. Da quando siamo entrati in macchina non fanno altro che prendermi in giro.

«Ragazzi, smettetela. Non siete per niente carini» li rimprovera Sam tirando un leggero pugno alla spalla di Nash.

«E poi, per vostra informazione, negli ultimi cinque minuti sono riuscita a pattinare senza alcuna difficoltà» puntualizzo.

Come se avessi appena raccontato una barzelletta, quei due cretini scoppiano di nuovo a ridere.

«E da quando piantare i pattini nel ghiaccio e muoversi come un pinguino si chiama 'pattinare'?»

Non c'è proprio nulla da fare. Credo che continueranno a prendermi in giro per il resto della vacanza.

«Siete insopportabili» concludo fingendomi offesa e spostando l'attenzione sulle lucine colorate che addobbano le porte e i tetti delle case.

47

Durante il resto del tragitto fino a casa restiamo in silenzio, con *Heart Like Yours* dei Willamette Stone in sottofondo.

Nash e Sam si sono addormentati, e non ho potuto fare a meno di immortalare questo momento.

I primi ad arrivare a casa siamo noi, perché i nostri genitori si sono fermati al supermercato a comprare un po' di viveri.

Appena metto piede nel cottage percepisco una sensazione di sollievo. È una meraviglia passare dal freddo gelido dell'esterno a questo tepore accogliente.

Quando le settimane scorse immaginavo questo viaggio, ero convinta che tutto sarebbe andato male, che sarebbe stato un disastro, invece mi sbagliavo. Insieme ai miei amici il tempo vola, e lo stesso Cameron trova sempre il modo di farmi ridere.

Era da tanto che non mi sentivo così leggera.

Mi stendo sul divano e scorro le foto sullo schermo della digitale. Ogni tanto mi scappa una risata al pensiero di quello che è successo.

Il momento più bello è stato quando Sam si è messa in posa per una foto con Kate: Cameron e Nash si stavano lanciando delle palle di neve, e a un certo punto Nash si è andato a nascondere dietro Sam. La palla di neve le è arrivata dritta in faccia, e io ho scattato proprio in quell'istante.

Il resto della serata trascorre tranquillamente.

È la vigilia di Natale, e per la prima volta da che ho memoria, abbiamo rinunciato alla tradizione del cenone, dovuta alle origini italiane di mia madre, in favore di una cena veloce. È una fortuna aver rimandato i festeggiamenti a domani, perché quella di oggi è stata una giornata davvero impegnativa.

Quando finalmente sono a letto, immersa nel silenzio assoluto della casa che dorme, nella testa mi affiorano vecchissimi ricordi, come quelli con Cass e Trevor, o semplici pensieri su Cameron, che avrei censurato durante il giorno.

È ufficiale: è diventato il mio chiodo fisso. Mi rigiro tra le lenzuola cercando una posizione più comoda, ma il sonno non arriva. Le sue frasi, il suo volto, il suo sorriso, le sue espressioni buffe e serie continuano ad affastellarsi nella mia mente.

Decido di tornare al piano di sotto per bere qualcosa di caldo. Lentamente scendo le scale e vado in cucina a prepararmi una camomilla.

Dopo averla versata nella tazza, mi sistemo davanti al camino. Nel percorso dalla cucina al salotto il pavimento scricchiola, mi auguro davvero di non svegliare nessuno.

Arrivata in salotto, noto che qualcun altro ha avuto la mia stessa idea, ed è seduto su un cuscino davanti al fuoco. Si volta: è Cam.

«Ehm... scusa, non volevo disturbarti. Me ne vado subito» gli dico.

«No no, resta.»

Decido di dargli ascolto e mi sistemo accanto a lui.

Soffio sulla tazza per raffreddare la camomilla e, come l'altra volta, il mio sguardo si posa sul suo cellulare. Sul display c'è una chat aperta.

«Mi ha scritto Susan» confessa.

«E cosa vi siete detti?» Con la mano che trema appoggio la tazza a terra.

«Di tutto, in realtà.» Abbassa lo sguardo sul telefono. «Dopo avermi insultato e accusato di cose che non ho fatto, mi ha chiesto scusa ed è passata alle paroline dolci. E poi, è arrivata la domanda cruciale: se sono pronto a ricominciare con lei.»

«E... tu cos'hai deciso?»

Nell'istante stesso in cui glielo chiedo, l'ansia mi sta divorando, e spero con tutta me stessa che la sua scelta sia di andare avanti con la sua vita e lasciar perdere Susan, perché lei non lo merita.

«Ancora non lo sa, ma non ho intenzione di continuare la nostra storia. Voglio voltare pagina e avere accanto una persona più adatta a me» ammette guardandomi con espressione tenera.

«Fai bene» dico allungando coraggiosamente una mano per toccare la sua.

Dopo qualche secondo la ritraggo e riafferro la mia tazza.

«Com'era la tua vita a Los Angeles?» mi chiede all'improvviso.

Al solo pensiero della mia vecchia vita, dentro di me avverto un vuoto incolmabile.

«Se dovessi definirla con una sola parola direi 'perfetta'. Lo era davvero. Ero sempre di buonumore, spensierata, mi divertivo, e soprattutto avevo ancora i miei due migliori amici» dico portando la mano al ciondolo regalatomi da Cass.

«No, Cris. Non sono mai stati tuoi amici se non ti cercano più e non ti rispondono solo perché vivi a chilometri di distanza» sussurra Cam guardando attentamente il fuoco nel camino.

Resto in silenzio, sperando che il discorso cada da sé. Mi fa male sentir parlare in questo modo di Cass e Trevor.

«Forse abbiamo tutti bisogno di ricominciare, dopo queste vacanze di Natale. Comunque... Credo sia ora di andare a dormire» dice sporgendosi leggermente per darmi un bacio sulla guancia.

Appena le sue labbra si allontanano dalla mia pelle il mio respiro si fa più veloce, e la situazione peggiora quando si fermano a pochi centimetri dalla mia bocca.

In questo momento quelle labbra sono calamite che mi mettono alla prova. Non resisto, la tentazione è troppo forte, e lui stesso ne è consapevole. È proprio adesso che capisco di essere nei guai, perché sento con assoluta chiarezza che mi basterebbe un suo bacio per perdere completamente il controllo di me stessa.

In un angolo remoto del mio cervello si fa spazio la paura che domani tornerà tutto esattamente come prima, e che questo bacio, come gli altri, avrà poco valore.

Le nostre bocche si cercano con dolcezza più e più volte, finché Cameron non fa scivolare la sua mano dal mio viso al mio fianco, per aiutarmi a sistemarmi a cavalcioni su di lui.

Porto le mani dietro il suo collo e affondo le dita nei suoi capelli. Il bacio si fa sempre più intenso, i respiri più corti, e la temperatura della stanza decisamente più calda.

Cameron appoggia le sue mani sulle mie cosce, facendomi rabbrividire.

In questo momento è tutto così perfetto: le nostre labbra che si incontrano, i nostri corpi che si trovano... e il cellulare di Cameron che comincia a vibrare.

Spezzato ormai l'idillio, Cam allunga il braccio per controllare chi sia.

Io, intanto, seduta su di lui, comincio a sentirmi terribilmente a disagio. Cerco di alzarmi, ma lui mi blocca. «Aspetta, ci vorrà solo qualche secondo» sussurra.

«Chi è?» gli chiedo vedendolo concentrato nella scrittura del messaggio di risposta alla chiamata persa.

«Susan.»

In un attimo sono in piedi, e mi allontano da lui.

«Dove vai?» mi chiede.

«È tardi. È meglio andare a dormire.»

«Sì, hai ragione» concorda controllando l'ora sul display e seguendomi al piano di sopra.

Davanti alla mia stanza, afferro la maniglia con l'intenzione di richiudermi dietro la porta il prima possibile, ma Cam mi afferra delicatamente il braccio e mi fa girare verso di lui.

È un attimo, e le nostre labbra tornano a cercarsi in un bacio lungo e semplicemente perfetto.

«Buon Natale, piccola» sussurra accarezzandomi dolcemente la guancia.

«Buon Natale, Cam» rispondo sorridendo.

48

Stanotte non ho fatto altro che sognare i bellissimi momenti trascorsi con Cameron. Dovrei essere al settimo cielo, eppure, mentre scendo le scale per andare a fare colazione, avverto uno strano presentimento, come il sentore che sia successo qualcosa... Incapace di definirlo meglio, faccio un respiro profondo e mi concentro sulle voci provenienti dalla cucina.

«Cosa avete intenzione di fare oggi?» sta chiedendo mia madre rivolta agli altri.

«Criiisss!» grida Sam correndo verso di me e abbracciandomi forte. «Buon Nataleee!»

«Anche a te!» dico raggiungendo il resto della brigata per gli auguri.

«Abbiamo pensato di lasciarvi la libertà di fare tutto ciò che volete. Noi adulti opteremmo per un giretto nei dintorni. Se volete potete unirvi» suggerisce mia madre.

Sam e Nash non mi sembrano entusiasti della proposta.

«Credo che troveremo qualcosa di carino da fare anche ad Aspen» rispondo.

Cameron entra in cucina con un gigantesco sorriso in faccia.

«Buon Natale!» dice ad alta voce, e Sam corre ad abbracciarlo.

«Il nostro primo Natale insieme, fratellone.»

Potrà anche dirmi un miliardo di volte che non tiene a sua

sorella, ma non gli crederò mai. Dal modo in cui la guarda si capisce benissimo che è felice di aver finalmente appianato le cose con lei.

Dal canto mio, ammetto di essere parecchio a disagio per quello che è successo ieri sera.

So benissimo che per lui non ha avuto alcun significato... allora perché sto sperando con tutta me stessa che sia vero il contrario?

Appena incontra il mio sguardo, si scioglie dall'abbraccio di Sam e viene da me. «Buon Natale di nuovo» sussurra stringendomi forte a sé e stampandomi un bacio sulle labbra.

Sam, Nash, Kate e mia madre ci fissano con tanto d'occhi, e giuro che se sul mio volto non ci fosse questo stupido sorriso, avrei la loro stessa espressione imbambolata.

Fingendo che non sia successo niente, Cam si appoggia al bancone dietro di noi e mi stringe le mani attorno alla vita.

Con un pizzico verifico che non si tratti di uno dei miei soliti sogni: è tutto vero, e io sono ancora sotto shock.

Non mi sarei mai aspettata una cosa del genere da lui.

«Cos'è tutto questo silenzio?» fa a un tratto.

Al che, come per magia, tutti distolgono gli occhi da noi e cominciano a guardarsi attorno alla ricerca di qualcosa.

«Ehm... A pensarci bene, la cosa migliore è andare tutti insieme a fare un bel giro in centro. Forse è meglio rimanere in zona, no? Potremmo fare un po' di shopping, oppure una passeggiata...» balbetta mia madre in preda all'agitazione.

In silenzio, si limitano tutti ad annuire.

«Va bene, allora correte a prepararvi, si va subito dopo colazione.»

Nella speranza di avere un attimo di pace per elaborare quello che è appena successo, mi allontano anch'io.

Per mia grandissima sfortuna, Cam mi segue, entra in camera, e chiude la porta dietro di sé.

«Cos'hai?» chiede sedendosi sul bordo del letto.

«Ehm... non lo so. Mi... mi spieghi cos'è stato quello...?»

Sono talmente confusa che non riesco neanche a formulare una frase di senso compiuto.

«Quello cosa? Il bacio?»

Eccolo! Ancora quell'irresistibile sorriso! Scuoto la testa per allontanare qualsiasi distrazione.

«Ah no? E allora cosa?»

«No, non ho scosso la testa per quel motivo. Sì, intendevo dire il bacio.» Dannazione, sono così nervosa...

«Pensavo che dopo ieri sera... Ma se a te non va, okay, va bene lo stesso.» A quanto pare non sono l'unica a corto di parole.

Dunque, ragioniamo... Cameron sta veramente tentando di dire che dopo il bacio di ieri pensava che saremmo diventati qualcosa di più che semplici amici? Dopo tutto il casino che c'è stato tra di noi?

«Pensavi che io e te stessimo insieme?» chiedo con voce tremante.

Lui resta in silenzio, lo sguardo puntato verso il basso mentre riflette sulla mia domanda.

«Che stupido, vero?» dice alzandosi di scatto dal letto.

«No, non sei stupido.» Lo fermo immediatamente, per evitare di rovinare tutto.

«Sì, invece. Ho combinato un bel casino giù in cucina. Gli spiegherò tutto, non preoccuparti.»

«Non serve che spieghi niente a nessuno» sussurro avvicinandomi per dargli un bacio.

«Lo prenderò come un 'Non ti sei sbagliato, mi piaci anche tu'» ridacchia allontanandosi dalle mie labbra.

«Ragazzi, sbrigatevi se volete venire con noi!» grida mia madre in corridoio.

«Posso dirti una cosa?» mi chiede poi.

Giuro che se mi sussurra qualcosa di dolce potrei svenire in questo preciso istante.

«La voce di tua madre è leggermente fastidiosa.»

Imprevedibile e per niente scontato. Ecco cosa amo di lui.

«Non è vero» rispondo a difesa di mia madre, e gli do un piccolo pugno sul braccio.

Quindi esce dalla mia stanza, e io chiudo la porta per potermi cambiare.

Sto per salire in macchina quando mi si inceppa la cerniera della giacca a vento. Odio quando succede.

«In ritardo come al solito, eh?» mi punzecchia Cam alle mie spalle.

«Aspetta, ti aiuto io» sussurra poi. «Ecco fatto. Sei proprio un'imbranata» aggiunge baciandomi la fronte.

«Tu e io dopo parliamo» mi fa Sam.

«Certo che potevamo starcene a casa! Ci saremmo divertiti molto di più» dice Cameron mettendo in moto.

«Dài, non è una cattiva idea fare un giro per negozi.» Cerco di pensare positivo.

«Finché sono con te, mi va bene tutto» sussurra, stringendomi la mano e baciandola.

Nel tragitto lasciamo che la musica riempia il silenzio, e io e Sam canticchiamo le canzoni che passano alla radio.

Una volta arrivati a destinazione parcheggiamo e scendiamo dalle macchine.

«Adesso vedrete l'albero di Natale più bello degli Stati Uniti!» dice mia madre mentre ci addentriamo nelle stradine del centro.

Per indossare sciarpa e guanti resto un po' più indietro rispetto agli altri, e vengo subito raggiunta da Sam.

«Racconta, racconta. Come vi siete messi insieme? Te l'ha chiesto lui? Ti prego, dimmi che non vi lascerete mai, non so se ce la farei a sopportare un'altra ragazza come Susan!»

«Sinceramente non so nemmeno io cosa sia successo... Ieri sera ci siamo baciati, ma credevo che non contasse nulla per lui... esattamente come le altre volte.»

«Aspetta! Altre volte? Vi siete baciati *altre volte* e hai avuto il coraggio di non dirmi niente?» fa lei scioccata.

«Non pensavo fosse importante! Né io né lui gli abbiamo mai dato peso. Ieri sera è successo di nuovo e, come ti ho già detto, pensavo sarebbe finita lì. Quando stamattina mi ha baciata davanti a tutti è stata una sorpresa anche per me.»

Sam resta in silenzio e si porta la mano al mento, come se stesse analizzando ogni mia singola parola.

«Mmm... ora si spiega quel suo buonumore...» dice confondendomi.

«Di cosa stai parlando?»

«È capitato che di tanto in tanto Cameron si comportasse in modo strano. Tornato a casa, si metteva a cucinare, o sistemava la sua stanza, o addirittura mi rivolgeva la parola senza insultarmi. Ora capisco il perché.»

Non credo in alcun modo che il suo 'strano' comportamento fosse dovuto a me. A chi non capita di avere delle belle giornate in cui tutto va bene e si ha voglia di essere più gentili o di fare cose che di solito si odia fare?

«In ogni caso, sono arrabbiata con te!» dice scherzando.

«Dài, Sam, non te la prendere.»

Tenendo il punto, solleva il mento, gira sui tacchi e va dritta da Nash. Che tipa!

Camminando, le bancarelle diventano sempre più frequenti. Rallentiamo per vedere cosa vendono. Adoro i mercatini di Natale!

«Sam ti ha già fatto il terzo grado?» chiede Cameron accostandosi a me.

«Sì» rispondo allungando la mano per intrecciarla alla sua.

Lui sorride e arrossisce.

Mi fermo davanti a un banchetto per osservare da vicino dei piccoli orecchini di cocco realizzati a mano, mentre Cameron tira fuori dalla tasca della giacca il cellulare e rifiuta l'ennesima chiamata di Susan.

Non credo che al mondo esista una persona più insistente di lei.

Lui però continua a guardare quello schermo... come se volesse che Susan fosse qui... Non credo di poter sopportare anche solo l'idea, quindi mi volto e raggiungo gli altri.

Proseguo per la mia strada finché non ci fermiamo ad ammirare l'enorme albero che si erge al centro di una piazza.

Mentre tutti sono intenti a scattare foto, io preferisco sedermi su una panchina e starmene un po' per conto mio. Almeno finché non mi raggiunge Cameron.

«Che succede?» chiede senza guardarmi negli occhi.

Non ho intenzione di mentirgli, perciò spiego subito la situazione senza troppi giri di parole. «Prima, mentre eravamo insieme, ho notato che guardavi con aria malinconica l'immagine di Susan sul display del tuo cellulare. Cameron, ti chiedo di essere sincero. Provi davvero qualcosa per me? O è solo una specie di tattica per dimenticare Susan o farla ingelosire? Ti prego, non potrei sopportare di essere presa in giro di nuovo.»

Se tra noi deve nascere qualcosa, voglio che si basi su solide fondamenta... la lealtà, prima di tutto.

Lui resta in silenzio per un po', guarda le nostre famiglie che continuano a ridere e a scattare foto come se quell'albero avesse davvero qualcosa di speciale.

«Ti ricordi cosa ho detto ieri sera? Che entrambi abbiamo bisogno di mettere fine al passato e ricominciare. Ed è questo che ho intenzione di fare» mi rammenta tutto d'un fiato. «So che ti sembrerà strano, perché in questi mesi non ho fatto altro che trattarti male o provocarti, ma la verità è che cercavo solo una scusa per starti accanto e capire cosa mi stesse succedendo. Per la prima volta, dopo tanto tempo, sei riuscita a suscitare in me delle emozioni fortissime e a farmi dimenticare un periodo triste della mia vita che mi ha cambiato per sempre.»

Detto ciò, infila la mano nella tasca della giacca e tira fuori un sacchettino con all'interno due orecchini di cocco, proprio quelli che stavo guardando prima di vederlo con il cellulare in mano.

«Ho pensato ti piacessero» dice avvicinandosi al mio orecchio per mettermene uno. «Immaginavo te ne fossi andata via per la faccenda di Susan, e so anche che non sarà facile convincerti della mia sincerità.»

Non avevo mai notato il buco al suo lobo destro, perciò rimango piuttosto sorpresa quando indossa l'altro orecchino senza alcuna difficoltà. Mi torna in mente uno strano sogno...Ero in viaggio verso la mia nuova vita in Florida, ormai più di due mesi fa. Ricordo solo delle immagini sfocate, e tra queste, un ragazzo con un orecchino al lobo destro, una specie di mezzaluna... Ripenso a quell'immagine e avverto un tuffo al cuore.

«Perciò, ho pensato che in qualche modo sarebbe stato necessario convincerti che non sto fingendo, e che sono sincero. Voglio dimenticare il passato e con esso tutti i problemi. Andare avanti avendo te al mio fianco. Dalla prima volta che ti ho vista non hai fatto che occupare i miei pensieri, e da quel momento in poi la mia vita non è stata più la stessa. Cris, voglio ricominciare da capo. E voglio farlo con te. «

Ogni sua singola parola è un colpo dritto al cuore, che batte sempre più forte.

«Questi» riprende sfiorando il mio lobo «ci ricorderanno per sempre questo giorno. Ci ricorderanno il nostro inizio. Perché è questo che sei per me: l'inizio della mia nuova vita.»

Non so che dire, l'unica cosa che riesco a fare è avvicinarmi e baciarlo.

Cameron ha magicamente trasformato questa festa nel giorno più bello della mia vita.

Dopo il ricco pranzo in un lussuoso ristorante del centro, torniamo al nostro cottage. La giornata sta per terminare, mancano solo i regali da aprire davanti al camino, e anche questo Natale sarà archiviato.

Arrivati a casa, io e Cam andiamo in camera mia per riposare un momento.

«Mi sento un po' solo qui» dice lui, disteso sul mio letto, mentre io, seduta a terra con il computer sulle gambe, navigo su internet.

«Cosa fai? Leggi i giornali? Dici sul serio?» Ridacchia avvicinandosi alla mia guancia.

«È solo questione di abitudine. Ogni sera controllo cos'è successo a Los Angeles e a Miami» spiego mentre lui continua a seminare piccoli baci sulla mia guancia e sul mio lobo.

«Non sapevo avessi il buco all'orecchio» gli dico.

«Ho avuto anch'io il mio periodo da 'bad boy', solo che allora portavo il dilatatore» risponde avvolgendo un braccio attorno alla mia vita. «Oh, guarda! Un'altra deficiente che c'è rimasta sotto per un'overdose.»

Incuriosita, clicco sulla notizia che mi sta indicando. Il mio cuore smette di battere appena leggo il nome della ragazza morta: Cassandra Patcher.

Cass.

49

In silenzio, scorro rapidamente le righe dell'articolo, incapace di comprenderne il significato reale. Ho il cervello annebbiato, e quando vedo la foto di Cass in fondo alla pagina crollo.

Le lacrime mi rigano il volto, e faccio fatica a respirare.

Rivedo tutti i momenti più belli passati con lei: il nostro incontro, il primo giorno di scuola mano nella mano per paura che ci succedesse qualcosa, le promesse che non siamo mai riuscite a mantenere, le notti trascorse a consolarci o a raccontarci segreti ancora oggi non condivisi con nessun altro, eccetto noi.

Era la mia seconda sorella... la adoravo, e così sarà per sempre.

«Cris...» sussurra Cameron stringendomi forte a sé.

È tutta colpa mia! Se non fossi andata via da Los Angeles lei sarebbe ancora viva!

'Sta male! E tu non ti sei accorta di nulla!' mi aveva detto Trevor nell'ultima telefonata.

Il cellulare! Devo chiamare Trevor e capire cosa diavolo è successo mentre io non c'ero, e perché non mi ha mai detto che Cass aveva problemi con la droga. Sono scossa dai singhiozzi, e le lacrime non smettono di scendere.

Compongo il numero e aspetto che risponda.

Niente.

Ci riprovo. Dovrà rispondermi prima o poi! Cass era la mia migliore amica, dannazione!

Nessuna risposta. Parte la segreteria telefonica.

«Trevor! Come cazzo hai potuto? Perché non me l'hai detto? Pensavo fossimo amici! So che mi ritieni responsabile della morte di Cass, ma non ho scelto io di andare via, lo sai benissimo. Sono stata obbligata a lasciarvi! Tu invece sei rimasto lì, e cosa hai fatto? Niente. Non le sei rimasto accanto! È anche tua la colpa se si è ridotta così ed è morta! Mi senti? Ti odio!»

Riattacco e scoppio di nuovo a piangere. Non posso credere di avergli vomitato addosso tutta la mia rabbia.

Butto il cellulare a terra, ho le mani che tremano, il viso stravolto. Resto in piedi facendo respiri profondi nel tentativo di calmarmi, anche se so che sarà impossibile.

«Cameron, puoi lasciarmi sola?»

Incurante delle mie parole, lui si alza dal letto, si avvicina e mi prende il viso tra le mani. «Non ti lascerò sola, proprio adesso hai bisogno di qualcuno che ti stia accanto... e io ci sono» risponde sottovoce.

Mi copro la faccia con le mani e lui mi abbraccia stringendomi forte a sé.

«Sssh» sussurra accarezzandomi la schiena.

«È... è tutta colpa mia» dico tra i singhiozzi.

«No, non lo è. Non c'entri nulla con questa storia.»

«Sì invece. Se non me ne fossi andata lei sarebbe ancora viva.»

Cam ora mi guarda dritto negli occhi.

«Smettila di dire sciocchezze. Forse se non fossi partita le cose sarebbero andate diversamente, ma questo non vuol dire che a Cass non sarebbe accaduto nulla. Tu non sai cos'è successo nel frattempo, che tipo di problemi può aver avuto... e in ogni caso non è detto che se le fossi rimasta accanto saresti stata in grado di salvarla.»

In qualche modo ha ragione, ma non posso evitare di pensare che almeno in parte sia colpa mia.

«Adesso cerca di calmarti, ormai non c'è più niente che si possa fare.»

«Devo salutarla, un'ultima volta almeno. Devo tornare a Los Angeles per dirle addio.»

Cam mi fissa, e nel suo sguardo leggo che è contrario a questa idea. Eppure, che gli piaccia o no, devo vedere Cass. E parlare con Trevor.

«Se senti che è ciò che devi fare, allora fallo» sussurra.

Ora devo trovare il modo di convincere i miei genitori ad andare a Los Angeles.

«Che si dice da queste parti...? Ehi, tesoro... va tutto bene?» chiede mia madre entrando in camera proprio in quel momento.

«No» sussurro, e vedo Cameron alzarsi per uscire dalla stanza e lasciarci sole.

«Cass è morta» dico appena si chiude la porta:

«Cosa?» fa lei sconvolta.

«Sì, ho letto la notizia su internet. Mamma, ho bisogno di tornare a Los Angeles!» La supplico, certa che possa capire.

«Dio mio... com'è possibile? Sembrava una ragazza così tranquilla... Non mi sarei mai aspettata una cosa del genere da Cassandra.»

«Mamma, il giorno del suo funerale... devo esserci! Ti prego!»

«Cris, non possiamo partire così all'improvviso... Cassandra è stata una persona importante per tutti noi, e andremo a Los Angeles appena ne avremo la possibilità... ma dubito questa settimana» risponde seria.

«Mamma, ma io devo andarci!»

«Cris... Cass non c'è più... È normale che tu sia sconvolta, piccola mia... Parlerò con papà e vedremo il da farsi... Tu intanto, però, devi sforzarti di reagire, e andare avanti con la tua vita...»

Se le sue parole avevano lo scopo di tranquillizzarmi e convincermi a non andare, hanno sortito l'effetto contrario.

«Tu non capisci! Lasciami stare!» le urlo contro costringendola a uscire dalla stanza.

Non può pensare di liquidare il mio dolore in questo modo! Partirò per la California stanotte stessa, comprerò il biglietto con i soldi che ho messo da parte in questi anni.

Faccio una ricerca sui siti delle compagnie aeree. Posso farcela.

Esco dalla stanza riproponendomi di darmi un contegno. Stanotte, poi, quando tutti saranno andati a letto, in qualche modo raggiungerò l'aeroporto e prenderò il primo aereo per Los Angeles.

Scendo le scale, e Sam mi corre incontro e mi abbraccia. «Mi dispiace» sussurra.

La stringo forte e cerco di trattenere le lacrime.

In salotto ci sono i Dallas che stanno chiacchierando con la mia famiglia, e Cameron è seduto accanto a loro.

«Cris, abbiamo saputo cos'è successo. Ci dispiace tantissimo per la tua amica» dice il signor Dallas.

Non rispondo nulla per evitare di crollare un'altra volta.

«Va meglio adesso?» mi chiede sua moglie.

Annuisco e mi dirigo in cucina con l'intenzione di starmene per conto mio.

«Che ti ha detto tua madre?» fa Cameron appena mi siedo su una sedia e accendo la televisione.

Prendo un respiro profondo. «Che per il momento non mi lascia andare. E che devo farmene una ragione» replico con fare assente.

Si siede davanti a me e mi guarda perplesso.

«E a te va bene?» chiede.

Annuisco e metto MTV.

Continua a fissarmi, spero non capisca che sto escogitando una fuga.

La serata trascorre abbastanza tranquillamente, ma l'apertura dei regali si rivela un momento davvero penoso. Mi sforzo di mostrarmi serena, ma in realtà vorrei solo lasciarmi andare a un pianto liberatorio. A un certo punto credo che Kate se ne sia accorta. Ho notato che mi guardava di sottecchi, e ha fatto di tutto per starmi sempre intorno. Anche lei era molto legata a Cass, ed è rimasta profondamente scossa dalla sua morte.

Ora sono in camera mia, Kate dorme, e per fortuna ha il sonno pesante. Sto provando a rompere il salvadanaio con dentro i miei risparmi cercando di fare meno rumore possibile.

Prendo un paio di forbici e con un colpo secco lo infilzo e lo apro.

Kate continua a dormire beata, ma qualcuno dev'essersi alzato. Me ne rendo conto quando la porta della stanza si apre.

«Ma che diavolo...?» fa Cameron ad alta voce.

«Sssh! Vuoi svegliare tutti?» gli sussurro tirandomi su per chiudere di corsa la porta.

Kate intanto si è girata sull'altro fianco e ha ripreso a ronfare.

«Che stai facendo?» mi chiede lui sottovoce.

«Non sono affari tuoi. Che ci fai sveglio a quest'ora? Ti sembra il modo di entrare? E se stavo dormendo nuda?»

Fa spallucce. «Sarei stato molto contento.»

«Oh, ti prego, sta' zitto!» mi lamento tirando fuori i soldi.

«Che c'è di male? Sono il tuo ragazzo, è normale che voglia...»

«Zitto, ho detto!» ripeto tappandogli la bocca con la mano.

Lui ridacchia e si siede sul mio letto. Poi, vedendo cos'ho in mano, si acciglia.

«Cosa vorresti fare con quelli? Lasciare il Paese e andartene per sempre?»

«Una cosa del genere. Devo andare a Los Angeles.»

Appena si rende conto che dico sul serio il suo sorriso scompare. «Ma non puoi.»

«Sì che posso.»

«E come pensi di arrivare all'aeroporto, comprare un biglietto e tutto il resto?»

«Ci arriverò. Tu intanto cerca di coprirmi e di' che non hai visto né sentito niente.»

«Ah, io non copro nessuno.»

Gli lancio un'occhiataccia nella speranza che capisca che ho davvero bisogno del suo aiuto. «Non dovresti essere disposto a tutto pur di vedermi felice, dato che sei il mio ragazzo?»

«Sì, ma dovrei anche proteggerti. Per questo verrò con te» replica stampandomi un rapido bacio sulla guancia.

«No no, aspetta... Tu cosa?» chiedo sorpresa dalle sue parole.

«Vengo con te. Sono sicuro che altrimenti ti cacceresti in un mare di guai.» Mi fa l'occhiolino. «Dài, preparati se vuoi partire stanotte» dice poi dandomi un bacio sulla fronte.

So che quello che sto per fare non è giusto, ma non m'importa. Devo salutare Cass per l'ultima volta, so che lei al mio posto avrebbe fatto lo stesso.

Sollevata per il fatto di avere Cam al mio fianco, riempio rapidamente uno zaino, e lui va in camera sua per fare lo stesso.

«Pronta?» torna a chiedermi dopo qualche minuto.

Raccogliamo tutto e cerchiamo di uscire dalla stanza nel modo più silenzioso possibile. Se si svegliasse Kate, il mio piano andrebbe immediatamente in fumo.

Prima di uscire, sul tavolo della cucina lascio un biglietto per i miei genitori.

> Cari mamma e papà,
> ho deciso di partire per Los Angeles. Non posso lasciare andare Cass così... Era la mia migliore amica. Quando io ho avuto bisogno, lei c'è sempre stata, e ora tocca a me starle accanto e salutarla per l'ultima volta. Perdonatemi.
> Vi voglio bene,
>
> *Cris*

Chiudiamo la porta d'ingresso e, dopo aver sistemato le cose nel bagagliaio, entriamo in macchina.

«La mia piccola combinaguai» sussurra Cameron stringendomi la mano. «Andrà tutto bene.»

Lo so che lo dice per infondermi coraggio, e per qualche secondo ci riesce anche.

«Sei sicuro di voler venire con me? Quando torneremo succederà un casino.»

«Affronteremo insieme anche quello» dice mettendo in moto. «Ora filiamo in aeroporto.»

Accende il navigatore, e dopo aver impostato Denver come destinazione, partiamo. Non voglio nemmeno immaginare la faccia di mia madre quando domani leggerà il foglietto.

50

Siamo riusciti ad acquistare i biglietti appena in tempo, ne rimanevano soltanto tre. Per una volta nella vita devo ammettere di aver avuto fortuna.

Neanche i controlli di sicurezza sono stati un problema: nessuno ha sospettato nulla.

Dopo due ore e mezza di volo atterriamo a Los Angeles. È strano essere di nuovo qui, e ancor più strano è tornarci con Cameron.

«Okay, e adesso... dove si va?» chiede lui guardandosi attorno.

Con me ho la chiave della nostra vecchia casa, i miei genitori non sono ancora riusciti a venderla, perciò ho pensato che potremmo farci un salto. «A prendere un taxi» dico affrettandomi verso l'uscita.

Il clima è uno dei motivi per i quali amo in maniera smodata questa meravigliosa città. Non importa se siamo a dicembre e altrove si muore di freddo, qui la temperatura rimane mite dodici mesi all'anno. Da questo punto di vista, si sta sempre benissimo.

Ripercorrendo le strade mi tornano alla memoria i momenti passati con Cass e Trevor... fa male sapere che ora nessuno dei due sarà davanti casa mia ad aspettarmi. Vista da questa prospettiva, Los Angeles non sembra più quel posto che una volta consideravo 'casa'.

«Eccoci a destinazione» dice il tassista.

Paghiamo la corsa e scendiamo dall'auto.

«Non dormiremo per terra come dei cani, vero?» chiede Cam.

So bene che il suo è solo un tentativo goffo di sdrammatizzare.

«Non credo. La casa l'abbiamo lasciata arredata, abbiamo portato via solo l'essenziale» rispondo cercando la chiave nello zaino.

Appena entriamo dentro, i miei occhi si riempiono di lacrime: è proprio come la ricordavo.

«Be', se non ti dispiace, vorrei dormire un po', sono le quattro del mattino» dice Cam appoggiando lo zaino a terra e stiracchiandosi.

«Non sei riuscito a riposare neanche un po' sull'aereo?» gli chiedo.

«Be', non è per niente facile con il bambino dietro che dà calci al sedile e la signora accanto che puzza di cipolla» replica facendomi sorridere.

Ovviamente, avendo comprato i biglietti all'ultimo minuto, i nostri posti non erano vicini.

«Seguimi.» Salgo le scale per raggiungere la camera dei miei genitori, che ha un letto più grande e più comodo.

Apro la porta e lui si tuffa sul materasso.

«Non c'è niente di meglio di un bel letto dopo quelle odiose poltrone dell'aereo.»

Poi si alza e si spoglia, rimanendo in boxer.

Cerco di far finta di niente, e mi avvicino al letto per mettermi sotto le coperte.

Cam mi raggiunge e avvolge il suo braccio muscoloso attorno alla mia vita, avvicinandosi fin quando la mia schiena non aderisce al suo petto. Poi solleva la testa e mi dà un bacio sul collo. «Buonanotte, piccola» sussurra.

Faccio un respiro profondo. «Buonanotte, Cam.»

Prendere sonno, in realtà, mi riesce pressoché impossibile: continuo a rigirarmi tra le lenzuola in preda ai miei pensieri. Le immagini di Cass che si aggira nel parco dove è stato ritrovato il suo corpo, che balla con sconosciuti e fa uso di droghe si susseguono ossessivamente nella mia testa finché non decido di alzarmi per evitare di svegliare Cam.

Vado in bagno per sciacquarmi il viso con dell'acqua fredda, poi scendo al piano di sotto e dalla valigia tiro fuori delle bustine di tè e dei biscotti che mi sono portata dietro da Aspen.

Accendo il cellulare per vedere se ci sono già chiamate o messaggi, e per fortuna non trovo ancora nulla.

«Dove pensi di andare?» mi chiede Cameron.

«Da quanto sei sveglio?»

«Da quando ti sei alzata dal letto. Speravo tornassi a dormire.» Sorride e viene verso di me con le braccia spalancate.

«Non riuscivo a riposare, e poi volevo mangiare qualcosa» sussurro, mentre mi tempesta il collo di tanti piccoli baci. Le sue labbra morbide a contatto con la mia pelle sono qualcosa di paradisiaco. Quando solleva la testa per baciarmi con passione penso che vorrei avere un risveglio così dolce tutte le mattine.

«Allora, cos'hai intenzione di fare oggi?» chiede avvicinandosi al piano cucina e aprendo la confezione di biscotti.

«Prima di tutto vorrei andare a casa di Cass e incontrare sua madre... chiedere quando sarà il funerale, per programmare il viaggio di ritorno...»

La cosa migliore sarebbe tornare ad Aspen prima della fine della settimana bianca, per non perdere il volo di ritorno per Miami.

Mentre facciamo colazione controlliamo di continuo i cellulari: per il momento non c'è nessun messaggio minatorio da parte di mia madre.

Ci vestiamo e, dopo aver controllato che la casa sia in ordine, usciamo e chiudiamo a chiave la porta.

«Casa di Cass è molto lontana?» mi chiede Cam.

«No... abbiamo sempre abitato vicino» spiego abbassando il tono della voce nell'ultima parte della frase. Mi assale la malinconia.

Cameron mi prende la mano e mi rivolge un piccolo sorriso. Poi, d'un tratto, aggrotta le sopracciglia.

«Ehi, quel tipo non è il ragazzo delle foto a casa tua? Come si chiama...?» dice guardando attentamente dall'altra parte della strada.

Mi volto nella sua stessa direzione. «Trevor!»

51

Non riesco a crederci, passeggia tranquillo lungo il marciapiede... Dopo quello che è successo dovrebbe essere quantomeno addolorato, o abbattuto... di sicuro non sereno e sorridente come sembra adesso.

Faccio per dirigermi verso di lui, ma Cam mi afferra la mano.

«Lasciami» gli dico.

«Ti lascio solo se ti calmi e mi prometti di contare fino a dieci prima di parlare. In questo momento potresti dirgli delle cose per poi pentirtene, e non voglio che tu stia male per colpa sua» replica guardandomi dritto negli occhi.

«Okay, mi calmo.»

Sorride e mi lascia il polso.

Mi volto e allungo il passo per raggiungere Trevor. In quello stesso istante realizzo che non riuscirò in alcun modo a mantenere la promessa fatta a Cam.«Ehi, come hai potuto farmi questo?» grido.

Lui si ferma e si volta lentamente verso di me. Il suo viso è percorso da paura, rabbia e preoccupazione.

«Cosa ci fai qui? Perché non sei a spassartela a Miami?»

«A spassarmela? Mi prendi in giro?»

«No, non ti prendo in giro. Che ci fai qui? Cass è morta, è inutile venire adesso.»

Fa per andarsene ma gli afferro il braccio. Non può cavarsela così.

«Sono venuta per salutare Cass e sistemare le cose con te.»
«E da quando ti importa di Cass?»
«*Da sempre*. Era la mia migliore amica, non posso credere che tu stia mettendo in discussione il mio affetto per lei. Me ne sono andata, okay, ma sai bene che non l'ho deciso io. Se fosse stato per me sarei rimasta qui per sempre. Pensi che sia stato facile ricominciare da capo? Credi che la mia vita sia perfetta a Miami? Be', ti sbagli di grosso. Come tutti, anch'io ho i miei problemi. Pensavo che, nonostante la mia assenza, Cass se la sarebbe cavata, e che avrebbe continuato la sua vita come ha sempre fatto. Certo, avrei potuto chiamarla più spesso, ma non puoi addossare a me la colpa di tutto! Tu cos'hai fatto, a parte accusarmi e dirmi che sono una persona orribile? Spiegamelo Trevor, cos'hai fatto? Le sei stato accanto come meritava? Non hai neanche chiamato per dirmi che aveva dei problemi, e quando ho provato a contattarti mi hai sempre ignorata.»
Scoppio in lacrime, e lui mi guarda senza dire nulla.
«È inutile che fai la vittima. Sappiamo entrambi quanto eri importante per lei. Io le sono stato accanto, Cris. Ci ho provato. Ma non era facile tenerla a bada.»
«E mi spieghi come facevo a saperlo io se nessuno di voi due rispondeva alle mie telefonate? Pensavo stesse andando tutto bene.»
«No, Cris. *Da te* andava tutto bene. Qui no. E comunque, adesso non ha più importanza. Cass è morta, e non si può più fare niente.» Lo dice come se fosse una cosa normalissima.
«Non importa? Trevor, Cass è morta. Non so se ti rendi conto. *La nostra migliore amica è morta*. Come fai a parlarne con così tanta leggerezza?»
«Non ne parlo con leggerezza, Cris. Mi arrendo solo all'idea di non vederla mai più. So di aver fatto tutto il possibile per proteggerla. Tu non sai niente di quello che ha passato in questi mesi, non hai il diritto di venire qui a darmi lezioni di vita!»
«Come puoi parlarmi così? Trevor, ci conosciamo da quando eravamo bambini» replico tra i singhiozzi.

«Credevo di conoscerti, ma ora so che non avevo capito niente di te. Non provare a chiamarmi o a scrivermi perché non ti risponderò.»

Cosa credevo di risolvere venendo qui? Non cambierà mai idea...

«Non sei nessuno per parlarle in questo modo» interviene a un tratto Cameron.

«Ah, ti sei pure portata dietro l'amichetto?» fa Trevor con uno strano sorriso in volto.

«Per tua informazione sono il suo ragazzo, e hai ancora tre secondi di tempo per sparire prima di ritrovarti con il naso rotto.»

Cam sembra parecchio incazzato, mi fa paura vederlo in questo stato.

«Ma chi diavolo credi di essere? Non sai neanche di cosa stiamo parlando» risponde Trevor.

«Non m'interessa l'argomento della conversazione. Non voglio che ti rivolga a lei in questo modo.»

«Ma andate a farvi fottere tutti e due!» grida Trevor andandosene.

In silenzio lo guardiamo attraversare la strada.

«Forza, piccola» fa Cameron avvolgendo il braccio attorno alle mie spalle. «Non vale la pena piangere per uno stupido del genere.»

Eppure, è più forte di me. Le parole di Trevor continuano a risuonarmi nella testa, come se il cervello le avesse registrate per usarle come strumento di tortura.

Cameron mi accarezza dolcemente il volto. «Ehi... cerca di non pensarci... È solo un idiota. Buttati tutto alle spalle, e pensa solo al presente.»

Cerco di concentrarmi sulle sue parole.

«Andiamo adesso.»

Arrivati davanti a casa di Cass, suono il campanello e spero con tutta me stessa che almeno sua madre non mi ritenga responsabile dell'accaduto.

«Forse non sono in casa» dice Cam vedendo che nessuno viene ad aprirci.

«Non credo, la macchina è qui» rispondo guardandomi attorno.

Poi, finalmente, sento dei passi avvicinarsi.

Quando apre la porta, la signora Patcher si porta una mano alla bocca per la sorpresa. «E tu cosa ci fai qui? Non dovresti essere a Miami?» chiede abbracciandomi.

«Ho saputo di Cass... e non potevo non venire.» Mi si spezza la voce e non riesco a trattenere le lacrime.

La signora mi stringe tra le sue braccia e mi fa cenno di entrare. Rivedere la casa è un colpo al cuore. Ho passato così tanti pomeriggi qui, in compagnia della mia amica...

«Andiamo in salotto» dice.

Cam mi afferra la mano e mi sorride per cercare di tranquillizzarmi.

Seduti sul divano, sento che il cuore batte a una velocità assurda.

«Come l'hai saputo? Avevo chiesto a Trevor di non dirtelo» domanda la madre di Cass.

«Cosa?! Perché no?»

«Perché so che avresti fatto di tutto per venire qui, e non volevo che ti preoccupassi...»

«In realtà ho saputo tutto troppo tardi... Trevor non c'entra. Cos'è successo di preciso?»

«Cass aveva preso a comportarsi in modo strano: tornava a casa a notte fonda, era spesso ubriaca, e frequentava dei giri strani.»

«Da quanto tempo?» chiedo guardandola con apprensione. La signora Patcher ha gli occhi vuoti e la voce ridotta a un filo sottilissimo.

«Da prima che tu partissi. È avvenuto tutto gradualmente, ma la situazione è precipitata nell'ultimo periodo.»

Non posso credere di non essermi resa conto dei problemi che stava vivendo la mia migliore amica.

«All'inizio solo Trevor ne era al corrente. Quando ci ha informati, abbiamo provato a prendere provvedimenti, ma è stato tutto inutile... lei non ci ascoltava. Quando te ne sei andata, poi, le cose sono peggiorate, perché poco dopo Cass ha litigato con Trevor, e ha allontanato anche lui.»

Dio, come mi sento in colpa... non mi sono accorta di nulla. Perché, però, Cass non me ne ha parlato? Sapeva benissimo che l'avrei aiutata.

«Quando è previsto il funerale?» chiede Cam.

«Martedì mattina. Le circostanze della morte sono ancora oscure. Speriamo che l'autopsia riesca a fare un po' di chiarezza... per quello che vale. Dove alloggiate, Cris?» chiede.

«Ho ancora le chiavi della mia vecchia casa, quindi per adesso ci siamo sistemati lì.»

«Perché non mi hai chiamata? Potevate stare qui. Anche per questi giorni, non ci sarebbe alcun problema, anzi, mi farebbe piacere, e mio marito ne sarebbe felice. Lo sai, per me sei come una figlia, e la casa adesso mi sembra terribilmente vuota...»

«Va bene. Grazie mille» accetto abbracciandola.

«Vado a prendere le nostre cose allora» si offre Cameron alzandosi dal divano.

«Sei sicuro?» gli chiedo.

«Certo! Devo anche fare una chiamata per avvertire Nash e Sam che stiamo bene. Ci vediamo dopo, piccola.» Mi dà un bacio e se ne va.

«Vieni, cara. Ti mostro la vostra camera» dice la signora Patcher.

Porto la mano al ciondolo che mi ha regalato Cass: ti penso tanto, amica mia.

52

Oggi è il giorno del funerale di Cass, e io non sono per niente pronta.

Le giornate qui a Los Angeles sono passate lentamente. Ho trascorso molto tempo nella stanza di Cass. Stando tra le sue cose, mi è sembrato di averla ancora vicina, e di poterle parlare. La signora Patcher mi ha mostrato vecchie foto di noi due insieme, disegni che facevamo all'asilo, e alcuni oggetti a cui Cass era particolarmente legata.

Credo di non aver mai pianto così tanto in tutta la mia vita.

«Va tutto bene, piccola?» chiede Cameron avvicinandosi.

Sono davanti allo specchio, e sto allacciandomi al collo la catenina a cui ho aggiunto la metà del cuore che portava Cass. *'Per ricordarci che ci saremo sempre l'una per l'altra.'* Le sue parole mi riecheggiano nella mente. Chiudo gli occhi e una lacrima mi riga il viso.

La signora Patcher ha detto che Cass avrebbe voluto che lo tenessi io, e che sarebbe stata contenta di vedermelo indosso oggi.

«No» sussurro in risposta a Cam.

«Stai tranquilla, andrà tutto bene» dice facendomi voltare e sistemandomi una ciocca di capelli dietro l'orecchio. «Sono sicuro che lei adesso sarebbe fiera di te.»

«Grazie, Cameron.»

Se non fosse stato per lui non sarei nemmeno qui. In questi giorni è stato meraviglioso, ha tentato di tutto per farmi tornare il sorriso.

Guardo l'orologio alla parete. «È ora di andare.»

I genitori di Cass sono usciti di casa presto, mentre io e Cameron stavamo ancora facendo colazione.

Finiamo di sistemare le ultime cose e usciamo per raggiungere la cappella dove si terrà la cerimonia.

Casa di Trevor non è lontana da quella di Cass, e quando ci passiamo davanti mi fermo a guardarla. Un tempo la consideravo un rifugio dove rintanarmi quando i miei litigavano o ero triste per qualche motivo. Lui era sempre lì pronto ad accogliermi e a consolarmi. Era il fratello che non ho mai avuto. Il mio eroe.

Faccio un respiro profondo, e prima che me ne renda conto sono già davanti alla porta di casa sua. La macchina dei suoi non c'è, e sono più che sicura che lui non verrà al funerale.

Cam prova a fermarmi, ma gli dico di lasciarmi fare. Dopo quello che mi ha raccontato la madre di Cass, sento di dover parlare da sola con il mio amico. Lui annuisce e si allontana.

Suono il campanello. Trevor apre la porta e sgrana gli occhi. Non si aspettava di rivedermi.

«Cris, che...» prova a dire, ma lo fermo subito.

«So perché non mi hai detto niente. La madre di Cass mi ha raccontato tutto. Perché me l'hai nascosto? Mi hai lasciato all'oscuro di ogni cosa, e poi mi hai rinfacciato di non aver capito la situazione. Non puoi parlarmi così! Ti ricordi i braccialetti con le nostre iniziali che ci aveva regalato Cass? 'Per ricordarci che siamo e saremo per sempre i tre moschettieri.' Ecco cosa eravamo: tre amici pronti a tutto l'uno per l'altro. Tu hai deciso di tenermi fuori da questa storia e, anche se posso capire che hai agito in buona fede, dovrei essere io quella arrabbiata, non tu.»

Lui resta in silenzio e si limita a guardarmi con aria dispiaciuta.

«Parlami, Trevor! Perché mi hai cancellato in questo modo dalla tua vita?» dico con un filo di voce.

«Cris, non posso credere che in tutti questi anni tu non te ne sia accorta... Pensavo di essere stato chiaro, di avertelo fatto capire, ma a quanto pare non è stato così.»

Mi scoppia la testa. Non capisco...

«Trevor, spiegati meglio.»

Abbassa lo sguardo e prende un respiro profondo.

Ho la sensazione che ciò che sta per dirmi cambierà per sempre il nostro rapporto.

«Ho provato con tutte le mie forze ad aiutare Cass, e l'ho fatto anche per te. Non ci sono riuscito! E mi dispiace terribilmente, ma stavo male anch'io! Stavo male perché sapevo che tu eri lontana, e perché sapevo di averti persa definitivamente.

«Ti ho sempre amata, Cris, fin da quando eravamo piccoli. Anche se tu ti accorgevi di tutti i ragazzi della terra meno che di me, ero sicuro che un giorno la nostra amicizia si sarebbe trasformata in qualcos'altro, e che prima o poi mi avresti guardato con occhi diversi. Poi, quando sei partita, è finito tutto, ho capito che eri solo un'illusione, e ho sofferto da pazzi. Ho preferito non sentirti più perché vederti, parlarti, sapere che ormai avevi un'altra vita di cui non avrei mai fatto parte mi faceva troppo male.»

Tutto questo va ben oltre la mia immaginazione... In tutti questi anni ho sempre considerato Trevor un fratello... non avrei mai pensato che potesse provare dei sentimenti diversi per me. A dirla tutta, ero convinta che in fondo fosse innamorato di Cass. Non sapendo cosa ribattere resto in silenzio.

«Di' qualcosa, ti prego» fa lui avvicinandosi, ma io indietreggio.

«Cosa ti aspetti che dica? Trevor, avresti dovuto parlarmene anni fa... E avresti dovuto parlarmi anche di Cass. Era la mia migliore amica, io *dovevo* sapere. Per quanto mi sforzi, non capisco proprio le tue ragioni.» Sono arrabbiata e delusa, non riesco nemmeno a guardarlo negli occhi mentre gli parlo.

«Tu non mi hai mai capito. E il nostro rapporto... be', è stato solo un gigantesco errore. Addio, Cris» dice sbattendomi la porta in faccia.

Con il cuore a pezzi, e ancora sotto shock, torno da Cameron, che mi stringe tra le sue braccia. «Cosa ti ha detto?»

«Non voglio parlarne» taglio corto, e insieme riprendiamo a camminare verso la cappella.

Come prevedevo, la cerimonia funebre è straziante. Sono sicura di non aver mai versato tante lacrime in vita mia. Ci sono i parenti di Cass, tutti i nostri amici, e i compagni di scuola. Tutti tranne Trevor.

Dopo i discorsi commemorativi dei familiari tocca a me dire qualcosa. Faccio di no con la testa, ma la signora Patcher mi guarda, e capisco che ci terrebbe tanto.

È per lei che racimolo le ultime forze, mi alzo in piedi e comincio a parlare.

«Per me Cass era molto più di un'amica, era una sorella, una sorella che avevo scelto e con cui ho condiviso tutto, gioie e dolori, scoperte e delusioni. Ricordo il modo in cui mi è stata accanto quando a dodici anni, dopo un brutto incidente in montagna, sono stata costretta a letto per parecchio tempo. Passava con me tutti i pomeriggi, temeva che potessi morire da un momento all'altro. Cass era così: sensibile, generosa, protettiva. Era una persona speciale...» Inspiro a fondo per continuare. «Ci eravamo fatte una promessa: saremmo rimaste unite per sempre, niente e nessuno ci avrebbe diviso, neanche la morte. E sarà così, Cass, perché ti porterò sempre nel mio cuore, e non ti dimenticherò mai, lo giuro.»

Stringo forte i nostri ciondoli e immagino che lei sia qui, accanto a me.

Subito Cameron mi avvolge un braccio attorno alle spalle. Sono felice che sia qui con me, non so come avrei fatto ad affrontare tutto questo senza di lui.

Rivolgo un sorriso alla mamma di Cass e, proprio allora, dietro a tutti gli altri, scorgo Trevor.

Se ne sta da solo, in fondo alla cappella. I nostri sguardi si incrociano: ha gli occhi lucidi. Rimaniamo a fissarci per alcuni istanti, poi mi volto verso Cameron. S'irrigidisce, l'ha visto anche lui.

«Cosa ti ha detto prima?» mi chiede.

«Niente, le solite cose» mento, pensando che non sia opportuno parlargliene ora.

Dopo la cerimonia, tornati a casa dei Patcher, nessuno ha il coraggio di aprire bocca, tanto è il dolore.

Io e Cameron sistemiamo le nostre cose negli zaini perché domattina partiremo presto.

Sbollita la rabbia per la nostra 'fuga', i miei genitori si sono preoccupati di comprare i biglietti per il nostro viaggio di ritorno... ma so bene che una volta rimesso piede a Miami non la passerò liscia.

Ciononostante, so di aver fatto la cosa giusta e sono felice di aver salutato la mia migliore amica.

Lo dovevo a Cass e lo dovevo a me stessa.

53

«Salutami tua madre, e dille di non arrabbiarsi troppo con te» sussurra la signora Patcher mentre stiamo per passare i controlli. «Oh, Cass sarebbe così fiera di te. Anch'io lo sono» aggiunge poi allontanandosi. Dio solo sa quanto apprezzi il suo sorriso in questo momento, deve costarle tanto.

Con un cenno della mano le rivolgo un ultimo saluto, e seguo Cameron verso il nostro gate.

È ora di dire addio a Los Angeles e tornare a Miami, che sì, adesso lo so, è la mia nuova casa.

L'aereo è quasi vuoto, non immaginavo che l'ultimo dell'anno viaggiassero così poche persone. Io e Cam prendiamo posto e, per fortuna, questa volta siamo seduti uno accanto all'altra.

L'arrivo è previsto nel primo pomeriggio, dunque avremo tutto il tempo per parlare con i nostri genitori e chiarire ogni cosa prima di brindare al nuovo anno.

Non so cosa ci riserverà il 2015, ma sono sicura che il 2014 non lo dimenticherò mai...

La mia vita è cambiata radicalmente.

Neanche tre mesi fa salivo su questo stesso volo con un magone indescrivibile per tutte le cose che stavo lasciando, e che pensavo avrei perso per sempre.

Alcune le ho perse davvero... e niente potrà mai restituirmele.

Quello che non sapevo, però, era che molte altre ne sarebbero arrivate.

Non avrei mai immaginato che in così poco tempo la mia vita si sarebbe riempita di persone, luoghi, storie, ricordi e desideri nuovi.

La rapidità con cui a volte succede è eccitante, e allo stesso tempo fa paura. Cosa mi aspetta ancora?

Cameron mi stringe la mano. «Tutto okay?» mi chiede con aria preoccupata.

«Sì, tutto okay. Ho solo un po' d'ansia» rispondo alzando le spalle.

«Per il volo?»

«No. Per ciò che succederà adesso» spiego sorridendo.

«I tuoi capiranno, stai tranquilla. Non possono prendersela tanto, l'abbiamo fatto per una giusta causa.»

«Lo spero» dico. «Ma non si tratta solo di loro. In generale... come sarà tornare a casa, come andrà la nostra storia, come reagiranno tutti quando sapranno che io e te stiamo insieme...? Già me l'immagino... Susan, Matt... i commenti che faranno.»

«Be', diranno che se l'aspettavano. E infatti è successo. Dovranno abituarsi all'idea, punto e basta. Alla fine sono affari nostri.»

Ha ragione su tutta la linea. Ha sempre avuto ragione.

Gli prendo la mano e la stringo nella mia. Lui se la porta alle labbra e la bacia.

«Avrei dovuto scommetterci» dice ridacchiando.

«Scommettere su cosa?»

«Sapevo già da un po' di piacerti... se ci avessi scommesso sopra, ora sarei pieno di soldi» spiega.

Che stronzo!, penso, ma non posso fare a meno di ridere.

«E tu quando hai capito di provare qualcosa per me?» gli domando poi con tono serio.

So che pensava che avessi un debole per lui da prima ancora che me ne rendessi conto... Ma lui, invece?

«Mmm... il giorno in cui mi sei venuta addosso in corridoio e mi hai guardato dritto negli occhi. Da quel momento non ho mai smesso di pensare a te» ammette.

Di quel giorno, in realtà, ho solo un vago ricordo. Dal canto mio, se devo essere sincera, credo di essermi invaghita di lui fin da quando mi ha rivolto la parola, il primo giorno di scuola.

«Sapevo di non esserti indifferente, ma avevo comunque i miei dubbi» continua. «Il fatto che tu tornassi sempre da Matt mi metteva sulla strada sbagliata. Ogni volta che ti vedevo con lui mi dicevo: 'Ma cos'hai in testa? Non vedi che lo ama?' E mi rassegnavo. Poi, però, mi bastava avvicinarmi a te o toccarti per sentire che anche tu provavi qualcosa.»

«Ammetto di averci messo tanto a capire i miei sentimenti.»

«Non importa. Quello che conta è che adesso stiamo insieme, no?»

Porto la mano al lobo destro e tocco l'orecchino di cocco che mi ha regalato.

«Sì, Cam, è davvero l'unica cosa che conta.»

Grazie di cuore a tutti voi!

@__LARRYisREAL_
@_aiaia_
@_alerossi
@_AleSolly_
@_alessandrah_
@_alex_98
@_alexis_5
@_alice27_
@_alicehhh
@_always_smile_
@_aly_viola_
@_Amalia_
@_amnesia_02
@_amojaceherondale
@_Anastasia_aliano
@_ary_001
@_aurora_
@_australianmess_
@_Bea00_
@_bellezzaora_
@_besideyou_98
@_brokendreams
@_chechi
@_chiary
@_Cris_13
@_cucciolina_nikmory
@_destiny_94
@_doubleF_
@_eleo_
@_eleobrien_
@_elisacarminato_
@_erica_2001
@_fede_99
@_flydown_
@_followyourdreams_
@_free_smile_
@_gaia_
@_Gaia_g
@_haidi_
@_Hazzaismylovee_
@_hazzasmilee_
@_Hemmings_In_Heart_
@_HStyles_
@_ilazunchy_
@_ioamolanutella_
@_izabela_
@_la_ragazza_dreamer_
@_lafra_
@_larryslove
@_Laura_directioner_
@_lottiii_
@_louisfromdoncaster_
@_Love_Book_
@_loveread_
@_maaarta_
@_Madness_94
@_mar_collins_
@_mariachiara_
@_Marina_Shx
@_marta058_
@_marty_02
@_maserf_
@_matimenabeni_
@_mayaaa_03
@_Meris_
@_MiPiaciComeVorrei_
@_miss_grier_
@_nanabella_
@_NOE01_
@_Nutellina
@_paolaaaaaaaaaa
@_persaneisuoiocchi_
@_remember_kiss
@_remember_kiss_
@_riddikulus_
@_sheeshe_
@_SignoraStyles_
@_SIGNORINANOTARO_
@_sofi_5sos
@_solociao
@_ssiaale_
@_StAy_sTrOnG_
@_staystrong18_
@_stelli_
@_TheRebelPrincess_
@_tilde_
@_una_directioner_
@_UNBROKEN_
@_Vane001
@_Vicky_37_
@_youareallinmyword_
@_youareallmyworld_
@_youaremysmilecam_

@_youremysmile_
@01_angela
@01aurora
@01dicembre2014
@01directioner22
@02lety
@0radioactive0
@10dicembre70
@12IlariaDiDonato
@12sarah1299
@15larabastasin15
@1Dmarty
@1Sbarbyyy
@2000lacramioara
@2002mmmia
@2010directioner2014
@23_eli_23
@23gabry
@25dicembre
@25giugno93
@25thJune2014
@27_alessia_03
@27T09E8
@29alessia
@31gaia12
@5blinkofgreenday
@5sos_and_1D_love
@6lastellapiubella
@74_Mary_74
@7february2041
@9894km_from_you
@A_nnaMSFTS
@A_P1902
@A_smiley_girl
@aaaangy
@AarianatorForLige
@abbraccinonvissuti
@abcdefghi012345578
@acilegnaaaaaaaaaa
@ACompllicateGirl
@acquamarina02
@adeeeele
@adelefeliciotti
@adidas1208
@adorevcalum
@AdrianaBravoHurtado
@adropintheocean41
@after_greta_
@Agusmush
@aigroig_99
@Aisha1826
@Aitwiam
@Al3_Criss
@alaskanord
@alaskayoung00
@AlaskaYoung2601
@ale_booch
@ale_delloro
@ale_giova1502
@ale4ever2000
@AleAngelCake
@alebettina
@aledelloro
@alemalik270199
@alemanna
@aleonelove
@alessandra409
@alessandracampagna
@alessandrapalombo
@alessandrina712
@Alessia_Ascione
@alessia_demi
@alessia_fort
@alessiacucciniello
@alessiadattolo
@alessiadimartino00
@alessiagargano1
@alessiagasparin
@AlessiaGatti5
@alessiajaner
@alessiaolia_
@AlessiaOperoso
@alessiapadovan15
@Alessiapiemontese
@alessiaputzu182
@AlessiaReati
@alessiarossini
@Alessiasonia
@AlessiaVenditto
@alessiaverrascina
@alessiuccia16
@alessiuccia18
@alesssssiiaaa
@alewTARANTO
@AlexandraEaton99
@alexdarklove12
@alexiaale15th
@AlexiaParadiso
@alexis_93_
@alex-love-
@AleXXalways_01
@AlfredoCoppola
@ali_bora
@ali160202
@ali30002
@alib09
@alice_x8i
@alicecappellato
@alicedeserti
@aliceeeee99
@alicefornari
@AliceMendesArmy_
@Aliceneldiario
@AliceR02
@AliceRanalli
@alicesme
@AliceTesta
@AliceVian
@alisietta459
@aliss91
@alivalentini
@alixtio
@AllAboutCam_
@Allegralacopini
@AllegraRancati
@allmonstersareinside
@allwithcam
@AlmaKrasniqi7
@Almhoo
@AloneUniverse
@alphard_01
@alymakeup
@Alyzza_13
@AmandaSwell
@AmanganoOo

@ambraburuiana
@AmbraKolaveri
@AmbraMyftaraj
@ambran00
@amelia122002
@Amemipiacelapizza
@americanidols
@Ami-96
@AMo_josh
@AmoNiall-
@amoquellefossette
@amoremio_
@amoremio4814
@amotinto
@ananastime
@anaxstasjia
@andjelastojkovic
@andreangrtp
@andreanicole28
@AndyLovesPizzaaa
@angela1568
@AngelaDiPaola
@angelaj00
@angelapogbariccio
@Angel-fly
@angelica_tufo
@AngelicaBonino
@angie6415
@Angy2106
@angy430
@angylovely
@AnitaVinciguerra
@anna_schiock
@anna_sofia_vita
@Anna1041
@anna12615
@annabrasi
@AnnaCallegaro
@annacosta2002
@annaemiky
@Anna-Galucci
@annagiuliamerola
@Annalove2316
@annamazzei9041
@annamiaria000
@Annapegoraro1
@AnnaPiaGuacci
@annaraggio
@AnnaritaVitiello1
@AnnaRussoAmato
@annataaaa91
@Annaverdegiallo
@Anni202
@anninabum
@anninacioccolatina
@anotherday26
@Antea70
@antobat00
@antocampo03
@AntoDeCaro
@AntonellaTerrel
@antonellomagliano
@antoniella00
@ArancioneHS
@arcobalenando
@Aria_White_
@AriaLibera
@ariana15iloveyou
@-arianaslaugh-
@arianna_cecchini
@Arianna_Lavino
@AriannaArculeo
@ariannabartolomei
@AriannaColella9
@AriannaDachille
@ariannafinotto
@AriannaMagliocchetti
@ariannapezzullo9
@arieluke
@arix99
@armiana02
@AshleynaLove
@ashmellow
@ashtonhugme
@ashtonismylove2001
@ashtonizzati
@asiaacattaneo
@asiafrighe
@AsiaObrien
@Asjabigotto25
@astridonchetti
@asylumzay
@atenacaselli02
@AubreyJeanSantilla
@AuraVid
@aurilola
@AuroraAnselmi7
@aurorabordiga
@Auroradistefano8
@auroraferrara15
@aurorascafidi9
@auroravago18
@Aury2196
@avdorlvke
@avoliotiziana
@axiata3
@babba23
@Bad_girl_happy_
@barboncina99
@bartinina
@BBEA98
@BBOOOOKKSSS
@BbWw98
@bea_
@bea_dallas
@beaa_fraa
@BEATRICE1901
@BeatriceArfavelli
@BeatriceDiPerna
@beatricefaragona
@beatricefruni
@beatricelafrati
@beatricenicolino
@BeatricePiccino
@beatricetta
@beba_morini01
@bebba2231
@Beby1211
@beccarota
@becouseitsme
@Bella_JS_biglove
@bellamarta27
@Ben_na
@benarcy
@Benedettabolla

@BenedettaSantibelli
@benedettaviani
@BenedettaViolante
@BenedetttaVituccio
@benny_02
@bennysprofile
@bennysworld
@benson04
@bereccaarebecca
@BergiaMartina
@besideshawn
@Bestmistakes_2015
@biancabenuzzi
@biancaivanciuc69
@bianca-luna
@biancoraffaela
@Bibi-5
@bibina01
@binac_
@biondah
@biricchina
@BlackRavenBlue
@blueeyesoxox
@bluejeansd
@blvk_unicorn
@bofilofi
@bolla12
@Booismysmile
@bookareforever
@bookistheway
@booksaremybestfriends
@booksaremylife2906
@booksarethebest34
@breakinside
@breatriceruggeri
@brendaradetich
@brooownhead
@bruss98
@bubbibubbi25
@buterabby
@c22111
@caccy17
@cagnolina17
@calzonari2002
@cam2089
@camerondallasismyown
@cameronismyqueen_
@Camhasherworld
@camhugs
@cami-arma
@camicanevari
@camii_02
@camilla_morandin
@camilla1506
@Camillabartolucci
@CamillaContu
@camillamandozzi
@CamillaPalladino
@camillascalvini00
@Camismyhusband
@camizorzi
@camslouisluke
@capellidiseta
@carla_998
@CarladeGennaro
@carlaianuale
@carlottavillan
@CarlyJacker
@CarmenArena3
@carmenpetito
@carol_i_na
@CarolinaMoro
@carpediem2709
@cascatadipensieri
@casillinacasillina
@cateraa
@cathe_garcia
@cccccaaaaaa
@ccoddio
@cebby2002
@ceci212001
@ceciliabordon
@CeciliaMagnanelli
@Cecililla03
@celestess12
@cetty1996
@cfknvj
@chanel_11
@chantal687
@ChantalNardozza
@charlesbukowski
@charliex_x
@chia8_2502
@chiaa14
@Chiadisk
@chiara_1303
@chiara_life13
@chiara_salussolia
@chiara0810
@chiara297
@chiara88ste
@chiara982
@chiaraamj
@chiarabaldo02
@ChiaraBonabello
@chiarabuse
@ChiaraCanino
@ChiaraCavicchia
@ChiaraCerly
@chiaradalpiccol
@ChiaraDaniele9
@chiaradv00
@chiarafe02
@ChiaraGrieco01
@chiarap00
@chiararoo01
@chiarasaracino75
@chiarasciacca96
@ChiaraSidozzi
@chiaratempera
@chiaratimberlake
@chiaravallin
@chiarettina03
@chiariccia
@chiariiz
@Chica9801
@chicca_04
@chicca2801
@chiccafede_ff
@chicci72
@choocolatemilkshake
@chookotina
@christinastyles21
@christinleroy
@cicciocorno

@cinzietta89
@Cipollina98
@cira381
@ciretto3
@ciucchina
@cla_cla_
@Clace_99
@clace99
@Clacky18
@Claire2896
@clarabaia
@clari_1999
@clari01
@Claudia42596
@claudiadibenedetto33
@Claudialmburgia
@claumenghi
@Clever_Dreamer
@comedeglisconosciuti
@connyema13
@contesofia
@costanzafabiani1
@coulrofobica
@CrazyDreamer01
@crazyemily20
@crazymofosllzhn
@CrazyofShawn
@Credodiamarti2015
@Credonellasperanza
@cri_stinam
@cricix
@crisirwin
@crisstar
@Cristina050515
@cristinaantosuosso
@cristinachicu02
@CristinaDAngelo8
@cristinalaffranchi
@CristinaSomerhalder
@cristy_blu
@crnene02
@crystel78
@cucculin
@cuonzo_mari
@cuzziiola
@DafneAgus
@DafneMerendoni
@dalilacorrado
@Daliladivirgilio
@Dallas_Bianca002
@DallasCameronDallas
@dallasgriermendes
@DanaNika
@Danatalon
@DanielaAmendola
@DanielaBeserman
@danielacozzolino54
@danielageria
@danielaloss
@Daniela--okshtuni
@danigozzo23
@dany_amoroso003
@Daria_H
@dariaachiaraa
@darrssd
@DavideCecchin
@daydreamwolfie
@DDTjessicapere98
@dearmolly
@Debbicurri
@debora_s6
@DeborahForzieri
@debsx123
@delevigneer
@dellepiane2000
@Demi_Potter
@demis_heart
@denisa_paola12
@denisefrappi
@DennyCarcaci
@desii_1D
@destiny553
@desy001_
@DesyD03
@dgavmdiy
@diamonds_26
@diananapoli
@difficiledimenticare
@Dile17
@dipendentedahemmings
@directioner_super
@dirrctionstyle
@DistanceKillMe
@Dolcemente_Acida
@dona_angelone
@dontletmego
@doris80
@dorton
@drawness
@dreamdisney01
@dreamer_15_
@dreamer_njk_
@Dreamer125
@dreamers_swag
@-dreamingHxxdsTxvch-
@dreamline12
@dreams_life00
@dreams239
@dreamsremaindreams
@dreamvirgi
@drodennn
@dxrkhair
@dylanhug
@dylanobrienhero
@easygirls_
@eco_del_silenzio
@Eire76
@ele_taverna
@elegarofalo5
@elemora
@elena_2103
@elenaa1801
@elenaamazzo11
@elenabiasutti1
@ElenaBrunelli5
@ElenaCirino5
@elenadidiluccio
@ElenaDurazzo12
@ElenaLamacchia1
@elena-lodato
@elenami8
@ElenaNavarini
@ElenandE
@elenina07
@Eleonora_Adam

@eleonora030701
@Eleonoraaa99
@EleonoraBizzoni
@eleonorabobbo19
@Eleonoraeffe
@EleonoraSarai
@eleonorina_forever
@elesoph
@Elettra_2002
@eleuniverser26
@elezangrandi
@elisa_lovetommo1D
@Elisa2904
@elisabetta08012002
@ElisabettaDAnna
@elisapaggiaro
@elisapintus
@elisaraffo
@elisazanussi
@ElisLishe
@ellirossi03
@elucciab
@ElviraDesideriana
@ElviraPetrillo
@ely_is_here
@ElyB_0
@Emanuela_De_Luca
@EmanuelaCesarino
@Emanuelak
@emanuelamoscoloni9
@EmanuelaTrotta
@emanuelemendes
@emiliabuonanno
@EmilianoLife
@emmaarcaini
@emmacorsini
@emmaliverani
@Emylove1Dxx
@EnamoradaDeJortini
@endofthehrizont
@enxhi_
@EP1402
@epoicisonoio
@Ereri99
@EricaCamera
@Ericafed0401
@EricaUnidaa
@erika_esposito
@erika200113
@ErikaCosentino
@Ery1806
@ery2706
@ery338
@erypaparo
@esefossepersempre
@espinosalips
@estrellavirgy93
@ethanaf
@eugena_ceca
@EugeniaLuceri
@EvAnzilE
@extremelarry
@F2r13n0c1y
@fabianafesta9
@FabianaSerena09
@fabii205
@Faby_JBelieber
@fall_in_love_01
@fangiirl14
@farinaelisa
@FatimaAmbrosanio
@FatimaHdada98
@fe_larry
@fedeberna
@fedechicca20
@FedeDeGialli
@fededoto
@fedeishere_
@fedemurru_
@federica_marano
@FedericaBongio
@FedericaCusella
@federicagrimaldi22
@federicalv
@federicamit
@federicanatilla
@Federicapilia2001
@federicastrano98
@FedeScotto
@fedetodaro
@fenevra38
@FerrariLinda
@fiddy15
@fightforaheart
@findurself
@fiordaloto
@fioriniani
@fivesecondsofgomez
@Flavietta_01
@flaviolaCD
@florianagiuliano
@for_you3
@ForbiddenZeero
@foreveralone4846
@foreveriana
@foreverlove02
@FpreverMyAndYour
@Fradufour
@fraginoble
@Fragola_is_the_way
@fragolina_daimond
@francesca_raffi
@francesca_SC7
@Francesca1217
@FrancescaBittoni
@francescafardin
@FrancescaStories
@francescaugolini73
@francy_26
@francy_a
@Francy_Love15
@francyblu
@francyCt
@FrancyMorcy03
@freedomlove
@fuoconellevene
@fvckcalumh
@g_francesca
@gagagaia
@gaia0901
@gaia16
@GaiaArtuffo

@gaiabieber22
@GaiaDeMichele
@GaiaMassaccesi
@gaiavisco_18
@gaietta0102
@galvanmartina
@gdkappa
@gdxElle
@GELOTOTALE
@Gemma_5fam
@Gemma1504
@Genevieve987
@gentjanakullani
@geordies_02
@Georgia410
@ghega7
@giada2408
@giada338
@giadaforever01
@giadalorusso568
@giadamartis2606
@giadddd
@giady2014
@giannis_always
@gilinskyj_
@Gilinskyssmile_
@gilly_gilly
@GinevraMontebello
@GinnjeffeGinnjeffe
@gio1603
@gioggio1912
@GioGioppy
@giogiosalardi
@Giohope28
@GioiaDallas
@gioietta98
@gioo0241100
@Giorgia_D01
@GiorgiaBelli
@giorgiachirco
@GiorgiaDAgostino5
@giorgiagc
@giorgiaiaria
@giorgiaminati
@GiorgiaNassi
@giorgiapelliccia7
@giorgiasaturni
@giorgiatabita
@Giorgietta_S
@giorgigiorgigio
@giorgina31121984
@Giorgini2003
@giovannarestuccia
@giovibello98
@GiovyDirectioner1D
@giovypontecorvo
@Giualia28082002
@giudittaterzi
@giuggygiuly
@giugia76
@giugiu_2329
@giulia_abaldini
@giulia-_love_-
@giulia25gl
@giulia729
@GiuliaBartolo
@GiuliaBordon1
@giuliac39
@GiuliaCoppola6
@Giuliadncl
@giuliagigliotti
@giuliagnignani
@Giulialovegiulia
@giuliamelegm
@giulianjr
@GiuliaPennati
@Giuliaprudente2702
@giuliaragnoliii
@GiuliaReligioso
@giuliaserioli25
@GiuliaSoncin
@giuliastash
@GiuliaTerren
@giuliatoneatto
@giuliavasarri
@giuliettaaa_
@giuligegia17
@GiuliRandelli
@giulismyname
@giulyfelix09
@giulymctomlinson
@giusyangiulli
@GiusyFranzese4
@GiusyGrimaldu4
@Glo_Herondale
@gloriaah_
@Gloriabruscato
@gloriafarruggio
@Gloriagk
@GloriaMiceli
@gola95
@goldhouse3
@graziamasullo
@greet
@Gretacaro
@gretadaniel
@gretaparaggio
@grier_addicted
@GRS001
@grscfe28
@hajilove
@haleyy_dallas
@hanaasaidi73
@handrea00
@hannahfocks
@haroldotommostyles
@harryamasolome01
@harryHugMePlease
@harrypotterbv
@Hazzabieberdallas11
@heartmisleading
@heisfabulous
@hello746
@Helly99
@hhhhhazzaanslouuuuu
@hiruniherath
@hiuzhengluo
@HLLNZsonodastupro
@hoodbae
@hope0410
@horrormind
@hovistobacifalsi

@howlinthedawn
@http_cry
@httpgiuliaa
@http-martina02
@httpsarax
@hudaennouri
@HugMeAlways
@HungerGamesMyDope
@hyka30
@I_Am_True_Unicorn
@I_like_this_story
@iamGioia
@Ibastella
@ibelivereinmydreams_
@ice_eyess
@Ihateeveryones
@ihellopayne
@ii_llove_nutella
@il_libro_che_amo
@ila25252
@ilaaaaa_01
@ilapad
@ilaria_0808
@Ilaria_dallas_
@ilaria_petrongari
@ilariadifrancesco18
@IlariaFrancioli
@ilariamerlino02
@IlariaSpolita
@Ilary00c
@IleniaBuscemi
@ilovemydilemmaisyou
@Ilovemysole
@im_noemi
@imadreamer02
@imagryffindor13
@ImAPandaSeks
@IMFineSheSaid
@ImJustJe
@immacapuano
@imoancucina3
@imperfect_G_
@imsadnutilovehim
@inchiostrosullacarta
@INeedHisHug
@inesine
@infinitoinsiemeate
@infinityworld-blog
@innamoratadiharryxx
@innamoratapazzaAJ
@inserirenomeutente
@io_di_notte_sogno_te
@Iole_MT
@IoleAmore
@ioriovos
@ireneadragna9
@irenedenetto
@IreneDiMeglio
@IreneRampazzo
@irenina_19
@irenina02
@irinacigna
@iris_079
@irvaskendii
@isa_martini13
@isabella2401
@isabelvallelonga
@isthatmiri
@ItoFra
@ItsChildren
@itsmartiii00
@jaimeblue
@jannettealasia
@JassmineElKamel
@JeanieFO
@JeJennu
@JemilaSaverino
@jennifer404
@JenniferValeri
@JenniMichelotto
@jenny_love01
@jennyjennifervaldi01
@jennystyles26
@jessicareggi
@JessikaBorghi
@Jessy2906
@jetblackheart0
@jevlieber
@jeysartori
@jjgiulia
@jodashehi
@joe_12
@JosephineB16
@JosephineFerro6
@joshjaugh
@JossPanda
@JuliaAruanno
@juliakira
@jusdx
@kabochan
@kaddy1666
@KareenBadejo
@karendalini
@kathlinselene
@katiatusaimardi
@Katyinder
@KatyLiarsC
@KekkaPoli
@kelitha13
@kessy1302
@kestii_
@ketiaketia22
@KevinuccioChirieleis
@khoudiadieng
@khym119
@kia_coriani
@kiaa26
@kiaretta852
@kiiikaf
@KikaLol
@kikkakiky61
@KillersTumblr
@kimkalia
@kiss_me_dallas15
@Klaudianuvy
@kleme11
@kyara23
@kymgreyson
@la_fedezziana
@la_masha
@La_pazza_fangirl
@la_ragazza_diiversa

@la_ragazza_stupida
@la_vero_
@lacarter9
@lajas58
@lalalallalalaallale
@lali651
@laliangeles
@lallaa31
@Lara_El_Bezra
@lara98lara
@LaraCroft01
@LaRagazzaDei4
@LaRagazzaMaschiaccio
@Laragazzasenzacuor2
@laragazzasola2345
@Larisa616
@Lary2003
@lasciatiamare
@laselvaoscura
@latatu21
@lau_01D
@laura231014
@lauraagarau
@LauraDiGirolamo
@lauralavoradori
@lauran19
@LauraNoemi0
@LauraScamacca
@lauraseggio96
@LauraSilvetti
@laurettanigris
@LaurFlores_
@LaVostraAmataZietta
@leftmebroken
@leggimiisorrisi
@leggoff
@leggoxvivere
@Lei12355
@lela7611
@leliaunicorna
@lelle29
@leo_sanji
@leti-p
@letiziatresoldi
@lettricealterzogrado
@lettriceincompresa
@leylauhussein
@liadaria
@librinellecostole
@libriviamo
@licenzamaria5
@liciabordignon
@LiciaColombini
@LietiziaDiquattro
@lifedrawing2rise
@light_girl
@lilokiss27
@lindabettina23
@lindaloverwriting
@lindapacifico35
@LindaScorpo
@lisafioretti
@Lisaimi02
@lisanandinelli_
@liveinp
@livesweetlife
@LiviaCentanniSequi
@ljamsvoicex
@Lliliacaruso
@lmlyd99
@loccina
@Loraine3011
@LorenaLogan
@lorenzamarturano
@Lorymalo
@Lost_2015
@lostandinsecure_
@Lostingoodmusic
@lotty_18
@louisseitutto
@lovaenash
@lovatic09081
@love_bigtimerush1
@love17parigi
@loveashleybenson
@LoveDallas00
@lovefantasybooks
@loveucamerondallas
@loveyouzayn88
@lS31856d
@LuanaDiFino
@luanahs
@luci1503
@Luciapisacane
@LuciaPompinetti
@luciascuto
@luciatassi
@lucry_01
@ludo_directioner
@Ludo2110
@ludo3003
@Ludoebasta
@ludopala
@ludorabotti
@ludovica0303
@LudovicakikaErcole
@ludovicapintor
@Luisa2181
@luisadellaperuta
@LuisaParmendola
@lukaskissme
@lukelikesmikesbanana
@lukeysmiling
@Lulapanda003
@lunaR5er
@lXxLarryShipperxXl
@machi19
@macomucchina00
@Maddalena_Gaspari
@maddalenapalmigiani
@maddi_potato
@Maddy15s
@MadlenLapen
@magconour2ndLife
@maggie_19
@maggyxcx
@magilla98
@maideabdi
@MaivaNazeko
@malfoyxsheeran
@malik_is_my_dream
@malteseivana

@Malulela
@mani_gelide
@ManuAmmi
@ManuDiFelice
@ManuelaManghisi01
@manuthekolors
@mao9928
@marghepolly
@margheritaarossi
@margheritacecchi10
@margheritadimino
@margot_02_
@Maria_Rita13
@maria1795
@mariacatenapagano
@mariadifiore
@mariagrazapelosi-MT
@mariagraziapontino
@marialollino
@mariam-hood
@marianaaea
@MariangelaReina
@marianna40
@mariaparitario_
@MaRiapiaIndelicato
@mariapuggelli
@mariaricciardi98
@MariateresaCasillo
@maricacaon
@maricalopinto
@marielecorrado
@Marifortuna
@Marika12112002
@marikaaaaaaaaaaaaaaa
@marikabulla9
@marikasansonne
@Marilinda02
@marimarifavri
@MarinaGrande00
@maripuffa02
@marisabichi
@mariwantsacookie
@Marta_Love
@martabastieri
@MartaCapobianco
@martacasot
@martamalacarne
@martamuratori98
@martasartori
@martasenna58
@martatambasco7
@marti_bordino
@MartiDruda
@martihems
@Martina_1330993
@martina_provino
@martina0037
@MartinaAstuccia
@Martinacaminati02
@MartinaCapone5
@martinadellacorte6
@martinadozio
@martinagalantucci
@martinagattino
@martinagentile44
@MartinaGreggio_00
@martinalasagni
@martinamantellini
@MartinaMarongiu
@MartinaPeloso
@martinaperasole
@MartinaPrestinice7
@martinarutigliani
@MartinaSarritzu
@MartinaSave
@MartinaUselli
@martinelss
@martinnicole
@martuzza_mona02
@marty_der
@marty210
@martyborneo
@martyconte01
@martykikka4
@martymanfre
@MartyThirlwall
@martyunicorno
@marxa_73
@Mary_ventry
@maryann001
@maryg002
@maryrap2003
@marzia-03
@MatildaTosin
@matilde20394
@matildeok
@matildetorrini999
@MatildeVigliarolo
@matizes
@matteobianchini
@matttsmile
@MBLolly
@mcprevitali
@meakadonutsqueen
@meetdemi
@megghy_6553
@MeL_02_
@mela_milo13
@MelaniaAmita
@melaniasinthebook
@MelaniaSpadaro
@melisssamaio
@memole22
@menvdes98
@merycutolo
@MeryRose25
@merytalla
@mgiogio
@mheryjoycelaluna
@Mia_527
@miami46
@MiariamHerondale
@Michela_Toscano
@MICHELAAAA03
@michelaaaaa7392
@michelleguarrera
@michirinaldi
@michm22
@micola_luise
@micolpozzi
@miholcalarisa
@miky15otaku

@MikyloveCamdallas
@milovanovicc
@miniamibello
@mira11283
@Miriam_Colletti
@Miss_Magcon1
@MisssHyde
@mm291812
@moirapasiam
@Mondadorimary
@Moniascav
@monicasale
@Moonloghtbiebsx
@moonvlightbea
@mougre99
@mrs_styles_loveu
@mrsdallas06
@mrsfelton01
@mrsFelton02
@murder02
@musicinthelife
@musiclove1176
@mxcamx
@my_name_is_carl
@mydilemmaismylife
@mydilemmasamy
@myeyesscream
@myfriendsforever
@MyloveisCam
@myloveno
@mymistake2015
@mynameskiimberly
@-myonceapounatime-
@myspacelife
@N3N315
@nadiaG98
@-namelessgirl-
@Nanetta2003
@Narmi3
@Narnia00
@nash_99
@nash_cam_magcon
@nash_my_life
@nashlaugh
@NataleRoss
@necessitoamore
@needasheeranshug
@needhug_
@nelpaesedegliorrori
@neverletmegolou_
@new_demon
@Neymar05021992
@niallevelyn01
@niallismyboy
@niallshug_
@niallsmijle
@Nica_Peru
@nickname2000
@Nickywooh
@nicole_moriconi
@nicolefesta_
@NicolePalvin
@nicolettaaquino
@nicolinisofia
@Nientepersempre
@Nihall394
@niki_-00
@NikiLove03
@nikky_conti
@NiklaCacciapuoti
@NikyBieber1994
@NildeNilde
@ninilolol
@nisrine11
@Nisy_belieber_swag99
@nniki201201
@noe_carta
@noeliasardo
@Noemi_buschiner
@noemi04102013
@noemibiccari12
@noemicovassi
@NoemideFortuna
@NoemiMalik_12
@NoemiPaccosi
@NoemjAllegrino
@nohailaachari
@noi-per-sempre
@noncredoneldestino
@nonpreoccupartidime
@nontibastomai
@norawayz
@notau1309
@nowflywithme
@nowshine
@noww_niki
@Nsalate
@NunziaNicolosi
@nuvoletta97
@obbligataasoffrire
@occhidacinesina
@ohitsloujs
@ohiveroo
@oldlifewasboring
@omfghespurf
@omgelisaobrien
@oncamslips
@OneDirectioncate
@onedmyforces_
@OneOnlyReason
@orsacchiotta02
@orsettojonny
@orsokoalarosso
@ostuni3
@ouissisarout
@oumybeka
@Panda_17
@panda_2805
@-panda_corn-
@Pandacorno2002
@pandapuccioci
@pandrafunky
@paola13e
@paolabetolino
@paolavinci86
@parlare
@-pastel-goth-25
@patronus_leviosa
@pawakaur89
@peopleverywhere
@perlamillion03
@phabs_

@phenominiall81
@Piccola_Mary
@piccolagrier97
@piccolamafalda
@Pincofessa
@pittricedisogni
@pizzaandwifisgirl
@pkrosy
@polipo27
@polipy
@Portamidovesivola07
@potterhead-hunters
@PrettyInLov
@princesssmanda
@PROMISE_1D
@Promiseexo_KM+
@Puffetta_Mateslove
@pulcecorno
@purposeee
@QuallUnicornoDiPiton
@queenatpizza_
@quelazzurro_infinito
@questoesololinizio
@quidoidea23
@R5-5SOS-AGA-
@rachele_stentella
@racheleagosto
@RacheleDosSantos
@RachelePigazzi
@rachelesh04
@ragazzacrazy
@ragazzaincompresa2
@ragazzatenera
@RalucaSandu96
@Ramona_21_2003
@Ravenclaw36
@ravenclawsheart
@readytorun0012
@rebba_p
@RebbyLovesMusic
@rebeccaaiodi
@RebeccaGrosso6
@rebsregna
@reby00
@rebyrwby
@resistiprincipessa
@rhytmicgio
@ricci_capricci
@ridatemilmionome
@rifiutata_dal_mondo
@-Rita00-
@RitaBono
@ritaferraro3
@RitaNapoletano1D
@RitaTesta
@Ritona_97
@rivista
@Robb02
@robertabarisciano
@robertafalchi7
@robertamd
@RobertinaGia
@robertomonica2000
@robivita
@roby1902
@roby1998roberta
@robypucca
@RominaGrassadonia
@RominaKarafili
@Ros_1975
@rosadivi
@rosaliasaverino
@ross000
@Rossanacosta00
@RossellaPacillo
@rosy_23
@rosyminutola
@RoxanaHoran9
@roxyyy02
@RueDivergent11
@rushforevergiulia
@RuthItsMe
@saaaretta_16033
@Sabinalordache
@sabri_18
@sabri1970lilo
@sabrinaprato
@sabrinaricciardi923
@SabrinaTurcan
@sabrinazanetti
@sabry_angel
@sabrygomez
@SafiaSajie0
@sale14
@Sally160801
@salmuzia
@salvamitu
@sammysamysam00
@santarellina
@sara_xsmp
@sara16002002
@sara2987
@saraaaa97
@saraanred
@SaraBorasca
@saracalcagno0
@saradigraia
@sarafailla
@SaraGelsominaSica
@saragio22
@SaraGozzi
@saramancadori
@saraneve
@sarareseli00
@sararoma
@sarasabi
@SaraSegreto
@SaraSmile13
@SaraThecrookids
@saretta0401
@saretta2999
@sarettamisami
@SarettaSmile
@sarettina16
@sarynselmo
@sasa2020
@scelgodisognarti
@scemoamami
@sconosciuta99
@scrivodime2015
@sedi-gio
@seferibesarta

@SeforaMirabella
@sefy24
@Seilafine
@Seilamiavita_
@sere_candy
@sereeena15
@Serena_2202
@Serenaluongo
@serenamiele56
@SerenaRusso940
@serenavivaldii
@seriefabio
@SeryM10
@SettimoDeSanctis
@sguardinascosti
@SguardiSpenti
@shadowlisa15
@Sharoon_00
@shastin2315
@shawnikigai
@shawnmendes0410
@shdwhntrs00
@sheryRusso
@showyoursmile_
@sidney95
@SilvConv
@silviabacchi2806
@silviacandusso
@silvii02
@simo_styles01
@simomimo26
@simonagrillo
@simonamessina3958
@simonsa15
@singhsangeeta
@sipmal
@sirenaone
@siriasantini_1D
@Sisi2403
@sivlia0398
@Skateboradislife
@skygioia
@skylinndallas
@smile_happy_01
@smileyouarebeautiful
@smokeever
@so8lo88ami8ci
@sofi_bernardini
@sofia_ragni
@sofia1999auri
@sofiaabaglieri
@sofiabiava03
@sofiaburacchi
@sofiaferrari2000
@sofiagavanelli
@-SofiaHemmo-
@sofianatoli
@Sofiaortelli
@sofiaravasi
@sofiasalzano03
@sofiasantantonino
@sofiiii24
@sofivaldifiori
@sofy_giorgi
@sofy_sofia_
@sofydivergent
@sofyso00
@sofytorano00
@sognadocchiaperti
@sognidinchiostro
@solanelfreddo
@solange130
@sole20-15
@soloioeilmare
@sololatuaombra
@soltanto_io
@somedays2015
@soniaspuntarelli
@soniavaldirosa
@sonosolounaragazza
@sonyaobrienhoechlin
@sophiesssarto
@sorridimicalum
@sorridoperloro
@sorsicchia
@spobyy01
@---Staystrong---
@staywithmeluke
@StealMyBoyZM
@StefaniaAlessia
@StefaniaSabatella
@stefy137
@StellaFinotti8
@stellapaolo
@stellasorridiperme
@SteOttina
@Stich97
@StockHolmSyndromeh
@storiadilinda
@stregatto_01
@stringimitinita
@StupidStegosaurus
@stydia_fangirl
@subiottino
@sujda
@summer-14
@sunnyshistory
@Sunshine99_
@Susetta92
@susy2006
@svevaDJ
@svevamusu02
@Swashmusic17
@sweet_dream29
@sylviacake
@tabe00
@TaniaBacco
@taniaelenadinu
@tata_08
@tatiananocera
@tatycampi2001
@taylorcanifffff
@teenaticalaliter
@TeresaFucito
@TeresaVidalPerez
@TeresaZelanda
@tessa1728
@the_land_of_hope
@thecrazy_writer
@thefiregirls
@theladywhowrote
@therealangi

@theworldofsara
@-This-is-my-life-
@ThoughTheStorm_
@TiAmo28914
@tiamotanto12
@naty238
@tiati2603
@TiniLenzi
@Tipregoritornadame
@tiziana201
@TOMLVSON
@tommyornato
@ToniaTagliafierro
@tributen1234
@tris3quattro4
@trisss_prior
@troppiricordidinoi
@tsunamidilibrii
@tuttalamiavitaseitu
@tvseriesaddictedd
@uggiano00
@un_amore_eterno
@unabruttapersona
@UnaNanaApatica
@UnaNerdDiTroppo
@unasolaparolalibro
@unbelcasino
@unicornoazzurro
@unicorno-forever96
@unimperfettafelicita
@unknown798
@vaale_serravillo
@val322
@vale_1007
@vale_v99b
@vale20_baby
@ValeCodi
@valedornan
@Valee017
@valegusso
@Valentina_-
@Valentina_N94
@Valentina070102
@valentina1810
@valentina25moriggi
@Valentinasagliano98
@valeriabutti
@valeriamizzi5
@valeriarainoneromano
@valery769
@vanessacaschetto3
@VanessaMangelli5
@vani_00
@vansoflou
@veky_veky
@velierodicarta
@venezianoo
@vera941
@verasognatrice
@verdibn
@verdy1
@Verokelly
@verolinz
@VeroManelli
@veronica_gambis
@veronicacosta526438
@veronicapinali
@vica2000
@VincenzaDiMari
@viraccontounastoria
@virgi01b
@virgiromanato1202
@Virgy_1998
@vitto_gnz
@VittoriaScotto
@vittoriazanin
@vivianapenn
@viviismile
@vivipersempre
@vivodisel
@vivosolopertommo
@vl2015
@voguelegance
@vytoriadelima
@W0lf_girl
@Waitforparadise
@wakemeup343
@wanted_love_11
@warriorinlife
@we_must_be_killers_
@weareonlytruble
@weblodovicaita
@weirdguy
@welovesmilingg
@Whatdoyoudream
@whiteskivmo
@wilkinsondrug
@XCDALLAS_
@xchiaraix
@xcliffordshajr
@xCurrestx
@xdefectivegirl
@xDeiaa
@xelixz
@xhoranssmile
@xjiny1dx
@xkissmehoran_x
@xlarey
@xlukeyxx
@xmegangreen
@xMissMalikx
@xonedheartxo
@xprfdemmi
@xsmilenow
@xxEspinosaMCxx
@xxlovelybae
@xxmatyxx
@xxmiirii
@XxSelenasongsXx
@yasminebensalah
@YasminZaki2
@Ylenia_Bruno
@YleniaLodde
@Yleniamonni
@YleniaNucera
@youaremypride
@youmakemestronger
@YousraRabah
@Yuki_anima12
@yvonne236
@zuccherofilato14
@zucchini1

My Dilemma Is You 2

In libreria
dal 18 febbraio 2016

Le vacanze di Natale hanno portato scompiglio nella vita di Cristina e dei suoi amici, ma è tempo di voltare pagina. Numerosi incontri attendono Cris, mentre le vecchie conoscenze non le risparmiano nuovi dilemmi. Giorno dopo giorno, tra piccoli e grandi problemi, gioie e difficoltà, Cris e Cam scriveranno le pagine della loro storia. I litigi cui erano abituati cederanno il posto alla passione, per poi riprendere terreno, e Cam avrà qualcosa da farsi perdonare...

...E adesso, cosa succederà?
Non perdetevi il seguito di questa storia!

Per consultare il nostro catalogo
visita il sito www.leggereditore.it
e iscriviti alla newsletter
per essere continuamente aggiornato
sulle nostre pubblicazioni.
Seguici su:

aNobii

e sul blog Leggereditore, www.leggereditore.it

Finito di stampare nel gennaio 2016 presso
Puntoweb - via Variante di Cancelliera snc - Ariccia (RM)
Printed in Italy